DUNGEON MAJESTY

3

프롤로그

"거미장군 밸리어트가 쳐들어온다는 게 확실한 이상, 이쪽에서도 제대로 대비할 필요가 있지."

내 말에 보비와 올가는 열심히 고개를 끄덕인다. 이 귀염둥이들은 오늘도 행동 하나하나가 내게 충실했다.

"주인님, 걱정하지 마세요! 주인님께서 말씀하신 용병 고용도 차질 없이 진행 중이에요!"

보비는 두 주먹을 불끈 쥐고 열심히 현재 상황을 보고 했다. 칭찬받고 싶어 하는 기색이 역력하다. 그러자 올가도 질 수 없다는 듯 끼어들었다.

"형님! 함정 설치가 30% 정도 진행됐어요! 요구하신 기간까지 충분해요!"

"둘 다 장하네."

내 칭찬에 아직 어린 올가는 좀 더 노골적으로 반응했다. 곧장 머리부터 들이민다.

"형아~."

평소와 다르게 애교 가득한 목소리다. 말은 형이라고 하고 있지만 여자애의 얼굴과 목소리.

볼수록 성별이 헷갈리는 발칙한 외형이 아닐 수 없다. 고얀 놈. 물론 그런 생각과 별개로 내 손은 자동으로 움직이고 있었다.

쓰다듬, 쓰다듬.

올가는 그걸로 부족했는지 내 손바닥에 자기 정수리를 혼자 부비적거렸다. 귀엽다. 작은 생물 같아.

"그르릉."

갑자기 작은 개가 우는 소리가 나서 옆을 보니 보비가 입술을 잘근잘근 깨물고 있었다. 어린애를 상대로 질투하는 건가. 하여간 칭찬에 목마른 녀석이다. 그래도 다 큰 보비의 머리를 쓰다듬는 건 아무래도 피해야겠지. 보비는 성인이다. 함부로 쓰다듬으면 화를 낼 수도 있으니 어깨를 두드려 주는 정도로 하자. 나는 올가를 떼어놓은 뒤 보비 쪽으로 몸을 돌렸다.

"보비야."

그러면서 손을 위로 들어 올렸다.

"앗! 주인님. 그런 건 조금 부끄러운데. 에헤헤."

그러자 보비가 괜히 몸을 뒤틀면서 배실배실 웃는 것이었다. 뭐야, 애가 왜 이러지. 그러면서도 만면에 미소를 머금고 자신의 머리를 들이민다.

"음? 왜 그러는 건데?"

"네?"

아연실색하는 보비.

가만히 상황을 지켜보던 넬라가 손으로 살짝 입을 가린다.

"어머."

넬라 옆에 앉아서 회의에 참석 중인 더블바인드는 작게 중얼거린다.

"머리를 쓰다듬어 주길 원했구먼."

분위기를 보니 뭐가 잘못된 거 같은데?

"저, 보비야?"

부들부들부들.

보비는 얼굴이 홍당무처럼 변해서 몸을 떨고 있었다.

"추워? 왜 떨고 있어?"

"…주인님."

"음?"

"처음엔 수치 때문에 떨었어요. 하지만 지금은…."

"지금은 뭐?"

"분노예요!"

퍽!

일순간 눈앞에 별이 반짝였다. 대체 무슨 일이 일어난 건지 모르겠다. 시야가 회복되니까 이미 보비는 사라지고 없었다. 회의에 참석한 몇은 고개를 젓고 몇은 웃음을 참는다. 나 참… 알 수가 없다. 가벼운 스킨십과 함께 격려를 해주려던 게 그렇게 나쁜 건가?

"크흠! 사소한 문제가 있었지만 계속 진행하겠다."

헛기침을 한 나는 애써 회의를 속개했다. 대체 왜 보비보비가 그리 화났는지는 이후에 알아보도록 하자.

"용병 고용도 순조롭고 함정 설치도 예정일에 맞춰지고 있다. 다만 가장 본질적인 문제는 해결되지 않았지. 바로 그 강력한 거미군을 누가 상대하냐는 것이다."

처음에는 거미장군 밸리어트를 상대할만한 영웅을 고용하는 걸 고려해 봤는데, 아무래도 그건 아니었다. 일단 거미장군 밸리어트를 상대할 영웅을 찾기도 어렵거니와 그런 존재를 내 던전에 들이는 것도 위험한 일이었다. 방어전 후에 던전을 통째로 그에게 빼앗길 위험이 크기 때문이다. 지저에서 영웅은 힘과 마법에 능한 자를 말하는 거지, 의와 협을 행하는 자를 말하는 게 아니다. 그렇기에 한 던전의 주인이라면 자기보다 강한 용병은 고용하지 않는 게 상식이다.

던전의 주인은 자기 던전에서 제일 강해야한다.

"여러 가지를 고민해 봤는데 역시 본관이 직접 강해지는 게 제일 좋을 것 같단 판단을 내렸다."

다행히 지하세계에서 힘을 얻는 쉬운 방법이 존재한다. 바로 새로운 육체를 사는 것이다. 여기에 내겐 더블S등급의 고유 능력이 세 개나 있다.

"충분한 육체만 확보한다면 본관이 능히 거미장군과 자웅을 겨뤄볼 수 있을 터! 귀관들은 두려워하지 않아도 좋다. 본관이 죽음을 각오하고 적장을 쓰러뜨릴 테니!"

사뭇 비장한 모습이 아닌가. 살짝 눈을 감은 나는 자아도취를 느꼈다. 이런 책임감 있는 리더십, 정말 좋지. 슬슬 감동한 부하들의 기립박수가 이어질 때가 됐는데? 이상하다 싶어 살짝 눈을 뜨니 넬라가 안쓰러운 표정을 짓고 있었다.

"오토 님."

"응?"

"눈가가 파랗게 변해서 그런 말씀을 해봐야…."

전문가인 니골과 무트로는 몸을 돌린 채 상체를 들썩이고 있었다. 이 새끼들은 아예 대놓고 웃는구나. 더블바인드 역시 식은땀을 흘리며 버티는 게 터지려는 웃음을 간신히 참는 거 같았다. 옆에 있던 올가는 곧 무언가를 슬쩍 내민다.

"뭐야 이게?"

"보면 몰라, 형님? 내가 점심으로 먹으려고 한 동굴 닭의 달걀이야. 이거라도 문질러…."

꼬맹이가 동정할 정도로 위엄이 없는 던전의 주인.

그게 바로 나였다.

3-1. 남을 속이는 자는 가장 값진 보물을 빼앗긴다

거미장군 밸리어트를 대비하던 중 뜻밖의 방문을 받았다. 카르헨 상단에서 선물을 잔뜩 가지고 온 것이었다. 그들은 처음에 재무담당관인 내가 아니라 던전 로드를 찾아갔다. 내가 카르헨 상단을 배제하고 넬라의 불꽃 어머니 상단을 거래 대상으로 지정했기 때문이었다. 덕분에 넬라와 함께 많은 돈을 벌고 있어서 요즘 밥 먹는 것도 달라졌다. 고기반찬 한 번 먹을 때마다 벌어놓은 금화가 생각나서 방긋거릴 정도다.

"주인님, 제발 고만 실실거리시고 입 좀 진중하게 다물어 주세요!"

보비가 옆에서 안달을 했지만 좋은 걸 어쩌겠는가. 속물이라고 해도 어쩔 수 없었다. 역시 돈이 최고다. 인생의 문제 10개 중 9개는 돈으로 해결할 수 있다고 하지 않는가.

아무튼, 내가 이렇게 불꽃 어머니 상단과 거래하자 카르헨 상단에선 당연히 활로를 찾으려고 했다. 그래서 내 직속상관인 더블바인드를 찾아갔던 거다. 여기서 내가 기분이 팍 상했음은 부연할 필요가 없다. 그래서 더블바인드를 불러 얘기했다.

"더블바인드."

"네, 주군."

카르헨 상단 놈들은 모르겠지. 던전 로드가 휘하의 재무담당관에게 이리 고개를 숙이고 있을 줄.

"일단 선물은 받아 챙겨. 그리고 애들 나한테 보내라고."

"알겠습니다, 주군."

그리 명하고 더블바인드의 집무실 옆방에서 기다리고 있자니 보비가 환하게 웃으며 무언가를 잔뜩 가져온다. 그녀 혼자 들기 어려워 병사들까지 동원한 상태. 당연한 얘기지만 더블바인드에게 간 뇌물은 이렇게 내 주머니로 흘러들어왔다. 놈들은 꿈에도 모르겠지만.

"주인님! 주인님! 이거 보세요!"

"이게 카르헨 상단에서 가져온 거야?"

"네, 이 거미실 비단은 참 곱기도 하네요!"

"마음에 들면 너 줄게. 드레스라도 한 벌 만들어."

"정말이요?"

"당연하지. 내가 언제 너한테 물건 아끼는 거 봤어."

"감사합니다! 주인님! 다음에 아르탈란에 갈 때 드레스를 새로 맞출게요."

보비가 기뻐하는 모습을 보니 흐뭇하다. 게다가 이게 공으로 생긴 거란 사실이 더 흐뭇했다. 이 뇌물을 받고 더블바인드는 입을 싹 씻겠지. 카르헨 상단 놈들은 헛짓거리를 한 거다.

"보비야, 나는 할 일이 있어서 좀 가볼게. 받은 것들 잘 정리해놔."

"네, 주인님의 재산! 보비가 잘 관리할 거예요!"

"착하기도 해라."

보비가 귀여워서 볼을 한 번 꼬집어 주고는 내 방으로 갔다. 기다리고 있으면 더블바인드가 카르헨 상단 놈들을 보낼 거다. 나는 앞으로 작전에 대해 점검하며 시간을 보냈다. 특히 올가가 설치할 덫의 배치도를 보며 생각할 게 많았다.

"흠… 여기서 한 번 쓸어버리고, 이후에 방심했을 때 여기에 함정을 하나 더……."

그런 생각을 하고 있을 때 노크 소리가 들려왔다. 당번병 하나가 카르헨 상단의 상인들이 찾아왔다고 알려왔다.

"들어오라고 해."

곧 카르헨 상단의 상인 셋이 비굴한 얼굴로 들어와 굽실거린다.

"안녕하십니까, 나리."

"어서들 오십시오."

이들은 락싸구의 비호 아래 2-04던전에서 독점권을 갖고 있었다. 하나 나 때문에 밀려난 이후 상단의 상급자에게 얼마나 깨졌을지 안 봐도 훤하다. 어떻게든 독점권을 되찾아 오라고 난리가 났었겠지. 그래서 이리 어려운 걸음을 해온 거다. 하지만 내가 이들에게 감정이 좋을 리가 없다. 락싸구와 편을 먹고 날 제대로 엿 먹인 놈들이니 지금 웃는 낯으로 맞아 준 것도 감사해야 한다.

"무슨 일로 오셨습니까?"

"아시면서 그러십니까? 헤헤."

상인 중 상급자로 보이는 자가 이야기를 시작한다. 아마 이 방에 오기 전에 더블바인드에게 긍정적인 언질을 받았겠지. 물론 그것도

다 내가 시킨 거다. 잘 풀린다고 착각해야 결과가 더 아플 테니까.

"재무담당관 님과 저희 사이에 사소한 오해가 있었던 것 같습니다. 제 지난 상인 인생을 걸고 보장하건데, 그런 애송이 보다는 저희가 재무담당관님께 훨씬 많은 금을 안겨드릴 수 있을 겁니다. 제 말 대로 하시지요."

상인의 말 자체는 문제가 없었는데 뉘앙스가 좀 거슬렸다. 네까짓 게 뭘 알겠냐, 어차피 우리 밖에 선택지가 없을 거란 느낌을 풍겼다.

"지금 잘못 생각하고 계신 겁니다. 젊은 분들은 때때로 감정 때문에 판단이 흐릿해지고 하지요. 그런 부분은 저 같은 경험 많은……"

울컥.

이 녀석들은 정말 안 되겠다. 카르헨 상단이 아무리 대단하다고 해도 이리 짜증나게 굴다니. 적당히 망신을 줘서 쫓아버리려고 했는데 이렇게 나오면 나도 생각이 있지.

"그렇습니까?"

말대답은 해주면서도 무성의한 태도로 일관하자 날 설득하던 상인의 표정이 변한다. 던전 로드에게 들은 거랑 상황이 다르니 초조해질 수밖에.

"자자, 그러지 마시고 저희가 준비한 게 있습니다. 한 번 봐주시길. 마음에 드실 겁니다."

상인은 품에서 주머니를 하나 내놨다.

"이게 뭡니까?"

"하하하, 조그마한 성의입니다."

열어보니까 안에 보석과 금 조각이 가득했다.

이거 상당한데? 대한민국에선 되팔 걸 생각하면 금이 보석보다 훨씬 낫지만 여기선 그렇지도 않다. 보석은 각종 마법에 쓰이기 때문에 화폐를 대신하는 가치가 충분했다.

"어떠십니까? 재무담당관 님 하시는 일에 도움이 됐으면 좋겠 군요."

이제 뇌물로 비벼볼 속셈인 거 같은데 이미 예상하던 바. 니들 오늘 아주 제대로 걸린 줄 알아. 내가 뒤끝하면 장난 아니거든.

잠시 씩 웃음을 보이자 그제야 일이 잘 풀렸다고 생각하는지 상인들이 따라 웃는다. 하지만 나는 다음 순간 정색한 뒤 외쳤다.

"여봐라! 이놈들을 모조리 체포하도록!"

"아, 아니! 그게 무슨 소리!"

상인들이 허둥대던 그때 미리 대기하고 있던 병사들이 문을 열고 몰려들어왔다. 그리고는 곧장 상인들을 두들겨 패기 시작한다. 나는 그 꼴을 보며 소리쳤다.

"감히 황녀 전하의 군무를 처리하는 관리에게 뇌물을 공여하려고 하다니! 내 네놈들을 모두 군법으로 다스릴 것이다. 뭣들 하는 것이야! 끌고 가서 옥에 가둬라!"

"알겠습니다! 일어나 이 새끼들아!"

퍽! 퍽! 퍽!

지하 세계의 폭행은 무자비하기 짝이 없었다. 벌써 상인 몇은 팔다리가 부러져서 기어 다니고 있었다. 그렇게 왜 까불어.

"이럴 순 없소! 던전 로드가 약속했는데!"

"약속은 무슨 약속?"

"우리 상단이나 댁의 상관이 두렵지도 않단 말이오!"

"지금 군법을 준수하는 군인을 협박하는 건가? 어이가 없구면! 얘들아! 이놈들이 정신을 못 차린 거 같다! 더욱 쳐라!"

내 말에 병사들이 몽둥이로 화끈하게 상인들을 찜질했다. 잠시 뒤 세 상인은 기절해서는 추욱- 늘어진다.

"끌고 가. 꼴도 보기 싫으니까."

"알겠습니다."

뇌물의 반을 내 몫으로 챙겼다. 나머지 반은 아쉽긴 하지만 쓸 곳이 있었다. 청백리 흉내를 내야 하니까.

일주일 후.

상급부대에서 감찰장교가 2-04 던전으로 왔다. 다른 이유가 아니다. 바로 날 표창하기 위해서였다. 나는 뇌물 공여를 하려던 카르헨 상단의 상인들을 상급부대에 신고했다. 다분히 계산적인 행동이었다. 원래 지하 세계에서 뇌물은 흔한 일이다. 누군가 말하길, 뇌물이란 대인관계에 기름칠을 하는 것이라고도 했다. 그래도 뇌물은 엄연히 불법이다. 나처럼 단칼에 뇌물을 거절하고 신고한 일을 상급부대에서 상찬하지 않을 리가 없다. 아무리 뇌물이 일상적이라지만 그로인한 부패는 큰 문제였다. 그러니 나 같이 뇌물을 신고한 일을 대대적으로 표창하려는 거다. 물론 반절가량을 슬쩍했지만 저들이 어찌알겠나. 사실 알아도 넘어가겠지만.

"귀관은 투철하고 참된 군인 정신을 보여주었기에 표창한다."

인사 장교가 모두가 보는 앞에서 표창장을 내민다. 그러자 연병장이 있는 방에 모인 모두는 박수를 쳐주었다. 이리 표창장을 받는다고 당장 큰 변화는 없지만 인사고과 점수에 도움이 된다. 인사 장교는 악수를 청해온다.

"자네에게 거는 기대가 크네. 상급부대의 높으신 분들도 주목하고 계시니 계속 힘써주게."

지난번에 특진 이후 또 이런 표창을 받으니 윗선에서 나름대로 날 주목하고 있다고 했다.

"황녀 전하의 군인으로서 최선을 다하겠습니다!"

"좋아, 좋아. 아주 바람직한 태도네. 던전 로드인 더블바인드가 칭찬이 자자하더군."

그럴 수밖에. 겉으로 보이는 것과 달리 더블바인드는 내 부하니까. 당연히 각종 보고서를 작성할 때 내 얘기는 좋은 것만 쓰게 했다.

"과찬이십니다!"

군기가 바짝 든 내 모습에 인사 장교는 아주 만족스러워 했다.

"겸손하기까지 하군. 다른 룸장들도 자네 같으면 좋으련만."

룸장은 군인이기도 하지만 각자 용병을 고용해 온 개인사업자기도 하다. 그래서 그들의 자유분방함과 탈선을 상급부대에서 완전히 제어하진 못한다. 그러니 나 같은 존재는 매우 흡족하겠지.

"황녀 전하를 위해 최선의 노력을 다하겠습니다!"

그렇게 행사가 끝나자 더블바인드가 기다렸다는 듯 인사 장교에게 달라붙는다. 상급부대에서 왔으니 접대를 하기 위해서였다.

참 이상한 세계가 아닌가.

뇌물을 거절한 장교를 표창하러 온 자가 이쪽에겐 뇌물을 받아 가다니. 이 세계에서 뇌물이냐, 아니냐는 정말 종이 한 장 차이였다.

인사 장교는 자신이 뇌물을 받는다는 생각도 없겠지. 그저 약간의 성의에 응한다는 마음일까? 그는 앞으로도 계속 그럴 것이다. 남의 허물은 들춰내는 일을 하면서도 자기 허물은 합리화하고 무시하겠지. 지하 세계의 다른 이들이 그러는 것처럼 말이다. 이런 점만은 많은 부분에서 내 고향과 닮아 있었다.

거미장군 밸리어트와 싸우기 위해 해야 할 중요한 건 네 가지다.

첫 번째는 내 자신의 육체를 업그레이드하는 거다.
두 번째는 영웅급 인재의 고용.
세 번째는 함정의 충실한 증설.
네 번째는 거미장군에 대한 정보 획득이다.

그 첫 번째를 위해 휴가를 내고 아르탈란으로 향했다. 아무리 방어가 성공적이라고 해도 누군가는 거미장군 밸리어트를 직접 마크해야 한다. 결국 내가 할 수밖에 없단 결론을 내렸는데, 그를 위해서 아주 강력한 육체가 필요했다. 그러면서도 가격은 합리적이어 한다.

근자에 돈을 많이 벌긴 했지만 예산이란 건 무한정이 아니었으니까. 그러다 보니 정상적인 방법으로는 원하는 육체를 구하기 어려웠다. 뭘 선택해도 예산 초과였다. 결국 나는 보비와 올가를 데리고 불법 시술처를 찾았다. 더블바인드 건 이후로 두 번째다.

"으악! 냄새."

올가가 곧장 손으로 코를 막는다.

안은 더러웠고 온갖 약품과 육체들이 너저분하게 굴러다니고 있다. 한쪽 구석에는 꼬리가 엉킨 아홉 마리의 래트맨이 죽은 채 방치된 모습이다.

"쥐왕*인가…."

하여간 끔찍한 곳이라니까. 나는 땅바닥에 굴러다니는 알 수 없는 생물의 머리를 주워서는 앞에 있는 테이블 위에 올려놨다. 그때 책임자가 나타났다.

"오늘은 무슨 일인가?"

여전히 꼬장꼬장한 모습이다. 나는 불법적으로 흘러들어온 육체와 영혼석 중에 구매할 만한 게 있는지 문의했다.

"돈은 있고?"

"그렇습니다."

"좋아. 따라와 보게."

그 뒤로 책임자는 이것저것을 보여줬는데 마땅한 게 없었다. 내가 계속 아니라고 하자 그는 벌컥 짜증을 냈다.

"에잇! 뭐가 이렇게 까다로워. 별 것도 아닌 놈이! 보여준 육체들은 제대로 세팅해 놓은 훌륭한 물건들이란 말일세. 입수한 루트에 문제가 있어서 그렇지, 아니라면 어디 가서 이런 가격이 없어."

맞는 말이었다. 그러나 싸고 좋은 육체들이라도 내게 안 맞으니

---

* 쥐왕Rat King은 자연적 혹은 인위적으로 쥐의 꼬리가 묶여 만들어진 군집체이다.

무슨 소용인가.

"그러니 자네가 원하는 건 마력회로가 비슷하고, 적어도 3등급은 넘어야 한다는 말이로군…. 주제도 모르고 까다롭기는."

한참 고민하던 그는 갑작스레 비밀을 지켜줄 수 있냐고 물어왔다.

"왜 그러십니까?"

"아! 젊은 놈이 무슨 말이 그리 많아! 지켜줄 수 있나, 없나, 그것만 대답해! 하여간 요즘 것들은 말귀를 못 알아들어."

"알겠습니다."

거절하면 안 보여줄 것 같으니 별 수 있나. 우리 셋은 책임자를 따라 안쪽의 시설로 들어갔다. 그리고 거기서 나는 압도적인 위용을 자랑하는 육체와 영혼석을 확인할 수 있었다.

"2등급 육체와, 2등급 영혼석이네."

"와……."

절로 감탄이 터진다. 거대한 유리관 안에는 금빛으로 번쩍이는 용인이 눈을 감고 있었다. 그리고 그의 옆에 금덩어리처럼 생긴 영혼석이 떠 있었다. 내가 이게 뭐냐고 눈으로 질문하자 그는 설명했다.

"끄응…. 어떻게 입수했는지는 비밀이네. 다만 한 가지 말해주면 하늘 위에서 떨어졌어."

"정말입니까?"

"그래. 자네도 알다시피 지상이 엉망이 됐잖은가. 그리고 구름 위에 비행 대륙이 있고. 천사와 도망간 인간 같은 온갖 역겨운 가식쟁이들이 몰려 있는 그 장소 말일세. 그곳에서 온 육체야."

"기억은 읽어보셨습니까?"

"아니, 초기화된 것처럼 확실히 지워졌더구만. 뇌에 손상도 심했어. 뇌 자체를 살려내긴 했으나 기억은 다 날아가고 없더군."

이 금빛으로 빛나는 육체는 드래곤킨Dragonkin이라고 부르는 종족이었다. 용의 친족으로 이들 역시 상위의 존재이다.

"광휘 드래곤 기반의 드래곤킨이야. 광휘 드래곤에 대해 아나?"

"모릅니다."

"그럴 테지. 광휘 드래곤은 온몸에서 햇살 같은 빛 무리를 뿜어내는 재수 없는 용이야. 비행 대륙의 수호자로 알려져 있네. 하늘 위의 용기사가 타고 다니는 용이라 하는데 진정한 용사에게만 등을 허락한다고 하더군. 그런데 광휘 드래곤은 여성체가 압도적으로 많기 때문에 일부다처제가 기본이라고 해. 그래서 이에 진력을 내는 여성체 광휘 드래곤은 인간의 영걸과 결혼하는 일도 많이 있네. 비행 대륙의 인간족 영걸은 대단한 인물들이라던데. 아름다운 광휘 드래곤조차 반할 정도로 말이야. 물론 영걸들 역시 거절하는 일은 거의 없다고 하더군. 하여간 여자 밝히는 건 하늘 위 놈들도 똑같아!"

어쩐지 그의 말투에서 부러움이 느껴졌다.

"광휘 드래곤은 반짝거리는 게 밥맛 없긴 하지만, 비행 대륙 주민의 시선에는 어떤 용보다 아름답게 생겼다고 믿어지거든. 그런 용이 인간 여성체로 변하면, 그 놀라운 미색과 뛰어난 성품에 아무리 대단한 영걸이라도 사랑에 빠지지 않고 못 배긴다더군. 그래서 하늘 위의 영웅 중에는 아내가 광휘 드래곤인 경우가 많네. 영웅에겐 금발 금안의 아름다운 드래곤 아가씨를 신부로 맞는 것이 성공의 상징으로까지 생각될 정도야. 그녀들은 평생 한 사람만 사랑할 정도로 정숙하고 지조 있는 신부들이라 싫어할 수가 없다더군. 그리고 그런 그들의 결합에 의해 태어난 부류 중에 하나가 이 드래곤킨들이고."

흥미로웠다. 무한한 체력을 가진 인간족 영웅과 용의 힘을 가진 광휘 드래곤 처녀는 평생 많은 아이를 낳는다고 한다. 지치지 않고 밤일을 하는 조합으로 비행 대륙에서도 유명하다나. 옆집에 이들 커플이 이사 오면, 그냥 다른 곳으로 이사 가는 게 낫다고 할 정도라고 했다. 밤에 시끄러워서 잠도 못 잘 지경이라고.

듣자니 광휘 드래곤 처녀들은 하나같이 거유에, 침대에서는 요염하게 돌변하는 속성들이 있다고 한다.

뭐지… 그런 편리하고 누군가 개입한 거 같은 설정은?

"그런 이야기가 있었군요."

"서로 윈윈하는 전략이지. 광휘 드래곤들의 남성체들도 쌍수를 들고 환영했다고 해. 자기 종족에 여자가 너무 많아서 감당이 안 되는데, 인간 영웅들이 데리고 살겠다니 반색할 수밖에. 일부는 직접 나서서 일족의 처녀들과 맞선을 주선할 정도라고 하네. 본인이 직접 인간 영웅의 무력과 성품을 시험해 보고, 합격이다 싶으면 결혼 안 한 처녀를 붙여주는 식이라지. 한데 그럼에도 문제는 제대로 해결되지 않고 있어."

"왜요?"

"간단한 거 아닌가. 인간 중에 용과 결혼할 정도로 위대한 이가 얼마나 나오겠나. 광휘 드래곤 여성들이 새로운 혼처를 발견하긴 했지만, 인간 영웅의 수는 그리 많지 않네. 게다가 신부 리스트 중에 광휘 드래곤만 있는 줄 아나?"

"그럼요?"

"아름다운 여성 천사들도 있지. 같은 인간 여성도 있고. 달빛 엘프와 별빛 엘프들도 남자가 부족해서 난리고. 아무래도 그쪽은 여초 사회인 것 같단 말이야. 이상한 동네라고."

갓댐! 빌어먹을!!

나는 속으로 비탄을 가득 담아 절규하지 않을 수 없었다.

비행 대륙에서 태어났어야 했는데!

여기가 아니라 비행 대륙이었는데!

번지수가 틀려버렸다.

바페 녀석. 날 어디로 보낸 거야. 그러니까 실각이나 당하지.

같은 행성인데, 여기랑 거기랑 어쩜 이리 다르냐.

비행 대륙이라… 어쩐지 흥미가 동하지 않는가.

언젠가 내가 정복해 버릴까? 하지만 질문을 더 하지는 않기로 했다. 옆을 보니 보비의 표정이 심상치 않다. 보비는 본 적도 없는 광휘 드래곤 처녀들에 대한 적개심이 피어오르는 것 같았다.

"그르르릉…."

역시 지저와 비행 대륙은 친하게 지낼 수 없는 운명인가.

"아무튼 좋은 육체라는 말이로군요. 그런데 뭐가 문제입니까?"

"그게 말일세…. 철저한 빛 속성의 몸이다 보니 이쪽 영혼들이 안착하질 못하는 거야. 이미 열 명이 실패하고 영혼이 저승으로 떠나 버렸네."

아빠는 인간족 정의의 히어로, 엄마는 광휘 드래곤. 그런 계보에서 태어난 게 광휘 드래곤킨이다. 정말 지독한 빛 속성이 예상된다.

딱히 설명 안 들어도 지저의 존재들에게는 쥐약처럼 느껴졌다.

"빛 속성이 문제군요."

"그렇다네. 어떤가? 한 번 도전해 보겠는가? 내 생각에는 자네가 11번째로 스틱스 강을 건널 것 같지만, 그 까다로운 요구에 맞춰줄 것은 이 육체밖에 없어. 어리석은 친구야."

확실히 2등급 육체와 영혼석은 탐이 난다. 그건 그렇고, 부모가 잘났으니 태어나서부터 2등급으로 시작하는구나, 이 녀석들은. 내가 있던 곳이나 여기나 부모 잘 만나서 잘 나가는 놈들은 어디에나 있는 건가.

"흠…… 잠시 생각할 시간을 주시죠."

"알겠네. 그리고 영혼 이식이 성공하면, 원래 육체는 팔도록 하게. 뇌는 리셋해서 정보가 세지 않도록 해주지. 값을 잘 쳐주겠어. 매우 훌륭한 몸 같으니."

아무래도 레어 클래스의 웨어 블랙팬서니 가격이 좀 나가겠지. 그리고 지금 저 책임자는 영혼 이식이 성공하면 팔라고 하고 있지만, 어차피 저 빛 속성을 못 이기고 죽을 테니 텅텅 빈 몸이나 넘기란 소리였다.

하지만 그는 모르는 게 있었다. 빛 하면 내가 이 지하에서 누구보다도 익숙하고 친밀하다. 성공 확률이 어느 정도인지는 모르겠지만 할 수 있다는 생각이 들었다. 게다가 이건 2등급의 훌륭한 육체와 영혼석을 20만 밀이라는, 후려친 염가에 살 수 있는 기회이다. 현재 이 가격이 형성된 건 10명이나 죽어 더는 구매자가 나타나지 않았기 때문. 나도 장담은 못 하지만 도전해볼 만하다는 생각이 들었다. 이미 여럿이 죽었다고 하니 쉬운 일은 아니겠지. 아무리 내가 빛 속성에 친화도가 있어도 말이다.

어쩌지?

거미장군 밸리어트를 상대하려면 과감한 판단이 필요한 법. 하지만 여기서 죽으면 허무한데.

"아! 빨리 정해. 쫄리면 빠지고."

책임자의 재촉에 결국 하겠다고 입을 열려는 그 찰나. 갑자기 누군가 끼어들었다.

"이봐, 박사. 순서라면 내가 먼저 아닌가!"

갑자기 나타난 이는 노쇠한 타르나이였다. 주름이 깊고 혈색이 안 좋은 게 마약에 중독되어 영락한 타르나이가 틀림없었다. 타르나이는 모든 어려움을 굳건히 버티는 종족이었지만 마약만큼은 취약한 편이었다. 그들은 마법으로 기괴한 마약을 제조하는데 한 번 맛을 들이면 그걸로 끝이라고 한다. 몸은 망가지고 심지어 마력을 다루는 능력까지 떨어져서 같은 타르나이들에게 쓰레기 취급을 받게 된다.

지하 세계에서 높은 지위를 누리는 타르나이를 바닥으로 떨어뜨리는 가장 흔한 이유가 바로 마약이었다. 눈앞의 타르나이도 바로 그런 자 중 하나였다.

"네놈은 지난번에 먼저 하던 놈이 죽는 걸 보고 꽁무니를 빼지 않았나!"

"전략상 후퇴라고 해주게. 킥킥킥."

늙은 타르나이가 기분 나쁜 입 냄새를 풍기며 웃어댄다. 그는 나를 힐끔 보더니 말한다.

"내 차례가 맞다. 저런 하찮은 놈이 아니라, 위대한 나 자신으로 돌아갈 이 몸이!"

영락한 타르나이는 과거에 대한 향수가 강하다고 한다. 그래도 보통은 중독된 삶을 버리지 못하는데 유일한 해결책이 하나 있다. 바로 새로운 육체로 갈아타는 것. 하지만 지하에서 타르나이보다 우수한 육체는 좀처럼 없기에 그런 일은 쉽지 않다. 누구라도 자기보다 열등한 몸 안에 들어가고 싶진 않을 테니까.

그걸 고려해 볼 때 저 광휘 드래곤킨의 육체는 아주 매력적이겠지. 타르나이에 뒤지지 않는 비행 대륙의 고등 종족이니까.

"반짝반짝 빛나는 게 과거 내 명예와도 같구나!"

흠? 어쩔까? 이의를 제기할까? 아니면 일단 양보를 한 뒤 과정을 살피는 게 좋을까? 고민하던 나는, 이쪽을 보며 의견을 묻는 책임자에게 고개를 끄덕여 보였다. 위험천만한 일인 만큼 미리 과정을 봐두는 게 좋을 것 같았다. 만약 저 늙은 타르나이가 성공해 버린다면 저 육체는 나랑 인연이 없는 거고.

"뭐, 이 친구가 상관없다고 하니까 그리 하도록 하지."

책임자가 동의하자 늙은 타르나이는 희희낙락해 했다.

"이걸로 이 육체는 내 것이나 다름 아니다. 빛 속성이 문제라면 빛 속성에 저항력을 가지면 될 일."

자신만만해 하는 꼴을 보니 역시 뭔가 대비를 해온 모양이구나. 책임자는 그 모습에 인상을 찌푸린다.

"좋네, 맘대로 해보게."

늙은 타르나이는 광휘 드래곤킨이 잠겨 있는 용액 안에 나란히 들어간다. 그리고 곧 영혼 이식이 시작됐다.

"호? 제법이군?"

과정을 진행하던 책임자는 곧 감탄했다는 어투였다.

"잘 되고 있는 겁니까?"

"원래라면 영혼이 저 드래곤킨의 몸에 들어가자마자 끝장이 나는데 지금 어찌 안착을 하는 모습이군."

곧 광휘 드래곤킨의 두 눈이 번쩍 떠졌다. 설마 이대로 성공하는 건가? 눈 뜨고 이런 훌륭한 육체를 빼앗기다니 아깝기 그지없었다. 용액 안에서 광휘 드래곤킨은 자신의 팔을 들어 올리기까지 했다.

희열에 찬 표정이었다. 하지만 그런 기쁨은 오래가지 못했다. 곧 숨이 막히는 것 같은 표정을 짓더니 두 눈이 충혈된다. 그리고 발작하는 것처럼 용액 속에서 두 팔을 마구 휘젓는다.

부글부글.

드래곤 킨의 입에서 거품이 잔뜩 뿜어져나온다.

"끄에에에에!"

유리관 안에서 고통에 겨운 비명이 흘러나왔다. 그러더니 곧 광휘 드래곤킨의 팔다리가 축 늘어졌다.

"설마 죽은 겁니까?"

내 물음에 책임자는 비웃음을 터뜨렸다.

"그렇군. 이번에는 뭔가 좀 다른 가 했더니 역시 어림도 없구먼. 무슨 방책을 마련해 왔던 건지 모르겠지만 빛 속성에 저항하기란 쉬운 게 아니지. 낄낄낄!"

책임자는 곧 늙은 타르나이의 시체를 챙겼다. 비록 마약에 절고

상한 육체지만 그래도 타르나이의 몸이다. 놔두면 쓸모가 있다고 여긴 거겠지.

"이제 어쩔 건가? 자네도 도전해 볼 건가? 낄낄낄. 엄두도 안 나지?"

어떻게 하지?

그래. 결국 위험을 감수할 수밖에 없어.

"주인님…."

"형님."

보비와 올가가 걱정스러운 듯 말리려 한다. 나는 둘을 괜찮다고 다독이고는 영혼 이식을 하기로 결정했다. 바페가 가진 빛 속성의 힘을 믿기로 한 것이다.

"하겠습니다."

결정을 내리자 책임자가 은근슬쩍 비웃음을 머금는 걸 볼 수 있었다.

"알겠네. 시술을 시작하지."

그 후의 과정은 내게 익숙한 것이었다. 특수 용액으로 가득 찬 몬스터합성강화 장치 안에 내 몸이 들어갔다. 몸이 천천히 나른해 진다. 의식이 흐려지는 건 아니다. 영혼은 명료하게 깨어 있으니까.

기계 밖에서 이 모든 걸 조작하고 있는 책임자가 말한다.

"일단 자네의 영혼을 뽑아내 광휘 드래곤킨의 2등급 영혼석에 삽입할 거야. 반절 가까이는 이 과정에서 죽지. 아마 자네도 별 수 없을 거 같지만."

빛 속성이 가득한 광휘 드래곤킨의 2등급 영혼석. 지하 세계에 사는 주민의 영혼은 그 안에 들어가기만 해도 위험할 수 있었다. 하지만 나는 이미 바페가 선물한 고유 능력 덕에 체질적으로 지저인과 다르다. 어렵지 않게 새로운 2등급 영혼석에 안착할 수 있었다.

"오? 생각보다 운이 좋군."

책임자는 이게 운이라고 생각하는 모양이다.

"자, 그럼 계속 진행하지. 부디 이번에도 거머리 같은 목숨이 붙어있길 바라네. 이제 그 영혼석을 새로운 육체 안에 집어넣을 거야. 광휘 드래곤킨은 온통 빛 속성으로 가득하니 잘 견뎌보게. 아무래도 이게 끝이겠지만. 킥킥킥."

장치 안의 기계 팔이 움직여 절개된 광휘 드래곤킨의 몸 안으로 내 영혼석을 들이민다. 곧 영혼석은 새로운 육체에 자리를 잡았다. 아마 지금 절개된 부위를 봉합하고 있겠지. 나는 곧장 빛살 모으기를 전개했다. 그러자 광휘 드래곤킨의 육체가 거부반응을 일으키지 않고 나와 하나로 융합해 간다. 영혼석이 육체에 안착하는 것에 아무런 반발을 일으키지 않고 있었다. 모든 게 순조롭게 진행된다.

"성공적으로 자리 잡고 있다고? 아니? 이럴 수가! 이럴 리가 없는데!"

책임자는 당황한 기색이 역력한 목소리였다.

"대체! 자네 지저인이 맞는 건가? 지하의 주민이 이 육체를 얻을 수는……."

내가 당연히 죽을 거라고 생각하던 책임자는 반쯤 패닉 상태였다. 그러거나 말거나 나는 새로운 육체를 지배하는 과정을 이어갔다. 마치 신경 연결망이 몸 전체로 천천히 뻗어나가는 듯한 느낌이다. 이윽고 나는 눈을 뜰 수 있게 됐다. 손가락이 움직이기 시작했고, 꼬리

역시 꿈틀거린다. 이런 내 모습을 초조하게 지켜보던 책임자가 갑자기 노호성을 터뜨린다.

"안 돼! 그건 내 육체란 말이야! 나를 위해 오래 준비한 육체라고! 네놈이 가져가게 둘 수는 없다!"

아니, 이 새끼가 지금 무슨 소리야?

어이없어 하는데 이후, 녀석의 행동은 더 충격적이었다. 기계 장치를 조작해 영혼이 안착하고 있는 날 방해하기 시작한 것이다. 곧 나의 혼이 광휘 드래곤킨의 영혼석에서 억지로 뽑히기 시작했다.

"안 돼!"

이상을 느낀 보비가 즉각 칼을 빼들고 책임자에게 달려들었다. 하지만 책임자는 마법을 쏴 보비를 날려버렸다.

"꺄앗!"

"이 천한 다크엘프년이 감히!"

꼬장꼬장하고 곱추에 추레한 몰골이긴 하나 저자도 엄연히 타르나이다. 보비가 덤벼서 이길 존재가 아니었다.

"네년에겐 곧 합당한 처분을 해주지. 미모가 뛰어나니 팔아버리면 돈 꽤나 받겠군. 옆에 있는 인간 녀석도 마찬가지고!"

겁먹은 올가가 덜덜 떠는 손으로 나팔총*을 꺼낸다. 하지만 발사도 하기 전에 책임자의 마법에 스르륵 잠이 들고 말았다.

"주인님께 감히! 결코 용서… 아, 안돼… 아….”

악을 쓰며 일어나려던 보비도 마찬가지였다.

---

* Blunderbuss 근세기에 쓰였던 산탄총의 일종.

당했다.

이 미친놈이 처음부터 우리를 속일 작정이었구나. 그를 신용한 건 아니었지만 이건 그래도 쉽게 생각하기 어려운데. 내 의문에 대답이라도 해주듯 책임자가 웃어재낀다.

"네놈이 생각하기에 내가 어찌 이럴 수 있는지 의아하겠지. 불법 시술처라고는 하나 이딴 식으로 굴면 하루도 더 장사할 수 없을 테니까."

맞다. 고개를 끄덕일 수 있다면 그러고 싶었다.

"하지만 말이야. 오늘 이 장사가 마지막이라면 어떨까?"

뭐라?!

"내가 더는 이 불법 시술처를 운영할 뜻이 없다면? 응? 키케케케케켁! 그간 이 광휘 드래곤킨의 육체로 어리석은 놈을 많이 홀려서 많은 육체와 영혼석을 챙겼지. 지금도 이제 충분히 마련했다고."

그는 광기 어린 눈빛을 번뜩이며 계속 설명해 나간다.

"애초에 이 드래곤킨의 육체는 날 위한 것이었어! 엄청난 품을 들여 주의 깊게 복구해 왔지! 너희 같은 불나방들에게 주려고 공들인 작품이 아니라고! 애초에 너흰 가질 수 없는 지복의 육체란 말이다! 일종의 예술품이라고 볼 수 있지! 그런데 너 말이야!"

그의 추한 얼굴이 유리에 바짝 붙어온다.

"아주 희한해. 어찌 이 빛 속성으로 가득 찬 육체에 안착이 거의 성공했던 거지? 방해하지 않았다면 드래곤킨의 육체를 빼앗길 뻔했다."

지금 나는 반쯤 영혼이 뽑힌 상태다. 즉, 어느 육체에도 제대로 안착하지 못한 채 거의 죽은 거나 마찬가지라고 할 수 있었다.

"이대로 네놈을 두긴 뭐하고. 역시 그냥 죽여 버릴까? 아니지, 아니야. 노예로 쓰는 것도 좋겠군. 킥킥킥."

곧 그가 기계를 조작하자 내 영혼인 마치 자석에 달라붙는 것처럼 견인되어 어디론가 끌려갔다. 그리고 시야가 흐려지더니 의식을 잃고 말았다. 다시 눈을 떴을 때는 나는 새로운 육체 안에 있었다.

"이건…!"

별 볼일 없는 좀비의 육체였다. 맙소사. 내가 다시 좀비가 됐다고? 진물이 흐르는 더러운 손을 내려다보며 망연자실해졌다. 손톱이 성한 게 없었다. 이런 게 내 몸이라고?

"킥킥킥! 잘 어울리는구나!"

앞을 보자 유쾌하게 웃어대는 책임자가 보였다. 왼쪽에는 기계장치와 용액으로 가득 찬 수조가 있었다. 그 녹색 액체 안에는 광휘 드래곤킨의 몸과 웨어 블랙팬서의 몸이 나란히 떠 있었다. 오른쪽을 보니 쓰러진 보비와 올가가 보인다.

이게 대체 무슨!

나는 혼란 속에서 묘한 데자뷰를 느꼈다. 이런 상황은 전에도 겪어봤다. 매드 사이언티스트 루제플의 밑에 있던 때와 똑같았다. 광기 어린 타르나이와 그의 실험실. 그리고 저항하지 못하는 좀비인 나. 순간 눈물이 핑 돌 것 같은 절망이 날 사로잡는다.

그간 열심히 해서 루제플 밑에서의 기억을 다 떨쳐냈다고 생각했는데, 한순간에 똑같은 처지가 됐다. 악몽에서 깨어났는데 다시 악몽으로 끌려온 느낌이었다.

손발이 절로 떨려왔다.

절망감 때문에 나는 내가 가진 모든 힘을 잊어버렸다. 아니, 내가 뭘 할 수 있는지도 모를 지경이었다.

"이놈, 여기 다크엘프랑 인간을 저 철장 안에 가둬놓도록 해라."

"네, 주인님."

어째서인지는 내 입은 공손하게 복종하고 있었다. 입뿐만이 아니라 몸도 자연스레 움직인다.

빌어먹을.

뭔가 강제된 효과가 있는 것 같았다. 이렇게 모든 게 끝난 건가. 보비와 올가를 철장 안에 가두면서 일말의 망설임도 없었다. 그리고는 책임자 앞에서 말 잘 듣는 노예마냥 가만히 있을 뿐이었다.

"크하하하! 좋구나. 좋아. 네놈이 남겨두고 간 저 웨어 블랙팬서의 몸은 비싸게 팔 수 있겠군."

이대로 나는 과거로 되돌아갈 수밖에 없는 건가. 언제 깨어날지 모르는 그 길고 긴 악몽 속으로 다시.

콰아아앙!

그런데 그때 갑자기 폭음이 터진다.

"뭐야! 어떤 미친놈이!"

갑작스러운 상황에 책임자는 허둥대는 모습이었다. 곧 그의 수하 하나가 실험실 안으로 들어오더니 외친다.

"군부의 습격입니다! 누가 여길 찌른 것 같습니다!"

"빌어먹을! 이제 장사 접으려는데 이 새끼들이! 으아아아악!"

책임자는 역정을 내며 주변의 물건을 바닥에 던졌다.

그러다 곧 명령을 내리기 시작했다.

"일단 전력으로 격퇴하겠다."

"주인이시여! 군부와 싸운다는 건!"

"어차피 도망갈 거다! 한 차례 격퇴하고 그 틈에 짐을 챙겨서 도 망간다! 나도 나갈 테니 연구소의 모두가 무장하고 모이라고 해!"

"알겠습니다!"

상황이 상황인지라 날 신경도 쓰지 않고 달려 나갔다. 홀로 남겨지자 몽롱했던 정신이 빠르게 돌아오기 시작했다. 아! 아무래도 저 책임자 녀석이 가까이 있으면 내 정신을 억압하는 것 같다.

"이제 어쩌지?"

고민하던 나는 직접 영혼 이식을 하는 건 무리라는 걸 깨달았다. 바깥에서 계속 조작이 이뤄져야 하는데 내가 저 용액 안에 들어가면 그건 무리다.

보비를 깨워 부탁해도 소용없었다.

영혼 이식은 섬세한 기술이고 보비는 관련된 부분을 배우지 못했다. 애초에 마법으로 잠든 그녀를 깨울 방법도 쉽게 안 떠올랐고.

시간이 없다.

어쩐다.

그러다 한 가지가 퍼뜩 떠올랐다.

"맞다! 영혼 다루기!"

바페에게 받은 세 가지 고유 능력 중에 유일하게 각성하지 못한 게 바로 영혼 다루기다. 하지만 지금 그 기술이 무엇보다 유용할 것임은 더 설명할 필요도 없다. 영혼 다루기를 쓰게 되면 저런 조악한 기계는 필요하지 않다. 나는 곧장 시도해 보기로 했다.

잘 되어야 할 텐데.

"으윽!"

하찮은 몸으로 강한 능력을 쓰기 시작하자 몸에 큰 부담이 왔다. 가재발이던 시절에는 그럭저럭 버텼지만 결국 그때도 웨어 블랙펀서로 몸을 옮겨야 했다. 한데 지금은 그런 합성 좀비도 아니고 그저 보통 좀비일 뿐이다. 곧 몸의 균형이 무너졌다. 시간이 없었다. 하지만 위기가 닥치면 초인적인 능력을 발휘하는 법. 시끄러운 전투의 소음을 들으면서 나는 기어코 영혼 다루기 기술을 각성해 냈다. 각성이라고 해봐야 원래부터 내가 가진 힘이다. 쓸 일이 없어서 제대로 시도하지 않았던 것뿐, 위기 속에서 달려들자 빠르게 해법을 찾아낼 수 있었다.

"후…."

이제부터 영혼 다루기로 내 영혼을 들어내 저 광휘 드래곤킨의 영혼석에 안착시켜야 한다. 단 한 번의 실수도 용납되지 않는지라 신중에 신중을 기했다. 밖에서 당장 군부의 병사들이 연구실 안으로 들이칠 것 같았지만 결코 서두르지 않았다. 그랬다가는 한 번 뿐인 기회를 날릴지도 몰랐으니까.

위이이이이-.

마법의 진동음이 나더니 곧 광휘 드래곤킨의 몸과 내 좀비 몸의 영혼석 사이에 빛의 길이 만들어진다. 어찌 보면 광케이블 같은 느낌이다. 내 영혼은 저 빛의 길을 타고 이동하게 될 것이다. 그 전에 책임자 녀석이나 단속을 하러 온 군인들이 닥치면 큰일이다.

참을 수 없을 만큼 초조했다.

"헉! 헉!"

오주윤이 책임자라고 부르는, 불법 시술자 타르나이 가가젤은 땀으로 흠뻑 젖어 있었다. 어찌 알고 온 건지 단속 나온 군인들을 격퇴하느라 진땀을 뺐다.

"이런 벌레 새끼가! 감히 황녀 전하의 군인인 우리를 공격해! 팔다리를 다 뽑아서 거꾸로 붙여버릴 새끼야!"

콰앙! 화르륵!

흥분한 군인들이 욕설과 함께 화염병을 던지자 가가젤은 마법으로 응수하며 악을 썼다.

"시끄러! 죽어! 죽으라고! 망자는 입을 다무는 법!"

콰아아앙!

"크아악!"

주변이 화염과 연기로 가득하다. 가가젤의 격렬한 반항에 사방에 군인들의 시체가 즐비했다. 일단 그는 군인들을 격퇴하는데 성공했다. 이걸로 몇 시간 이상은 벌었을 터.

'평소의 나라면 생각도 못했을 짓이지.'

가가젤은 오늘 자신이 무척 과감하다는 사실에 만족감을 느꼈다. 평소에는 하지 못하는 행동을 마구 할 수 있다는 것에 카타르시스가 온다고 할까.

그는 일단 자신의 연구실로 서둘러 돌아왔다. 도망가기 전에 이 늙은 타르나이의 육체를 버리고 광휘 드래곤킨으로 갈아타야 한다.

'내 급속 영혼 이식 기술만 있으면 문제없다.'

그에겐 누구도 흉내 내지 못하는 비전의 기술이 있었으니 바로 급속 영혼 이식이다. 그것만 쓰면 30분 안에 영혼 이식을 끝낼 수 있었다. 그 뒤에 귀중품을 챙겨서 하인들과 함께 도주할 작정이었다.

퇴로야 이미 오래 전에 확보해 놨다. 용의주도한 그는 예전부터 이런 날이 올 줄 알았기 때문이다.

연구실로 돌아와 보자 바뀐 건 없었다.

'좀비로 들어간 놈은 계속 멍한 표정이군.'

가가젤은 오주윤을 짐꾼으로 써야겠다 싶었다. 철장 안에 있는 다크엘프와 인간은 아깝긴 했다. 둘 다 대단한 미녀라 팔면 큰 돈이 되겠지만 도망치는 입장에서 데려가긴 무리였다. 하인들 중에서도 힘세고 날랜 자들만 뽑으려고 하고 있었으니까.

"자, 그러면 시작해 볼까."

그는 아날로그 장치로 가득한 기계 앞에 섰다. 그리고 자신의 영혼이 들어가게 될 광휘 드래곤킨의 육체를 물끄러미 살펴보았다.

"ㅋㅎㅎㅎㅎ…"

새로운 육체를 보며 그는 음침한 웃음을 흘렸다. 비행 대륙에서 떨어진 저 육체를 복구하는데 얼마나 많은 노력이 들었는지 모른다.

하늘 위에서 떨어졌으니 아무리 광휘 드래곤킨의 몸이 튼튼해도 엉망진창일 수밖에 없었다. 그래서 가가젤은 불법 시술처를 운용하며 번 돈 대부분을 이 육체에 퍼부었다. 하나 그건 절대 손해 보는 장사가 아니었다.

"그래. 내 마법 지식에 이 육체의 힘이 더해진다면!"

희열에 잠겨 레버를 당기려는 그때, 갑자기 광휘 드래곤킨의 눈이 번쩍 떠진다. 자신을 노려보는 노란색의 강렬한 안구.

"어엇?"

놀란 가가젤이 반응하려는 순간 눈앞의 유리창이 깨져나갔다.

와장창!

요란한 소리와 함께 튄 유리 파편들이 가가젤의 얼굴을 찢어놓는다. 그리고 쏟아져 나온 녹색 용액이 가가젤을 덮쳤다.

"으아아아!"

내가 유리창을 부순 순간 쏟아진 용액에 쓸려서 책임자가 넘어진다. 나는 곧장 놈의 멱살을 잡은 뒤 땅에 내리쳤다.

"크악!"

허우적거리던 책임자는 충격에 정신을 못 차렸다. 하지만 그 와중에도 위기를 벗어나고자 마법봉을 든다. 봉을 든 손을 드래곤킨의 입으로 물어버렸다.

콰득!

팔이 망가져서 비명을 지른 그는 날 보며 덜덜 떨었다.

"이게 어떻게 된! 이럴 순 없어!"

그의 상식으로는 상황이 이해되지 않겠지.

"너는 누구냐! 누구야!"

당황해서 내가 누군지도 모르는 모양이군. 그런 모습을 보자니 장난기가 치민다.

"죽었던 나를 살려주다니 고맙군! 크하하하!"

"뭐?"

책임자는 눈이 휘둥그레진다.

"나를 부활시켜 주다니 이 은혜는 잊지 않겠다! 보답으로 고통 없이 죽여주지!"

"으아아아! 말도 안 돼! 네놈은 시체였다고! 아무리 내가 정성을 들였어도 살아날 리가!"

실성한 것 같은 모습의 그는 발작하는 것처럼 마법을 다시 일으키려 했다. 그래서 드래곤킨의 큼지막한 앞발로 머리를 부숴 버렸다.

퍼억!

두개골이 함몰되고 눈알이 튀어나온다. 책임자는 바닥에 허무하게 쓰러져서 더 이상 움직이지 않았다. 야심차게 준비했던 것 치고는 무척 허망한 최후였다.

"역시 운명이란 모를 일이라니까."

그가 죽자 보비와 올가에게 걸렸던 마법이 풀렸다.

"흐음? 주인… 꺄앗!"

광휘 드래곤킨이 된 내 모습에 보비가 놀라서 펄쩍 뛴다. 나는 서둘러 사정을 설명했다. 보비를 진정시키는 데는 시간이 꽤 필요했다.

"저, 이제 괜찮아요."

"그래. 곧 군인들이 다시 몰려올 거야. 휘말리기 싫으면 얼른 도망가야 해."

"알겠어요, 주인님."

보비가 올가를 일으켜 주는 사이 나는 영혼을 잃고 덩그러니 남은 웨어 블랙팬서의 육체를 마법 지퍼 안에 챙겼다. 그리고 죽은 책임자의 품을 뒤적였다.

"뭐지, 이게?"

그건 작은 나이프 같은 모양이었다. 이리저리 살펴보다가 곧 그게 개인 창고의 열쇠란 걸 깨달았다.

나이프의 한쪽 면에는 '발라드 구르'라고 적혀 있었는데 이는 아르탈란에 있는 개인 창고다. 전문가들이 장물을 감추는 곳으로 애용한다고 니골이 말하는 걸 들은 적이 있다.

흥미롭군.

나는 시간이 날 때 가보기로 결정했다.

"주인님, 훌륭한 육체를 얻으신 거 축하드려요."

"고마워. 정말 기분이 좋네."

이 멋진 몸을 공짜로 얻어서 말이지. 책임자 때문에 허를 찔렸지만 결국 나는 한 푼도 안 내고 이 육체를 손에 넣은 것이다.

3-2. 우아한 분의 초대

광휘 드래곤킨이 된 내 육체의 힘은 가히 압도적이었다. 나는 시간을 투자해 새로운 육체에 익숙해지기 위해 노력했다. 그리고 휴식을 취할 때는 보통 인간의 모습으로 지냈다. 다행히 이 광휘 드래곤킨은 언제든지 인간으로 변신할 수 있었다.

"주인님, 너무 잘생기신 거 아니에요?"

보비가 날 신기한 듯 쳐다보고 있다. 인간형일 때 나는 금발, 금안의 미남자인데, 내가 봐도 잘난 인물이었다.

"예전 모습도 좋지만 지금도 정말 좋네요."

"너는 그냥 나라면 다 좋은 거 아냐?"

"히히, 사실 그런 거 같아요."

보비는 내가 좀비이던 시절부터 내 옆에 찰싹 달라붙어 있었다. 내가 잘생겼든 못생겼든 그녀는 한결 같았다.

"그나저나 무슨 일이야? 뭔가 보고할 게 있는 것 같은데."

"아, 그게 말이죠."

망설이며 보비가 말을 꺼냈다. 영웅급 용병을 고용하는데 난항을 겪고 있다는 것. 보통 3등급을 넘는 자를 영웅급이라 부르는데 전시다 보니 서로 데려가려고 난리였다. 보비는 내가 맡긴 임무를 충실히 수행해 각종 고급 병종을 고용해 왔으나, 영웅급에선 성과가 없었다고.

"영웅급은 단순히 돈으로 해결이 되는 게 아니더라고요. 귀족들도 잔뜩 나서고 있어서 돈 이외의 것도 중요한…."

보비는 뒷말을 흐렸다. 무슨 말을 하려는 건지 이해하고 고개만 끄덕였다. 하긴 영웅급의 입장에서도 나 같은 룸장 밑에선 일하고 싶진 않겠지. 요즘 내가 명성을 떨치고 있긴 하나 어디까지나 군 내부에서다. 아르탈란의 모두가 알아주리라 생각하진 않았다.

"…제가 작위도 없는 평범한 다크엘프다 보니 좀 어필하기 어려워서요."

보비는 내가 마음이 상할까 자기 탓을 하고 나섰다.

"응, 알겠어. 영웅급은 내가 직접 나설게. 부담스러운 일을 맡겨서 미안해. 아무래도 귀족들과 경쟁하려니까 힘들었지?"

"주인님…."

"보비는 영웅급이 아닌 일반 병종 모병에 힘써줘."

"네, 맡겨주세요."

보비와 역할 분담을 한 후 나는 휴가를 냈다. 아르탈란으로 직접 가보기 위해서였다. 그전에 니골에게 거미장군 밸리어트의 정보를 수집해 달라고 부탁했다.

"어려운 일일 것 같습니다. 적의 장군급이라…."

지금껏 수완 좋게 내 일을 도와주던 그도 이 건에 관해서는 난색을 표했다.

"충분히 지원할 테니 하는 데까지 해봐. 어려운 건 나도 아니까."

"알겠습니다, 고용주 님."

이후 나는 아르탈란으로 향했다. 사실 영웅급 고용에 암담한 건 나도 마찬가지였는데, 보비와 다르게 비벼볼 구석이 있었다. 바로 지난번 일로 점수를 딴 죠니아 백작부인이었다. 사교계의 마당발이자 정보통인 죠니아 백작부인이라면 도움이 될 것이다. 거미장군 밸리어트의 군세를 이겨내기 위해서는 영웅급 용병이 필수적이었다. 그래서 아르탈란에 오자마자 죠니아 백작부인을 찾으려고 했는데, 잠시 목을 축이러 들른 노점에서 뜻밖의 소리를 듣게 됐다.

"주인장. 다들 어디로 몰려가는 건가?"

"오늘 검투 대회가 있는 날이라 그렇습니다. 군관 나리."

"챔피언들끼리 대결하는 결승전인가?"

"아닙니다. 결승전은 앞으로 넉 달은 더 있어야 합니다요."

그런데 왜 저리 성황인 거지? 나도 검투 대회를 나가봐서 안다. 인기 있는 유희긴 하지만 오늘처럼 거리가 막힐 정도는 아닌데? 내가 고개를 갸웃거리자 노점의 주인이 설명해 준다.

"모두의 주목을 받는 챔피언이 하나 나타나서 그렇습니다. 팔이 여섯 개에 사자 얼굴을 한 락샤샤인데 자신의 용맹을 증명하기 위해 투기장에서 싸우고 있죠."

"잘 싸우나 보군? 그런데 그 정도로 저리 흥행하는 건 이상한데? 강한 챔피언은 언제나 탄생하는 거잖아."

"바로 보셨습니다. 나리."

이유인즉슨 아르탈란의 여러 귀족들이 그 락샤샤를 휘하에 두고 싶어서 러브콜을 해왔다는 것. 그런데 그 락샤샤는 모든 제안을 거절하고 있었다고 한다.

"그는 자신을 순수한 무력으로 쓰러뜨리는 자의 밑에선 일할 수 있다고 했답니다. 즉, 마법을 쓰지 않고 육탄전만을 하자는 거죠."

"호……."

마법의 종사인 타르나이 귀족 중에는 그 락샤샤 보다 강한 이들도 여럿일 거다. 누가 뭐래도 지하 세계의 패자들이니. 그런데 그 마법을 빼면, 타르나이의 육체적 강함은 딱히 지하 세계의 다른 종족에 비해 앞서는 건 아니다. 반면 락샤샤는 지저에서도 육체적 능력으로는 단연 상위권에 있는 종족. 타르나이 귀족들이 질겁할 게 자명했다.

"그래서 귀족 나리들께서 휘하의 영웅들을 그 락샤샤에게 보냈답니다. 일종의 대리 결투자인 거지요. 하지만 그들 모두 락샤샤에게 죽고 말았습니다."

그 뒤로는 좀처럼 그 락샤샤를 휘하에 두려는 귀족들이 없다고 한다. 마법 없이는 직접 이길 수 없고, 아끼는 인재를 보냈다가 죽기라도 하면 곤란하고, 이래저래 찔러볼 수 없는 대상이 된 거다.

"그래서 인기가 하늘을 찌르는군?"

"물론입니다. 귀족 나리들껜 죄송합니다만, 저희 미천한 것들이 보기에는 심히 통쾌한 구석이 있습니다."

그럴 것 같았다. 저 락샤샤가 귀족들을 계속 골탕 먹이고 있으니 지켜보면서 대리만족을 느꼈겠지.

"그런데 저런 거절에는 사연이 있다는 소문도 있습니다."

"그게 뭔가?"

"사실 충분한 금전을 제시한 귀족이 나타나지 않아 저리 거절하고 있다는 것이죠. 또한 버티면서 자신의 명성을 올려 투기장의 상금을 올리려 한다고도 합니다."

"흠? 요즘 영웅이라면 돈을 지불하고자 하는 이가 많지 않나."

"그렇긴 합니다만 그가 자신의 능력보다 훨씬 많은 걸 요구하고 있어서 매번 협상이 결렬되는 모양입니다. 분에 넘치는 요구를 한다고 귀족들이 역정을 내더군요. 그러다 결국 무력으로 그를 굴복시키려 휘하의 챔피언을 보냈고, 그게 반복되어 오늘에 이른 것입니다. 뭐, 정확한 꿍꿍이를 알 수는 없습니다만 만약 자기 몸값을 올리기 위한 일이라면 상당한 성공을 거둔 셈이죠."

생각지도 못한 얘기였다. 그 락샤샤, 뭔가 거금이 필요한 일이 있는 건지도 모르겠다.

"그래서 그 자의 이름이 뭔가?"

"브라흐 라자트입니다. 여섯 개의 팔에 여섯 개의 무기를 마치 자기 몸처럼 다루는 전사입죠. 나리께서도 구경 가시려면 서두르는 게 좋으실 겁니다."

"하하하, 그렇군. 고맙네."

계산을 한 나는 투기장으로 향했다. 입장하지 못한 사람으로 주변은 바글거렸지만 암표를 산 나는 쉽게 들어갈 수 있었다.

와아아아아아!

투기장은 엄청난 열기에 휩싸여 있었다. 흥미를 끄는 여러 싸움이 있어 나도 금세 시선을 빼앗겼다. 그리고 마침내 락샤샤 브라흐 라자트까지 등장했다.

"근사한데…."

실로 영웅호걸이란 느낌이 드는 자였다. 외형은 3미터는 돼 보이는 덩치 큰 인간에 사자 머리와 사자 다리가 달린 모습이다. 손은 여섯 개였고 제각각의 무기를 들어 모든 상황을 대비할 수 있을 것 같았다. 그리고 갈기는 바바리 사자처럼 풍성하고 위엄이 넘쳤다.

곧 브라흐는 관중을 보고 사자후를 터뜨렸다.

"누가 나의 검과 도끼를 받을 것인가! 귀족들이 보낸 무사들의 시체가 벌써 산처럼 쌓였는데, 정녕 날 대적할 인재가 없단 말인가!"

그 광오한 도발에 사방에서 환호성이 터졌다.

"와아아아아아아!"

정말 기세등등한 친구다. 보러 오길 잘했다는 생각이 들었다.

"내 휘하의 영웅이 나서겠다!"

뜻밖에도 그날 귀족 중에 도전자가 있었다. 한동안 나선 자가 없었다더니 그간 단단히 벼르고 있던 모양이었다. 코도르란 이름의 하프 타르나이 귀족으로, 그가 대리 결투자로 내보낸 이는 브라흐와 같은 락샤샤였다. 과연. 다른 이는 안 되겠으니 이번에는 같은 락샤샤를 내보내려는 건가.

"브라흐 라자트! 이번엔 네놈이 이길 수 없을 거다!"

기세등등하게 외치는 코도르의 모습을 보자니 이미 인재를 모시는 게 중요한 문제가 아니게 됐음을 깨달았다. 몇 번이고 반복된 거절과 실패로 저 자는 자존심에 상처를 입은 거다.

"얼마든지 오라! 이 브라흐! 무기를 든 자의 도전을 거절하지 않으니!"

그 말과 함께 양쪽의 락샤샤는 서로를 향해 격돌했다. 기대에 찬 사람들은 환호성을 터뜨렸다. 그리고 모두를 열광시키는 멋진 싸움이 벌어졌다. 각각 여섯 개의 팔에 여섯 개의 무기를 든 락샤샤가 벌이는 싸움은 그야말로 대단한 것이었다. 그러나 멋지고 아름다운 순간은 찰나에 끝나는 법. 금세 결판이 났다. 브라흐의 검이 상대편 락샤샤의 심장을 관통한 것이다.

쿵!

덩치 큰 락샤샤가 투기장 바닥에 모래 바람을 일으키며 쓰러진다.

"와아아아아아!"

경기장은 떠나갈 듯 울렸다. 나는 떠들썩함에 호응하면서도 코도르의 표정이 제일 궁금했다. 살펴보니 그는 얼굴이 터질 것처럼 달아오른 상태였다.

"빌어먹을!"

그는 들고 있던 물건을 땅에 내던지고는 악을 쓰더니 투기장을 빠져나간다. 하지만 누구도 패자에게 관심을 기울이지 않았다. 모든 영광과 명예는 투기장 가운데 우뚝 서있는 브라흐에게 돌아갔다.

"마음에 드는데."

나는 브라흐를 본 다른 귀족들이 그랬던 것처럼 휘하에 두고 싶어졌다. 하지만 대신 보낼 챔피언도 없는데….

그런 생각을 하던 중, 나는 지체 높은 귀족들처럼 누군가를 대신 보내야 할 필요가 없음을 깨달았다. 귀족들이야 마법이 제한된 상황이나 본인 체면 문제로 직접 나서지 않는 거지만, 나는 다르다. 드래곤킨의 육체는 마법이 없이도 충분히 막강하다. 게다가 내가 체면을 걱정할 정도로 지위가 있는 것도 아니고.

마침 잘됐다. 거미장군과 싸워야 하는데 전투력을 점검해 보는 것도 좋겠지. 나는 그날 브라흐의 다른 싸움을 유심히 봤다. 그리고 다음날 투기장에 출전을 신청했다. 시합은 나흘 뒤로 잡혔다.

"후우…… 여길 또 오는군."

선수 대기석에 앉아서 한숨을 쉬자 누군가 호탕하게 웃으며 어깨를 친다.

"인상 펴라고! 그런 꼴을 하고 있으면 올라가자마자 목이 달아날 거야! 무조건 이긴다는 생각을 하고 가야지!"

돌아보니 꼬장꼬장해 보이는 드워프였다. 누군가 싶었는데 곧 기억이 났다. 예전에 이 투기장에서 다크엘프 샬루, 텔루와 싸운 적이 있다. 그때 대기석에서 시비가 붙었었는데, 내가 샬루와 텔루에게 말로 한 방 먹여주자 유난히 크게 웃던 드워프가 있었다. 바로 그였다.

"말씀 감사합니다."

어쩐지 반가운 생각이 들었다.

"자네 이름이 무엇인가?"

"오토입니다."

"오토? 내가 예전에 이 투기장에서 본 인간이랑 같은 이름이로군. 인간 중에 오토란 이름이 흔한 건가?"

"그게 접니다. 어르신."

"뭐? 그게 정말인가! 크하하핫! 이 친구 이제 보니 육체를 갈아탔구먼!"

드워프는 크게 웃으며 축하해줬다. 아무리 지하 세계에서 몸을 갈아타는 일이 평범하게 일어난다고 해도, 어디까지나 돈 있는 자들에게나 가능한 것이었다. 드워프는 내가 크게 한 밑천 잡았다고 여긴 모양이었다.

"내 이름은 오르한이네. 반짝이는 금발을 가진 자네를 보니 돈 냄새가 나는구먼. 앞으로 친하게 지내세. 나는 금색이 도는 걸 싫어해 본 적이 없어."

"좋습니다."

그렇게 오르한과 통성명을 한 뒤 시합에 나가는 그를 배웅했다.

"설마 그 브라흐 라자트랑 붙으시는 겁니까?"

"그래! 크하하하! 오늘 내 그 놈의 콧대를 꺾어준 뒤에 이 투기장의 챔피언 중 하나가 될 것이야!"

오르한은 왼손에 든 망치와 오른손에 든 도끼를 부딪치며 호탕하게 웃어댔다. 그는 곧 독주를 꿀꺽 꿀꺽 들이키더니 크게 트림을 하고는 당당히 나선다.

"조심하십시오. 보통 놈이 아니랍니다."

"내 자네보다 더 잘 알고 있으니 걱정 말게! 놈의 시합이라면 빠짐없이 봤으니! 내 오늘 날을 잡은 것이야!"

잘은 모르겠지만 오르한은 브라흐를 쓰러뜨리고 싶어서 안달이 난 모양이었다. 나는 오르한이 마음에 들었기에 행운을 빌어줬다.

하지만 결과는 별로 좋지 않았다. 그리 길지 않은 시간이었다. 투기장에서 떠나갈 듯한 함성과 격한 기합성이 몇 번이고 들려온 뒤였다. 오르한이 침울한 얼굴로 선수대기석으로 되돌아왔다.

"어르신…."

안타깝게도 오르한은 팔 하나를 투기장에 두고 와야 했다.

"염병할…."

나직하게 욕지거리를 내뱉는 그는 울적한 얼굴이었다.

"오른팔은 안 가져오셨습니까? 상태가 괜찮으면 붙이기라도 해야…."

"자네는 브라흐에 대해 잘 모르는군?"

"네?"

"브라흐는 쓰러뜨린 상태의 신체 일부를 꼭 먹어치우지. 상대가 죽었든 살았든 말이야. 녀석은 그렇게 함으로서 상대의 힘을 흡수할 수 있다고 믿는 것 같아. 빌어먹을! 개 같은 새끼!"

오르한은 분이 안 풀리는 듯 옆에 오물통을 걷어찼다. 오물이 쏟아지자 대기석의 다른 선수들이 욕을 하면서 피한다. 그중 하나가 오르한에게 충고한다.

"피가 너무 많이 흐르는군. 어서 치료하지 않으면 욕 밖에 내뱉을 줄 모르는 네놈 주둥이도 조용해질 거다."

"닥쳐! 닥치고 술이나 가져와!"

오르한은 독주를 벌컥벌컥 들이키더니 팔이 날아간 부위에 쏟아붓는다.

"끄아아아!"

격통 때문에 이를 악무는 오르한. 안색이 좋지 않다.

"어르신, 어서 적당한 팔이라도 하나 사서 붙이는 게 좋겠습니다."

"빌어먹을, 그러지 말고 지혈이나 좀 돕게. 돈은 어제 저녁에 다 날렸으니!"

도박을 해서 땡전 한 푼 없다고 했다. 어이가 없구먼, 진짜.

나는 마법 지퍼에서 금화 주머니를 하나 꺼내서 건넸다.

"이거라도 쓰시지요."

"아니, 이건 금 아닌가. 내게 이리 막 줘도 되겠나?"

오르한은 놀라고 떨떠름한 얼굴이었다. 그도 그렇게 지하 세계에서 이런 까닭 없는 선의는 이상한 일이니까. 하지만 나도 괜히 그런 건 아니다.

"대신 조건이 있습니다."

그 말에 오르한은 안도한 얼굴이 됐다.

"브라흐랑 싸우면서 느낀 걸 모두 말씀해 주십시오. 제가 어떻게 그를 상대해야 할지."

"크하하하핫! 이 친구 아주 보통내기가 아니구먼! 좋네! 이 거래 받아들이지! 팔 하나 날리고 방금 알아챈 게 있어! 이 금화 주머니가 결코 아깝지 않을 거야."

나는 아직 시합까지 시간이 남았기에 근처의 외과 병원으로 오르한과 이동했다. 외과란 원래 검술 길드나 투기장 근처에서 성행하기에 병원까지는 금방이었다. 오르한은 의사가 팔을 소독하는 동안 내게 자신이 알아챈 브라흐의 움직임에 대해 설명해 줬다. 나는 주의 깊게 들었고, 경험 많은 전사인 그의 조언을 머릿속에 새겼다.

"가! 가서 내 대신 그놈 팔다리를 끊어놓으라고! 나처럼 팔 하나 먹히지 말고!"

"감사합니다. 어르신."

선수 대기석으로 돌아오니 여전히 그곳은 어수선했다. 실려 나오는 자들이 늘어날수록, 술 냄새에 피 냄새까지 더해지고 있었다.

"아이고, 뒈졌네. 뒈졌어."

들것에 실려 나오는 선수 하나를 보더니 다들 인상을 찌푸린다. 머리가 제대로 깨져 있었다. 일격에 사망한 듯했다. 오늘 시합은 브라흐에 대한 도전으로 진행되고 있는 것 같다. 다들 줄줄이 패하고 있었지만. 그래서인지 선수 대기실에는 처음의 열기도 거의 사그라지고 있었다. 오르한처럼 용감했던 자들이 박살나는 모습에 시합을 포기하는 자들이 속출했다. 덕분에 내 차례가 빨리 왔다.

"오토 씨. 준비하시죠."

"알겠습니다."

지금은 인간형 폼이라 날 미심쩍게 보는 관계자. 하지만 이내 고개를 젓더니 신경 쓰지 않는다. 투기장에서 죽어가는 사람이 어디 한둘이랴.

와아아아아아아아!

투기장에 들어가자마자 환호가 울린다.

"죽여! 죽이라고!"

"이번엔 비리비리한 게 나왔구먼!"

"브라흐! 죽여 버려!"

애초에 사람들은 내게 기대하고 있지 않았다. 위대한 챔피언 브라흐 라자트의 또 다른 승리를 구경하고 싶어 할 뿐이었다. 그럼에도 나는 여유를 잃지 않고 웃으면서 관객들을 향해 손을 흔들었다.

"저놈 넉살도 좋구먼!"

"금방 죽을 놈이 여유는!"

관객들은 어이없어 하면서도 내게 흥미를 느끼는 듯했다. 아무리 투기장이 험하다고 해도 곧 있을 거미장군 밸리어트와의 싸움만 할까. 그리 생각하니 지금 상황에서도 미소를 잃지 않을 수 있었다.

앞을 보니 피를 뒤집어쓴 사자 얼굴의 거인이 있었다. 여섯 개의 팔에 든 각각의 무기들도 희생자와 피와 지방질로 번들거렸다. 그의 노란 눈은 조용히, 사냥감을 주시하는 것처럼 날 쏘아보고 있었다. 그러거나 말거나 나는 시합장의 열기를 즐기며 주변을 돌았다.

그러다 귀빈석에 있는 죠니아 백작부인을 발견했다. 반가운 마음에 그녀 앞에 나아가 멋지게 인사하며 소리쳤다.

"오늘 승리를! 이 투기장에서 가장 아름다운 부인께 바치겠습니다!"

죠니아 백작부인은 가볍게 놀라더니 미소를 지으며 좋아했다. 그녀의 주변에 있던 귀부인도 꺄르르 웃음을 터뜨린다. 여전히 매혹적인 모습이군, 죠니아 백작부인은.

그녀는 겉으로는 웃으면서도 대체 내가 누군데 친근하게 구는 것인지 곤혹스러워 하는 것 같았다. 그래서 장난기가 발동했다. 지난번에 저 여자의 시험 때문에 꽤나 애를 먹었었지.

나는 죠니아 백작부인에게 윙크를 날렸다. 그리고 겉멋만 든 날건달들이 자주하는, 검지와 중지만 써서 하는 경례를 날렸다.

"부인과 단둘이 보낸 달콤한 시간을 저는 아직도 잊지 못하고 있습니다! 부디 부인께 유혹받는 그 영광이 다시 한 번 있기를, 오늘의 승리를 바치며 간절히 기원합니다!"

내 말에 난리가 났다. 죠니아 백작부인은 사교계에서 마당발이긴 하나, 남편과 사별한 이후에 남자를 만나지 않고 지내왔다고 한다. 그녀의 위험하고 색정적인 매력과는 별개로 꽤 행실이 정숙하다고 알려져 있다. 심지어 별명이 철벽의 미망인이다. 그래서 오늘날까지 별다른 스캔들이 없었는데 나처럼 대놓고 추파를 던지는 이가 나타나니 다들 놀라울 수밖에.

특히 귀빈석의 귀족들이 저마다 호들갑을 떨고 있었다. 누가 뭐라고 한다면 나도 할 말이 있다. 단둘이 시간을 보낸 것과 유혹 받은 것은 사실이잖나. 정확히 말하면 밀실에서 협박당한 것에 가깝지만.

"백작부인! 뭐라 한 마디 해주시죠! 저희 둘이 보낸 시간을 잊으셨습니까?"

내 계속되는 도발에 죠니아 백작부인은 궁지에 몰리고 있었다. 이미 주변에서 귀족들이 소곤거리느라 정신이 없었다. 오늘이 지나면 아르탈란에 소문이 퍼지리라! 죠니아 백작부인과 그녀의 젊은 미남자에 대해.

어디, 부인께서도 한 번 곤혹을 겪어 보시지요.

"젊은 검투사님."

마침내 죠니아 백작부인이 요염한 목소리로 입을 열었다.

"시합이 끝난 뒤에 그 팔다리 모두 멀쩡하다면, 기꺼이 다시 한 번 단둘의 시간을 보내겠어요. 저를 만지고 싶어도 팔이 달려 있어야 할 거 아닌가요?"

"와하하하하하하!"

주변에서 폭소가 터졌다. 재치있게 받아치는 죠니아 백작부인의 태도에 다들 박수를 친다. 역시 만만치 않은 여자다. 어째 분위기가 진짜 스캔들이 아니라, 얼굴만 믿고 들이대는 애송이를 백작부인이 우아하게 받아친 걸로 받아들이는 것 같았다.

몇몇 남성 타르나이들은 혼자 고개를 끄덕이는 게 그럼 그렇지란 태도였다. 뭐, 그런다고 니들이 죠니아 백작부인의 총애를 받을 수 있을 거 같냐?

"말씀 감사합니다. 그러면 제 사자 사냥을 즐겨주시지요!"

더 매달리지 않고 시합장으로 돌아갔다. 어차피 죠니아 백작부인을 망신주려는 게 아니다. 지난 번 일 때문에 장난을 쳐본 것이다.

"다 했나?"

혼자 가만히 서 있던 브라흐가 차가운 목소리로 물어온다.

그래서 나는 어깨만 으쓱였다.

"기다리게 해서 미안하군. 자네도 알다시피 이건 다 쇼가 아닌가. 보게. 이제는 관객들이 나를 야유하고 있잖나. 아르탈란의 인기 만점인 귀부인에게 추파를 던지는… 그 뭐랄까, 난봉꾼을 보는 태도로 말이야. 자네가 어서 내 팔다리라도 뜯어먹어주면 좋겠다고 하고 있군."

"그리 될 걸세."

자신만만해 하는 브라흐.

하지만 나 역시 여유만만해 보이자 그는 고개를 갸웃거린다.

"흠? 겉보기에는 평범한 인간인데, 믿는 구석이라도 있나 보군."

"물론이지."

내가 자신만만하자 그의 눈동자가 가늘어진다.

"네놈은 그저 싸우러 온 놈이 아니군."

말투가 거칠어진 게 자길 초빙하러 온 자들에게 감정이 안 좋나 보다.

"이런, 환영받지 못하는 건가?"

"그렇다. 순수한 무의 제전에 끼어든 날파리를 내 어찌 좋아하겠나! 검을 들어라, 인간!"

그 뒤로 문답무용. 브라흐는 즉각 무기를 휘둘러왔다. 사방에서 환성이 터진다. 나는 즉각 뒤로 물러나서 드래곤킨의 본신으로 돌아 갔다. 내 신체가 갑자기 부풀어 오르면서 강력한 손발이 자라난다. 눈높이 역시 거대한 덩치를 가진 브라흐와 거의 비슷하게 됐다. 내 갑작스러운 변신에 투기장 안이 더욱 시끄러워졌다.

"이놈!"

브라흐는 그럼에도 기세를 죽이지 않고 덤벼왔다.

나는 단단한 비늘 팔로 무기를 막아내거나 쳐냈다. 그리고는 이마로 브라흐의 머리에 박치기를 먹였다.

"크악!"

갑작스러운 일격에 브라흐가 주춤거리며 물러났다. 챔피언이 한 방을 허용하자 투기장은 더욱 시끄러워졌다.

"용이야!"

"금처럼 반짝이는 용인이다!"

뭔가 거창한 싸움의 예감을 한 건지 다들 난리가 났다.

"이제 좀 할만 해 보이나?"

"과연… 믿는 구석이 있었군. 어느 귀족이 너를 보냈나?"

"아니, 내가 직접 왔다. 너를 휘하에 두고 싶어서."

"뭐라? 크하하핫! 재밌군! 좋다! 오라! 이 브라흐를 무력으로 이길 수 있다면 그대 휘하에 들어가 주지!"

브라흐는 갑자기 들고 있던 여섯 개의 무기를 모조리 집어던진다. 그러더니 달려와서는 주먹세례를 퍼붓기 시작한다. 좋다, 이렇게 나온다 그거지? 나 역시 주먹을 불끈 쥐고는 브라흐를 두들겨댔다. 남자들의 뜨거운 주먹싸움이 되자 투기장은 더욱 시끄러워졌다. 우리는 가드도 없이 피투성이가 되도록 서로 싸웠다. 지치지도 않고 말이다.

퍼억!

내 주먹질에 브라흐의 이빨 하나가 공중으로 날아간다. 하지만 싸움은 매우 불리했다. 이쪽은 주먹이 두 개지만, 저쪽은 여섯 개였으니까.

"겨우 이 정도로 날 찾아온 건가!"

나는 왜 브라흐가 주먹질에 나선지 알게 되었다. 그는 권법의 달인이었다. 여섯 개의 팔이 조화롭게 움직이니 용의 거친 힘으로도 점점 당해내기 어려워졌다.

눈앞에 점점 브라흐의 주먹 밖에 안 보였다.

"크윽!"

마침내 나는 휘청이다가 한쪽 무릎을 꿇고 말았다.

브라흐는 오만한 얼굴로 날 내려다본다.

"그래, 용의 혈족답게 마법은 잘 쓰겠지. 하지만 마법이 없다면 겨우 이 정도인가?"

"잘난 척하는 것도 거기까지야."

"쿠흥! 한쪽 무릎에 흙이 묻은 주제에 잘 말하는군? 비겁하게 마법이라도 부리려는 건가? 그래! 맘대로 그 거짓된 기예를 펼쳐보라. 하지만 너를 상대할 이 두 주먹에는 한 점의 거짓도 없을 것이다."

브라흐는 역시 마법을 혐오하고 신체 본연의 완력만을 숭배하는 자 같았다.

"나의 몸은 깨지지 않는 강철이며! 나의 피는 검은 석유다! 락샤샤는 패배도 모르고 두려움도 모른다! 그게 바로 나 브라흐 라자트다!"

사자의 얼굴에는 용맹함만이 가득했다.

"네놈은 이런 날 당해낼 수 있겠는가!"

정말 못 말리겠군. 이 정도의 열혈을 보여준다면 싫어도 따라줄 수밖에 없다. 자리에서 다시 일어나자 환호가 터진다.

나는 입가에 피를 뱉어내며 경고했다.

"영광은 실컷 누렸나? 이제 용의 분노를 느낄 차례다."

"크하하핫! 어디 실컷 분노해 보라. 뜨겁게 달아오른 그 심장, 차가운 지면에 얼굴을 대고 식히게 해주겠다! 네놈과 다르게 나는 절대 질 수 없는 이유가 있단 말이다!"

브라흐는 겉으로는 순수한 싸움을 위한다고 했지만 내가 보기엔 수상쩍은 구석이 많았다.

퍽! 퍽! 퍽!

날아오는 주먹질 세례에 더 생각을 하기 어려웠다. 할 수 없지. 쓰러뜨리고 나면 모든 게 명료해질 터. 우리는 다시 주먹질로 맞붙었다. 당연히 이대로라면 팔이 적은 내가 여전히 불리하다.

어지간하면 주먹으로 끝내려고 했지만 나도 전력을 다하는 수밖에. 사실 좀 비겁하단 생각이 들어서 안 쓰려고 했지만, 브라흐도 자신의 신체를 완전히 활용하고 있다. 나 역시 그럴 필요가 있었다. 내가 이 싸움에서 쓰지 않는 신체 부위는 바로 꼬리와 날개다. 이 두 개를 사용하면 전투의 양상은 바로 달라진다.

"브라흐! 네놈은 좋은 전사다만 이 세상엔 너보다 강자가 있는 법이지!"

"얻어터지면서 그런 말이 나오는 건가!"

격노한 브라흐는 사자의 입을 벌려 날 물어뜯으려 한다. 나는 손을 들어 막아낸 뒤 교묘하게 꼬리를 움직였다. 그리고 브라흐의 발목을 잡아채 잡아당겼다.

"크?"

놀란 소리를 내던 브라흐는 그 순간 비명도 지르지 못하고 땅바닥에 거창하게 넘어졌다. 동시에 나는 용의 발로 브라흐의 가슴팍을 짓밟았다.

"크억!"

일순간 숨이 막히는 듯한 브라흐.

나는 손을 뻗어 그런 그를 붙잡은 뒤 두 날개를 펼쳐 날아올랐다. 무거운 브라흐를 붙잡아서 위태위태하기 짝이 없었지만 용의 억센 날개는 사방에 흙먼지를 일으키며 날 위로 띄워줬다.

"이놈!"

"무기를 다 던져버린 건 네 실수다!"

나는 반항하는 브라흐를 붙잡고 15미터까지 올라갔다. 하지만 더는 힘들어서 무리였다. 브라흐 역시 발버둥을 치고 있었기에 당장이라도 놓칠 것 같았다. 그래서 한쪽 날개의 힘을 빼면서 몸을 그대로 반전했다. 15미터에서 머리부터 추락이었다.

"브라흐 라자트! 이걸로 끝이다!"

소리치자마자 지면이 닥쳐왔다. 요란한 소리와 함께 브라흐는 머리부터 땅에 추락했다. 나 역시 흙투성이가 되어 굴러갔다. 분명히 브라흐를 먼저 부딪치게 했는데 나도 충격이 컸다.

정신이 하나도 없어 한동안 일어설 수조차 없을 정도였다. 겨우 몸을 일으켜 보니 투기장 안이 쥐 죽은 듯 조용했다. 나는 그런 그들에게 두 손을 불끈 들어 올려 보였다. 곧 새로운 챔피언을 향한 환호가 폭발했다. 갑자기 폭탄이 귓가에서 터진 것 같은 소음이었다.

"오토! 오토! 오토!"

"오토! 오토! 오토!"

대부분은 그리 열광했지만 지난 챔피언의 몰락에 충격을 받은 자들도 많이 보였다. 상심이 가득한 얼굴로 자리에서 일어나 더는 볼 것 없다는 듯 투기장을 빠져나가는 자도 여럿이었다. 하지만 대부분은 새로운 챔피언을 위해 목청껏 소리치고 있었다. 브라흐가 누렸던 투기장의 영광과 명예는 모두 내차지가 됐다.

사람들은 너무나 쉽게 패배한 챔피언을 잊어버렸다. 그들의 눈은 오직 나만을 담고 있을 뿐이었다.

"살아있나?"

브라흐에게 가서 발로 건드려 보았다. 보니까 다행히 숨이 붙어 있다. 브라흐는 곧 고개를 흔들더니 몸을 일으킨다. 대체 이 녀석은 생물이 맞긴 한 건가?

"제법 매서운 일격이었군."

다른 종족이면 머리가 터져야 당연한 건데 제법 매서운 일격이라고 하다니.

"패배를 인정하는가?"

"…그럴 수밖에 없을 것 같군."

"앞으로 내 휘하에 들라."

"……."

브라흐는 선뜻 대답하지 않았다. 역시 뭔가 망설이는 점이 있었던 모양이다. 하지만 결국 자신이 공언한 걸 어길 수는 없었다.

"좋다. 네 휘하에 들지. 그리고 나 브라흐는 자신의 이름에 걸고 맹세하겠다. 네가 나보다 강한 동안에는 결코 너를 배신하지 않겠다."

락샤샤다운 맹세였다.

"그거면 됐어. 영원히 날 배신하지 못하겠군."

"크르르릉!"

화가 치미는 듯 사자의 포효로 답하는 그. 그러더니 곧 땅바닥의 무기를 집어 들고는 자신의 팔을 자르려고 한다.

"그만 뒤! 뭐하는 거야!"

"우리 락샤샤는 승리하면 상대의 팔을 뜯어먹고 패배하면 내 팔을 잘라준다. 그렇게 모든 팔을 잃은 락샤샤는 전사로 살아갈 수 없는 거지."

참 기괴한 풍습이다. 나는 서둘러 브라흐의 무기를 빼앗았다. 하지만 기어코 자르겠다고 해서 말리는데 애를 먹었다. 나는 전투력이 떨어진 전사는 원하지 않는다고 설득했다. 겨우 합의를 봐서 귀 하나를 대신 자르는 걸로 그쳤다.

"자, 이걸 네게 주지."

브라흐는 공손하게 한쪽 무릎을 꿇고 자른 귀를 내게 내밀었다. 와, 이거 아직 따뜻한데. 인상을 좀 찌푸리고 귀를 받아들자 투기장이 터질 듯 시끄러워 진다. 사방에 관객들이 뿌린 색종이가 날아다니고 관악기의 소리가 요란하게 울려댔다.

"오토! 오토! 오토!"

관객들은 새로운 챔피언의 이름을 끝없이 불러댔다.

브라흐를 데리고 투기장을 나오는데 한 인물이 앞을 가로막는다.

"이건 무효다! 브라흐! 네놈이 처음부터 사기를 쳤구나! 이 천한 버러지 새끼가! 감히 날 방해해!"

이게 대체 무슨 시비야. 어이없어 누군가 보니 코도르란 그 귀족이었다. 브라흐에게 몇 번이나 도전해 실패한 탓에 휘하의 챔피언을 여럿 잃은 자.

"대체 그게 무슨 소립니까?"

"누가 모를 줄 알고! 오토라고 했지? 네놈이 자기 자신에게 돈을 건 걸 이미 알아봤다. 이게 승부조작이 아니고 뭐야!"

브라흐와 싸우기 전에 나 자신에게 배팅한 건 사실이다. 하지만 이건 투기장에서 싸우는 자들이라면 흔히 하는 짓이니 괜한 시비다.

"듣기 싫습니다."

상대하기 귀찮아서 비키라는 듯 옆으로 밀어버렸다.

"이놈! 감히 하찮은 하급 장교 따위가 제국의 귀족에게!"

말은 그렇게 해도 바로 덤비지 못하는 꼴이 투기장에서 내 모습 때문이겠지. 그러면서도 입으로는 악을 쓰는 게 영 짜증나서 근처의 쓰레기통을 주워서는 그의 머리 위에서 뒤집었다.

와르르.

오물이 코도르의 머리에 쏟아졌다. 나는 그걸로 그치지 않고 쓰레기통을 그대로 그에게 씌워줬다.

"감히 이놈!"

통속에서 그의 목소리가 울리는 게 들린다. 쓰레기통을 쓴 채 몸을 일으키기에 그대로 걷어차 버렸다.

"아악!"

그는 비명과 함께 데굴데굴 굴러간다. 옆에서 지켜보던 브라흐가 웃음을 터뜨린다.

"화끈하군. 제국의 귀족을 저리 취급해도 되겠나?"

"귀족인지 몰랐다고 하지 뭐."

내 말에 브라흐는 못 말리겠다는 듯 웃음을 터뜨렸다.

"그런데 브라흐. 뭔가 일이 있는 건가? 아까 절대 질 수 없는 사정이 있다고 했지."

브라흐는 약속 때문에 내 휘하에 들기로 했지만 표정은 밝지 않았다. 패했기 때문에 어쩔 수 없다는 느낌이랄까.

"……."

내 물음에 그는 쉬이 대답하지 않았다.

"말해 보라고. 마음에 걸리는 게 있는 전사가 제대로 싸울 수 있겠나? 이제부터 같이 일할 건데 나도 신경 쓰이는군."

"별 것 아니니…."

"어서."

계속된 내 채근에 결국 브라흐는 입을 열었다. 투기장에서 큰 돈을 벌기 위해 노력해야만 했던 이유를 말이다. 그의 고향 마을에 괴질이 돌아서 큰 위기라는 것. 치료약이 필요한데 그 돈을 대기 어렵다고 했다.

"아무리 내가 누군가 밑에 들어간다고 해도 단번에 받을 수 있는 돈은 한계가 있다. 그런데 타르나이의 마법 물약은 무척이나 비싸지."

새삼 올가의 일이 생각났다.

"마을을 구하려면 이 방법밖에 없었어."

"그런 사정이 있었군. 그런데 내 휘하에 들어와 버려서 어쩌나?"

"미안할 것 없다. 전사의 이름을 걸고 약속한 일이니, 후회는 없다."

다만 브라흐는 그동안 번 돈을 마을에 전달할 시간 정도는 달라고 했다.

"물론이지. 그 정도야."

"내가 그간 투기장에서 번 돈이면 마을의 괴질을 완전히 몰아내지는 못해도 상당 부분 회복할 수 있겠지."

"흠, 그런데 말이야. 브라흐."

"?"

"마을이란 게 자네 같은 락샤샤들이 사는 곳인가?"

"그렇다."

그 말에 내 머리가 빠르게 돌아가기 시작한다.

락샤샤는 매우 훌륭한 전쟁 용병들이다. 다만 자존심 강한 전사인데다가 문명과 떨어져 사는 그들의 삶 때문에 좀처럼 고용하기가 어렵다. 이번 기회에 내가 락샤샤 마을에 은혜를 입히고 그들을 일부나마 고용할 수 있다면 좋은 일이 아닐까?

잠시 고민하던 나는 결정을 내렸다.

그들을 돕는다고 해서 고용을 확실히 할 수 있는 건 아니지만 미래를 위한 투자 차원에서 브라흐를 돕기로.

"부족한 돈은 내가 대도록 하지."

"뭐라? 그게 정말인가?"

브라흐는 생각지도 못한 제안에 놀란 기색이었다. 나는 광휘 드래곤킨의 육체를 공짜로 얻은 탓에 자금의 여유가 생긴 상태였다.

"그렇네."

"…원하는 게 뭔가?"

"그런 건 딱히 없어. 그냥 주는 것도 아니고 빌려주는 거다. 브라흐, 네가 나와 이제 인연이 생겼으니 돕는 것뿐이다."

말은 그렇게 했지만 아무나 할 수 없는 결정이란 건 그가 더 잘 알겠지. 그래서 그런지 브라흐는 감격한 얼굴이 됐다.

"생면부지의 우리를 위해 그런 결정을 해주다니. 이 브라흐, 오늘 일을 반드시 보답하겠네."

"마을 일도 급할 텐데 바로 떠날 채비를 하지. 차원 관문을 타고 가면 오래 걸리진 않을 걸세."

브라흐가 떠나고 며칠이 흘렀다. 내가 그에게 빌려준 돈은 35만 밀이나 됐다. 그가 번 돈과 합치면 괴질로 신음하는 마을을 구하긴 충분하겠지. 다만 이후가 문제인데 35만 밀이나 되는 거금은 작은 마을로는 쉽게 갚기 어려운 금액이다. 그러면 남은 방법은 몸으로 때우는 것밖에 없다. 한동안은 뒤처리를 위해 내 밑에 합류하긴 어려울 테지만 적당한 시점이 오면 그들을 볼 수 있지 않을까.

돈에 관해서는 설령 제대로 받지 못해도 상관없다. 고향 마을을 아끼는 브라흐에게 그만큼 일을 더 시키면 그만이니까. 결과가 어찌 되든 그리 나쁠 것 없단 판단 하에 한 투자였다.

나는 그 문제는 치워버리고 새로운 사안에 집중하기로 했다. 죠니아 백작부인과의 만남에 말이다. 면담 신청은 미리 해놨다. 어쩌다 투기장까지 갔지만 원래 아르탈란에 온 건 죠니아 백작부인을 만나기 위해서였다. 그녀는 워낙 바쁘신 몸이라 바로 만나진 못하고 며칠째 기다리는 중이지만. 만날 방법도 없어서 투기장에서 인사해야 했던 그때에 비하면 많이 발전했다.

신청 후 며칠이나 걸리긴 하지만 죠니아 백작부인이 내게 시간을 내줄 정도니까 말이다. 내 지위가 올라가면 언제든지 만날 수도 있는 것 아닐까?

나는 내일 할 일을 생각하며 아르탈란의 거리를 산책했다. 그런데 인적이 없는 골목에 들어선 순간 가슴 한구석이 서늘한 느낌이었다. 발걸음을 멈춘 나는 슬쩍 허리춤의 칼에 손을 가져 댔다. 그때 앞쪽에서 검은 그림자가 쑤욱 솟아오른다.

"오토 님이십니까?"

"그렇습니다만."

귀신처럼 나타난 상대를 보면서 나는 놀라지 않았다. 이미 본 적이 있는 인물이기 때문이었다. 그는 죠니아 백작부인을 수반하는 비밀스러운 존재 중 하나였다.

"백작부인께서 당신을 초대하셨습니다. 응하시겠습니까?"

음? 이미 면담 신청을 했는데 무슨 소리야, 라고 물으려다가 사정을 헤아렸다. 비록 오토란 이름이 같다고는 해도 저쪽에선 설마 그 웨어 블랙팬서인 오토와 광휘 드래곤킨인 오토가 동일인인지 모르고 있는 모양이었다. 아니, 의심 정도는 하고 있을지도 모르겠다.

"백작부인께서 미천한 제게 무슨 볼일이신지?"

"며칠 전 투기장에서의 일로 부인께서 오토 님께 관심을 갖고 계십니다."

"그거 좋은 의미입니까? 나쁜 의미입니까?"

"대답할 수 없습니다."

"거절한다면 무력으로라도 끌고 가실 거죠?"

"그렇습니다."

그림자가 대답하는 순간 주변에서 그와 같은 그림자 여럿이 솟아오른다.

"이런, 이런."

나는 한 번 웃고는 초대를 수락한다고 했다.

"따르시지요."

그리고 그림자들을 따라 죠니아 백작부인이 있는 곳으로 향했다. 그녀는 자택이 있긴 하지만 매일 다른 장소에서 머문다. 그래서 죠니아 백작부인이 어디에 있는지 쉽게 맞출 수 있는 사람은 없었다.

그걸 아는 탓에 어디로 가는 건지 묻지도 않았다. 한 10분을 따라갔을까? 허름해 보이는 극장에 도착했다. 오늘 공연은 없는 듯 안은 한산했다. 그리고 그 안쪽으로 들어가니 고급스러운 대기실이 있었다. 전체적으로 낡았지만 좋은 가구가 놓여있는 근사한 곳이었다. 죠니아 백작부인은 그 방에서 우아하게 차를 홀짝이고 있었다.

"우아한 분께 어울리는 우아한 방이군요. 인사드립니다. 부인. 당신의 아름다움에 한 송이 꽃을 바치고 싶습니다."

"흥. 달변이시군요."

죠니아 백작부인은 투기장에서의 곤란함 때문인지 나에 대한 인상이 좋지 않은 듯했다. 표정을 보니 단단히 한 소리 하려고 부른 것 같은데, 곧 그녀는 놀란 얼굴이 되었다.

"어라? 그 오토잖아요? 세상에! 이름만 같은 거라 생각했는데!"

이런, 단번에 알아보는구먼. 설마 이렇게 바로 간파할 줄은 몰랐는데, 곧 한 가지 사실을 떠올렸다. 예전에 말고제 영감도 같았었지.

"영혼의 냄새를 맡으셨군요."

투기장에서와 다르게 근접해 있으니 바로 들켜버렸다.

"네, 맞아요. 타르나이의 특기죠. 아무리 육체를 갈아타도 당신을 알아볼 수 있답니다. 오토."

거기까지 말하던 그녀는 곧 부채로 얼굴을 가리고 맑게 웃음을 터뜨렸다. 그러자 과감하게 드러난 풍만한 가슴골이 출렁거렸다. 굉장히 뇌쇄적이었다.

"호호호호. 아, 그래서 그런 거였구나. 이제 당신의 태도가 모두 이해가 되네요. 장난기 넘치는 사람 같으니라고."

그때 투기장에서의 태도는 이 자존심 강한 귀부인을 분명 화나게 할 만한 것이었다. 하지만 우리가 구면이라면 얘기가 달라진다. 죠니아 백작부인은 투기장에서의 일이, 과거 자신이 날 겁줬던 일에 대한 보복임을 깨달은 모양이다. 그래서 한소리 하려고 했던 것 같은 그녀는 웃는 낯으로 표정을 풀었다.

"당신도 정말 짓궂군요. 오토."

"그래도 부인이 아름답다고 한 건 거짓이 없었습니다. 투기장에 그 많은 사람들이 있었지만 솔직히 부인의 미모가 가장 빛나시더군요."

"어머나. 호호호."

죠니아 백작부인은 내 말에 기뻐했다. 새삼 나도 입 발린 소리를 제법 잘 하게 됐다는 생각이 들었다.

"안 본 사이에 바람둥이처럼 변했어요, 당신. 예전의 순수한 모습이 좀 그리운데요?"

"사실 잘 굴러가는 건 혓바닥뿐입니다. 여성 앞에선 여전히 쩔쩔

매고 있죠."

　나는 말이 나온 김에 메이니와 있었던 일을 얘기해 줬다. 실용 연애 서적을 이야기가 나오자 죠니아 백작부인은 눈물을 찔끔 흘릴 정도로 재밌어 했다.

　"세상에! 당신 너무 귀엽네요."

　"말이라도 감사합니다."

　"혹시 궁금한 게 있으면 이 누나랑 함께 배워보지 않을래요? 혓바닥이 잘 굴러간다면 충분히 여자에게 기쁨을 줄 수 있답니다."

　꿀꺽.

　나도 모르게 마른 침을 삼키고 말았다.

　"오늘은 일 때문에 왔습니다. 순진한 사람 너무 놀리지 마세요."

　"호호호, 귀여워."

　뭐가 귀엽다는 건지 모르겠는데, 이 원숙한 타르나이 귀부인은 내가 어리게만 보이는 것 같았다.

　"자, 말해 봐요. 이 누나가 고민을 들어줄게요."

　"예전보다 태도가 친근해지셨습니다?"

　"저는 성공가도를 달리고 있는 젊은이에게 상냥하답니다."

　"마음에 드는 젊은이는 침실로 부르기도 하나요?"

　"어머. 절 그렇게 봤다면 실망이에요. 아르탈란에서 열녀 소리 듣고 있답니다. 하지만 당신이라면 조금 다시 생각해 볼게요. 혹시 수절하고 있는 과부가 취향인가요? 그거 젊은이가 갖기에는 꽤 마니악한데…."

　이 여자 일부러 이러는 거구나. 이제야 알아채고는 인상을 찌푸렸다. 하지만 그런 태도가 그녀를 더욱 즐겁게 만드는 것 같았다.

"끄응……."

불편하다는 신음을 흘려도 죠니아 백작부인은 매혹적인 태도를 거둘 생각이 없는 것 같았다. 오히려 몸을 앞으로 기울여온다. 그러자 아름답게 모인 가슴골이 더 두드러진다.

"남자랑 함께 침실에 들어간 지가 벌써 200년도 넘은 거 같아요. 이 정도면 사실상 처녀로 돌아간 거 아닐까요?"

"그 무슨 괴상한 논리입니까. '사실상 처녀'라 그겁니까?"

"그럼요. 밤의 기술도 다 까먹었을 정도인데."

생긋 웃는 모습만큼은 색정적인 몸매와 다르게 청순해 보인다. 위험해. 결국 두 손을 들고 항복하고 말았다. 죠니아 백작부인이 왜 이러는지 알기 때문에.

"알았습니다. 알았어요. 앞으로 투기장에서처럼 장난 안 치겠습니다. 제발 좀 봐주세요."

"호호호호호."

죠니아 백작부인은 한참 웃으면서 좋아했다. 그러면서 묻는다.

"아직 못 당하겠죠?"

"끄응… 너무 안심하지 마시길. 젊은이는 금방 자라나니까."

"기대할게요. 이 누나가 설렐 정도로 근사해져 보세요. 당신이라면 가능할 거 같네요."

"기대해 부응해 드리고 싶습니다만… 사실 제가 요즘 좀 문제가 있어서 왔습니다. 부인께 조언을 구하고 싶군요."

농담은 이제 됐다. 진지한 일 얘기를 할 차례였다.

"그런가요? 한 번 들어보지요."

"제가 곧 힘겨운 싸움을 해야 합니다. 죄송하지만 어떤 사정인지는 자세히 말씀드리긴 어렵습니다."

거미장군 밸리어트에 대해 말하려면 상관인 더블바인드를 해치워 버렸다는 얘기까지 가야 한다.

"그런가요? 그럼 일단 가능한 부분만 말해 보세요. 듣고 도울지 말지는 제가 정할 테니."

"알겠습니다. 그 힘겨운 싸움을 이겨내기 위해서 영웅급 용병이 필요합니다. 하지만 아시다시피 요즘 영웅급은 귀한 몸들이라 고용하기가 쉽지 않더군요."

"그래서 제 인맥을 통해 도움을 받고 싶으시다?"

"맞습니다."

얘기가 빨라서 좋았다.

"흠… 괜찮은 후보를 추천해 드리지 못할 건 없겠죠. 하지만 영웅의 직업과 능력은 다양한데 어떤 스타일을 원하는지는 알려줘야겠는데요."

"혹시 거미를 상대하는 데에 뛰어난 자가 있을까요?"

"거미라… 지저에서 거미는 가장 큰 위협 중 하나죠. 그래서 식인거미를 퇴치하기 위한 직업이 많이 있답니다. 스파이더 스토커, 스파이더 슬레이어, 스파이더 헌터 등등. 하지만 전 그 중 스파이더 델버Spider Delver가 최고라고 생각해요."

"그리 말씀하심은?"

죠니아 백작부인이 괜히 이야기를 꺼냈을 리가 없다.

과연 그녀는 내 기대를 충족시켜줬다.

"마침 아르탈란에 스파이더 델버가 하나 있지요. 지금 어려운 처지에 빠져있는데 도와준다면 당신을 위해 일할지도 모르겠군요. 거미 때문에 어려움을 겪을 것 같다면 거미 전문가를 옆에 두는 게 상책이겠죠."

"아르탈란 어디입니까?"

"맨입으로 알려드려야 하나요?"

"원하시는 게 무엇입니까?"

그녀는 잠시 부채를 입가에 가져다 대고는 생각에 잠겼다. 하지만 곧 고개를 젓는다.

"지금은 딱히 생각나는 게 없네요. 대신 제게 빚을 하나 진 걸로 하죠."

"좋습니다."

"그 말 책임질 수 있는 거죠?"

어째 위험한 느낌이 들었지만 어쩔 수 없었다. 거미 전문가라니, 내겐 너무나 간절한 상대다.

"물론입니다."

"좋아요. 그녀의 이름은 네리스예요."

"네리스?"

"네. 구사 가문 출신의 다크엘프죠. 구사 가문은 다크엘프 번국에서도 쌍검술로 유명한 가문입니다. 그녀 역시 가문의 비전을 익히고 있지요. 하지만 그녀는 자신의 가문에게 쫓기고 있어요."

눈으로 의문을 표하자 죠니아 백작부인이 계속 설명한다.

"네리스는 다크엘프답지 않게 선량한 성품을 가진 별종이에요. 그래서 온갖 더러운 청부업을 하는 구사 가문에 진력을 내고 떠났죠. 그냥 떠났어도 큰일이었는데, 가문을 나설 때 인신매매업을 하던 대모 하나를 살해했다고 합니다. 그래서 네리스는 구사 가문의 공적이 됐죠. 끈질기게 도망 다니고 있긴 합니다만 현재 아르탈란의 빈민가에서 궁지에 몰려 있어요."

유능하고 믿을 만한 영웅이라 죠니아 백작부인은 손을 뻗어줄까 했었지만 구사 가문과의 관계를 생각해 그러지 못했다고 한다.

"개인적으로 구사 가문과 거래하는 게 있거든요. 섣불리 나설 수 없는 일이죠. 네리스가 아까운 인재긴 하지만 제겐 결국 그 정도의 일일 뿐이니까요."

"남의 사정에 신경 쓰지 마라."

지하 세계의 유명한 금언을 읊조리자 죠니아 백작부인은 고개를 끄덕인다.

"하지만 오토 당신에겐 도전해 볼만한 일이겠죠. 쉽지는 않을 거예요. 이틀 전 구사 가문의 검객들이 아르탈란에 숨어들었다고 해요. 목적은 명백합니다. 배신자 네리스의 목을 가지고 가문으로 돌아가는 거겠죠."

"척살에 나선 검객이 몇이나 되는지 아십니까?"

"글쎄요. 스무 명 정도라는 것 같네요."

"한 명을 잡으려고 너무 많이 온 거 아닌가요? 이상한데요?"

"확실히 그래 보이긴 하죠. 하지만 네리스는 불사의 엘프라는 별명으로도 불리고 있어요."

그 대단하다는 구사 가문에서도 애를 먹을 정도의 도망자라 그건가? 그건 그렇고 죠니아 백작부인은 이런 걸 어떻게 다 아는 걸까.

"정말 정보력이 대단하시군요."

"호호호호."

내 물음에 죠니아 백작부인은 웃음으로 넘긴다. 나도 나름대로 그녀에 대해 알아본 바가 있다. 듣기로는 아르탈란에서 정보를 취급하는 용역 길드 중 하나가 죠니아 백작부인의 것이란 말도 있었다. 하긴 그러니 이런 정보까지 알고 있는 거겠지.

"자세한 정보는 따로 보내줄게요."

"배려 감사합니다. 큰 도움이 되었습니다."

"곧 있을 힘겨운 싸움, 꼭 승리하길 바랄게요."

죠니아 백작부인은 승리가 많은 걸 보장해 줄 것이라고 했다.

"당신이 하는 것에 따라 작위를 갖도록 추천해 줄 수 있어요. 그리고 사교계에 데뷔해 제국의 유력한 귀족들과 만남을 주선할 생각도 있고요. 다 오토, 당신이 하기 나름이랍니다. 이 누나는 제법 기대하고 있으니 힘내 봐요."

"감사합니다."

여러 가지로 죠니아 백작부인에게 고마움을 느꼈다. 이런 끈을 갖는 게 쉽지 않음을 생각해 볼 때 나는 운이 좋은 편이었다. 그렇게 일얘기가 끝나자, 우리는 한동안 이런저런 소문에 관해 잡담을 나눴다. 그녀는 도청도설 같은, 오가며 들은 이야기에 관심이 많았다. 예를 들면 소아성애자만 살해하는 다크엘프 연쇄살인마 같은 얘기.

"그런 시장바닥의 하잘 것 없는 얘기도 좋아하시는군요?"

"그런 이야기에서 의외로 중요한 정보를 추론할 수 있는 거죠."

그녀는 곧 자기가 재밌는 얘기 하나 들려주겠다고 했다.

"그거 아세요? 황궁에 가끔 머리 없는 귀신이 나타난다는 거?"

"머리 없는 귀신 말입니까?"

"네, 하지만 아무도 정체는 모른다고 하죠. 늦은 밤, 아무도 없는 복도를 몰래 활보한다고 하네요. 머리는 없지만 몸매는 빼어난 여자라고 하더군요."

"그 얘기는 왜?"

"아까 말했던 이야기의 맥락이에요. 별 볼일 없는 저잣거리 얘기에 중요한 정보가 감춰져 있다는."

흠, 어디에나 있는 귀신 이야기 같은데. 뭔가 내가 모르는 정보와 연결되어 있는 게 틀림없었다. 지금은 더 생각해 봐야 소용없으니 머리 한 구석에 넣어 놓기만 했다.

"참, 당신에게 조언할 게 하나 있어요."

"경청하겠습니다, 부인."

"군인인 이상 제국군인법을 한 번 읽어두세요. 분명히 도움이 될 거예요. 비록 법이란 게 좀처럼 지켜지지는 않는 것이지만 위기의 순간에 그 원리원칙이란 게 도움이 된답니다."

"알겠습니다."

"예로부터 법을 배운 녀석은 좋은 하급자가 아니란 말도 있어요. 상관의 입장에선 상대하기 까다로운 녀석이란 뜻이죠."

"충분히 혹하는 이야기군요."

나 같이 지위가 낮은 하급 장교에겐 그랬다. 나는 죠니아 백작부인의 말대로 제국군인법을 읽어 두겠다고 다짐했다.

"그만 일어나 보겠습니다. 바쁘신 분의 시간을 너무 빼앗았군요."

"무운을 빌어요. 오토."

그녀는 인사하면서 왜 그런지 부채를 접어서 자신의 가슴골 안에 끼웠다. 그리고는 한쪽 눈을 찡긋해 보인다. 아주 그냥 못된 여자야.

남의 심장을 내버려 두질 않네.

아르탈란의 황궁.

제국의 제2도시인 아르탈란에는 황제를 위한 황궁도 마련되어 있었다. 붕어한 선제는 제도帝都*인 아투마스트와 제2도시인 아르탈란을 오가며 통치했기에 이곳의 황성도 매우 크고 웅장했다.

남매의 전쟁이 시작된 이후로 황자는 아투마스트를 차지했고 황녀는 아르탈란을 차지했다.

황녀 코르레아나. 바페의 사랑받던 동생인 그녀는 제국의 지존 자리를 차지하기 위해 자신의 오라비와 혈투 중이었다.

또각. 또각. 또각.

아르탈란 황궁 깊은 곳에 선명한 발자국 소리가 울린다.

이곳은 황녀의 침소가 있는 곳으로 그녀의 시종 일부만 들어올 수 있는 금지였다. 특히 남성의 경우는 제아무리 총신寵臣이라 해도 발

_____

* 제국의 수도.

걸음을 할 수 없었다.

"드시지요. 전하께서 기다리고 계십니다."

시종이 방문자를 맞는다. 방문자는 바로 죠니아 백작부인. 외부에 알려지지 않았지만 그녀는 황녀의 총신 가운데 하나로 특히 정보 업무를 담당하고 있었다. 그저 사교계의 마당발로 알려진 죠니아 백작부인이지만 사실 그녀가 하는 모든 일은 황녀를 위한 것이었다.

아르탈란을 찾은 각지의 귀족과 교류하고, 용역 길드로 정보를 수집하는 게 그녀의 기본적인 임무다. 그 외에도 인재를 찾아 황녀에게 천거하는 일도 있었다.

"황녀 전하."

죠니아 백작부인은 황녀에게 깍듯하게 예를 갖춘다. 밖에서 자주 보여주는 경망스러운 모습은 전혀 찾아볼 수 없다. 지금의 죠니아 백작부인은 기품있고 우아한 귀부인이었다.

"어서 오라."

차갑고 냉정한 목소리. 황녀의 말투는 감정이라곤 느껴지지 않는다. 그녀는 자신의 언니만큼 키가 껑충하게 컸고 타르나이의 황녀답게 위대한 힘으로 둘러싸여 있었다.

"명하신 것을 조사해왔나이다."

"듣겠다."

죠니아 백작부인은 최근 사안들을 보고했다. 황녀는 여전히 무표정했지만 몇 번이고 가볍게 고개를 끄덕였다. 죠니아 백작부인은 자신의 조사를 황녀가 마음에 들어 한다는 걸 깨달았다. 자신의 상관이 감정을 잃은 지 오래라는 사실을 그녀는 잘 알았다. 그래서 미묘

하기 짝이 없는 태도로 그 의중을 짐작해야 했다.

"…이런 이유로 전에 말씀드린 대로 처리하면 될 것 같나이다."

"알겠다. 그대에게 맡기지."

일이 잘 끝나자 죠니아 백작부인은 속으로 안도의 한숨을 내쉬었다. 자신이 섬기고 있는 주인은 존경심만큼이나 두려움도 불러일으키는 존재였기 때문이다.

"더 할 말이 있는 것이냐?"

"전하. 최근에 소신이 괜찮은 자를 하나 찾았사옵니다. 일단 지켜보고 있으니 후일 전하께 천거할 수도 있을 것 같나이다."

"어떤 자인가?"

"오토라는 자로 최근에 아르탈란에서 이름을 떨치기 시작한 젊은이옵니다."

놀랍게도 죠니아 백작부인은 황녀에게 오주윤에 대해 이야기하고 있었다.

"오토라? 인간의 이름 같군."

"영명하십니다. 최근에 육체를 갈아타긴 했으나 원래는 인간이었다고 합니다."

죠니아 백작부인은 오주윤의 지난 행보에 대해 설명했다. 황녀는 가만히 그녀의 설명을 들어주긴 했지만 크게 주의를 기울이는 것 같지는 않았다. 분명히 오주윤이 성공가도를 달리고 있었지만 황녀 정도의 위치에 있으면 그런 재기발랄한 젊은이를 보는 게 어렵지는 않았다. 높은 곳에선 더 많은 게 보이는 법이었다.

황녀는 총신의 언급도 있으니 오토란 이름만 머릿속에 저장해뒀다. 그 이상, 그 이하도 아니었다. 한데 곧 이어진 죠니아 백작부인의 말이 처음으로 황녀의 관심을 끌었다. 그것도 지대하게.

"그 외에도 신경 쓰이는 게 있는데… 그게……."

"무엇인데 그러느냐?"

"아니옵니다. 확실해지면 보고 드리겠나이다."

"음?"

황녀는 의아한 기분이 들었다. 죠니아 백작부인은 똑 부러진 신하였다. 이렇게 얼버무리는 건 처음이다. 게다가 황녀에겐 특별한 통찰력이 있어 그녀 앞에서 거짓된 태도를 보이면 들키고 만다.

황녀는 죠니아 백작부인이 정말로 얼버무리려고 함을 깨달았다.

"말하라."

얼음처럼 차가운 명령. 죠니아 백작부인은 괜한 얘기를 꺼냈다는 걸 깨달았다.

"알겠나이다. 신은 그 자에게서 특별한 마력향을 느꼈사옵니다. 실종되신 바쉬냐리페 전하와 같은….'

"뭐라?"

처음으로 황녀의 미간이 꿈틀거렸다. 하지만 곧 다시 차분해진다.

"언니와 같은 마력향이라 했느냐?"

"그렇사옵니다. 하여 신도 긴가민가하고 있사옵니다. 어째서 인간이 바쉬냐리페 전하와 같은 마력향을 가진 건지는 이해 불가이옵니다."

바쉬냐리페는 본명으로, 오주윤이 알고있는 바페는 애칭이었다.

"있을 수 없는 일이군."

황녀는 고개를 절레절레 흔든 뒤 손등에 턱을 괸 채 생각에 잠겼다.

"소신도 그리 생각하옵니다. 제가 아무래도 착각을…."

"그 자를 언제 한 번 데리고 오도록. 과인이 보고 판단하겠다."

"명을 받들겠나이다."

죠니아 백작부인은 자신이 괜한 짓을 한 게 아닌가 싶었지만 곧 고개를 흔들었다. 아르탈란에서 권력을 갖고 싶다면, 황녀와의 만남은 피할 수 없는 일이었다. 그리고 그 재능있는 젊은이라면 잘 해낼 것 같다는 생각이 들었다.

3-3. 그의 인생에선 매우 드문 일이 있었지만 자기가 아닌 남을 위해 행운을 빌었다

불사의 엘프라 불리는 네리스는 스파이더 델버라는 전문직 종사자다. 거미 때문에 골치 아픈 내겐 꼭 얻어야 하는 인재이다.

"위치는 찾았어?"

내 물음에 니골이 대답한다.

"아직입니다. 최대한 인원을 풀어 노력 중입니다."

그에겐 네리스를 찾는 일을 맡겨 놨다. 그리고 무트로에겐 네리스를 척살하러 온 다크엘프 검객을 찾게 해 놨다.

"무트로, 자네 쪽은?"

"몇 그룹은 찾아냈습니다. 모두 찾기엔 아직 시간이 부족합니다."

"몇 그룹?"

"그게, 척살을 맡은 구사 가문의 다크엘프들이 무리를 나눠서 아르탈란으로 들어왔더군요."

하긴 스무 명이나 되는 다크엘프 검객이 나타나면 분명히 소문이 돌 거다. 성문에서 제지받는 일이야 없겠지만 무슨 일로, 누굴 만나러 왔는지 궁금해 하는 자들이 생기기 마련이다. 그러니 삼삼오오

잠입한 뒤 뭉쳐서 네리스를 잡으려는 거겠지.

"놈들이 네리스의 위치를 찾았나?"

"아뇨. 여기저기 조사하고 다니긴 하더군요. 빈민가에 있다는 정보조차 모르는 것 같습니다."

"호… 그렇다면 시간이 꽤 있군. 아르탈란은 커다란 도시니까."

나는 이 상황을 어떻게 해야 가장 잘 처리할 수 있는지 고민했다. 그런데 그때 니골의 부하 중 하나가 달려온다.

"찾았습니다! 네리스를 찾았어요!"

"정말인가? 니골, 자네랑 나, 그리고 저 친구 셋이서 가지."

"준비하겠습니다."

나는 안내를 받아 빈민가가 있는 공동으로 향했다. 우리 셋은 후드를 눌러쓰고는 거리의 그림자로 조용히 걸었다. 혹시나 주변에 다크엘프 검객이 있지 않을까 살폈지만 그런 기색은 없었다.

"미로 같군."

빈민가의 안쪽으로 들어갈수록 나가는 길을 잃어버릴 거 같았다. 하지만 우릴 안내하는 전문가는 익숙한 듯 거침이 없었다.

나는 걸어가며 그에게 물었다.

"어떻게 찾았나?"

"제가 이 빈민굴 출신이거든요. 이쪽에서 인맥이라면 확실합니다. 다들 동전 몇 개만 쥐어주면 비밀이 없는 자들이죠. 네리스는 은밀히 숨어들었다고 생각할 겁니다만, 그녀가 머무는 집주인이 제 불알친구입니다."

"하하하!"

나중에 내가 도망칠 때 빈민굴로는 가지 말아야겠다는 생각을 했다.

"여깁니다."

허름한 담벼락으로 둘러싸인 집이었다. 빈민굴에선 드물게 벽이 높아서 안이 들여다보이지 않는다. 그러면서도 주변의 빼곡한 집 사이에 녹아들어 눈에 잘 들어오지도 않았다.

확실히 숨기 괜찮은 곳이군.

안으로 들어가니 다크엘프 하나가 검을 손질하고 있었다. 늘씬하고 우아한 여성이었다. 하지만 눈가는 피로하고 지쳐 보인다. 특이한 점은 코와 입을 가리고 있는 철가면을 썼다는 것. 머리 한쪽은 깨끗하게 밀었고 다른 한쪽은 롱 헤어였다. 그리고 한쪽 눈가는 문신으로 덮여 있었다.

네리스는 우리를 보자마자 차가운 눈빛으로 칼을 쥐고 일어난다. 쌍검을 쥔 기세가 정말 서슬 퍼렜다.

"누구냐?"

"네리스 양. 뭐 안 좋은 일이라도 있으시나요? 까칠하시군요."

나는 두건을 뒤로 넘긴 뒤 얼굴을 드러냈다. 그리고 미남자의 얼굴을 이용해 상큼하게 웃어보였다.

"윽!"

하지만 곧 목에 닿아있는 검에 신음을 내지 않을 수 없었다. 어느 틈에 움직인 건지도 모르겠다. 달인이구나, 과연. 그래도 이거 너무한 거 아닌가? 웃는 얼굴에 침 안 뱉는다고 했건만 칼을 겨눠?

"누구냐고 물었다."

"당신에게 일을 맡기고 싶어서 왔습니다. 손님을 대하는 게 참 난처하군요."

손가락으로 칼날을 치워낸 뒤 거미 때문에 왔다고 했다.

"그런가?"

거미라는 말에 관심을 보이는 네리스. 이상하리만큼 창백한 그녀의 안색이 그 순간만큼은 살아나는 것 같았다. 그나저나 이거 완전 동태눈이네. 엘프치고 이런 죽은 눈도 드물 것 같다.

보비의 보석처럼 예쁜 눈에 비하면 이건 뭐….

"맞습니다. 당신을 고용하고 싶습니다. 돈은 섭섭하지 않게 드리죠."

"…현재 상황으로는 어렵다. 특히 너 같이 수상한 자의 의뢰라면 더더욱. 그보다 날 대체 어떻게 찾은 거지?"

"빈민굴은 소문이 쉽게 도는 곳입니다. 네리스 양."

내 말에 그녀는 실수했다는 듯 혀를 찼다.

"이 거처도 옮겨야겠군. 아무튼 의뢰는 받지 못하겠다."

"왜 그러십니까?"

"이유는 말할 수 없다. 돌아가 보도록. 더 할 얘기는 없는 것이다."

"구사 가문의 다크엘프들 때문에 그러십니까?"

"어찌 그걸!"

네리스가 다시 검을 겨누고 소리를 지르자 나는 얼른 양손을 들어 올려 항복을 표시했다. 인간형일 때 내 전투력은 별 볼일 없다. 그러니 얼른 이러는 수밖에.

"항복이요. 찌르지 마세요."

"사내가 그리 겁쟁이인가!"

"불필요한 싸움은 피하는 게 현명하지요, 헤헤."

비굴함마저 보이는 내 태도에 네리스는 기막히다는 얼굴로 칼을 내렸다.

"어떻게 아는 건지 모르겠다만, 알면 더 끼어들지 말도록. 좋은 꼴 보지 못할 거다."

"알고도 왔다면 끼어들 생각인 거 아시겠지요?"

"네놈!"

"저는 지금 농담하는 거 아닙니다. 스파이더 델버인 당신의 힘이 반드시 필요합니다."

"무슨 소리를 하고 있는 건지 아는 건가? 바보 같은 말이다. 나 하나 때문에 구사 가문과 척을 지겠다니."

"지저에 귀한 선자를 돕는 건, 기쁜 일이겠지요."

"지랄!"

단번에 부정하니까 나도 모르게 웃음이 터졌다.

"그래도 지랄은 좀…."

"그게 지랄이 아니고 무엇이겠나?"

그렇게 말하면서도 그녀는 좀 머뭇거리다 덧붙인다.

"그래도… 넌… 평범한 지저인과 좀 달라 보이는군."

"그렇게 봐주시니 감사합니다."

어째서 내가 달라 보이는 건지는 나도 정확하게 모르겠다. 말투가 그랬는지도 모르고 어쩌면 비행대륙에서 온 이 드래곤킨의 육체 때문일 수도 있었다.

"일단 제 얘기를 들어보시지요. 저는 거미 때문에 내일을 기약할 수 없는 처지입니다. 네리스 양 같은 영웅이 한 명이라도 더 필요합니다."

나는 내전 탓에 영웅급을 구하기 어렵단 점과 특히 거미를 상대하는데 특화된 인재는 더욱 그렇다고 설명했다.

"도대체 무슨 거미인데 내일도 기약할 수 없는 처지라고 하는 건가? 거대 거미 정도면 처리할 자를 찾는 게 어렵지는 않을 텐데."

"비밀을 지켜주시겠다면 솔직히 말씀드리죠."

네리스는 인상을 찌푸린다.

"이거 귀찮은 예감이 드는데."

"하하하. 하지만 저랑 계약하면 후회하지 않으실 겁니다. 지금 따라붙은 귀찮은 다크엘프들을 모조리 치워드리죠."

"그게 정말인가?"

"까맣게 모르시는 것 같습니다만, 이미 네리스 양을 척살할 검객들이 아르탈란에 스무 명 이상 들어온 상태입니다."

"그런!"

네리스는 입술을 잘근 깨문다.

"설마 그 정도로 몰려오다니."

"불사의 엘프를 잡으려면 인원이 많이 필요하다고 생각한 모양이지요."

네리스는 인상을 팍 찡그린다.

"구사 가문의 검객들은 쉽게 상대할 수 있는 자들이 아니다. 허약해 보이는데 네가 어찌 치운다는 것이지?"

어째 귀족가의 철없는 도련님 정도로 보이나 본데.

그리 생각한다면 어쩔 수 없지.

"뭐 꼭 제가 해야겠습니까. 제가 이뤄드리기만 하면 되겠죠."

"그렇다면 더할 나위 없긴 해. 추적자들로부터 자유로워지고 일감도 얻을 수 있다니. 너무 좋은 이야기라 솔직히 의심이 가는데?"

"일이 잘 될 때는 뭐든 매끄럽기 마련입니다. 그러면 한 번 제가 상대할 거미가 누군지 들어보시겠습니까? 솔직히 겁먹고 거절하겠다면 이해하겠습니다만…."

내 말에 네리스는 발끈한다. 자신이 거미를 상대로 겁먹는 일은 없을 거라면서.

"좋은 각오군요. 제가 상대할 거미는 황자군의 거미장군 밸리어트입니다."

"……뭐?"

일순간 네리스가 멍해진다. 뭐지? 왜 이런담.

"저기 네리스 양?"

미동도 없던 네리스는 곧 입술을 깨물더니 몸을 바르르 떤다. 그리고 빠드득- 이를 가는 소리가 들렸다.

"틀림없이 거미장군 밸리어트라고 했나?"

"그렇습니다. 뭐 원한관계라도 있습니까?"

"알 것 없다. 하지만 이 일, 이제는 내가 부탁하고 싶을 지경이군. 거미장군 밸리어트가 상대라면 최선을 다해주지. 그런데 어찌 밸리어트와?"

"자세한 건 차차 말씀드리겠습니다. 참고로 저는 군인입니다. 루테르 오토라고 합니다."

손을 내밀자 네리스는 너 같은 게 장교냐는 표정이 됐다.

"기생오라비 같이 생겼다만…."

"꽤 좋은 마스크 아닙니까?"

"쓸데없는 말을 하는군."

"하하하. 저랑 계약 하시겠습니까?"

여전히 손을 내민 채로 말하자 네리스는 곧 손을 마주 잡아왔다.

"좋아. 거미를 죽일 수 있다면 바라마지않는 싸움이야."

대체 네리스에겐 무슨 사연이 있는 걸까? 거미장군 밸리어트에게 원한이 깊은 것 같은데…. 궁금했지만 더 물어보지 않았다. 말한다고 대답해 줄 것 같지도 않았고.

현재 네리스와 나는 아르탈란의 안전 가옥에 와 있었다. 그녀의 합류 의사를 듣긴 했지만 아직 일이 성사된 게 아니다. 일단 네리스를 데려가려면 구사 가문의 다크엘프 척살대를 처리해야 한다. 네리스도 내 일처리를 보고 계약하겠다고 했다.

"앞으로 널 고용주로 섬겨야 하니까, 말한 걸 지킬 수 있는지 알고 싶다."

"좋습니다. 수완을 보여드리죠."

현재 척살대의 다크엘프 중 반수 이상은 찾아낸 상태다. 그 정도면 모두를 유도하긴 충분했다. 어차피 그들 서로서로 정보를 공유할 테니까.

"구사 가문 친구들과의 싸움에 네리스 양도 힘을 빌려주실 수 있습니까?"

"알아서 하겠다고 하지 않았나?"

"뭐 그럴 순 있습니다만, 제 상태가 이래서요. 하하하. 좀 도와주시면 일 처리가 더 쉬울 것 같아요."

"사내놈이… 치잇."

말은 그렇게 해도 거절하지 않았다. 다행히 네리스는 전투에 합류하겠다고 했다. 인원이 적은 우리로서는 좋은 일이었다.

"작전은 이미 세워놨습니다. 네리스 양이 나설 일이 없을지도 모릅니다만, 제가 부탁드리면 칼을 뽑아주십시오."

"그렇게 하지."

그녀의 입장에서도 이번에 척살대를 처리해 놓으면 좋은 일이겠지. 왜 불사의 엘프라 불리는지 알아보니 그간 수도 없이 쫓아온 척살대를 이겨내고 아직도 숨이 붙어있기 때문이라나. 셀 수 없을 정도로 죽음의 위기를 넘겼다고 한다.

"니골, 무트로."

나는 그들에게 작전대로 시행하라고 일렀다. 전문가인 그들은 자신의 인맥과 능력을 사용해 정보와 증거를 조작할 것이다.

"네리스 양. 식사나 하러 가시죠. 며칠 정도는 시간이 필요합니다."

"식사는 괜찮다."

"그러지 마시죠. 새로 고용한 주방장의 솜씨가 대단합니다."

"아니, 정말로 괜찮…."

나는 고개를 가로저으며 네리스를 잡아끌었다. 우울할 때는 먹는 게 최고다.

"자자, 제 말을 한 번 믿어보시지요."

"으으……."

우리가 식탁에 앉자 곧 먹음직스런 요리들이 하나씩 나오기 시작했다. 그런데 결국 그녀는 끝까지 음식을 입에 대지 않았다. 심지어 철가면조차 벗을 생각을 안 한다.

"혼자 먹어도 되겠습니까?"

"상관없으니까 신경 쓰지 말도록."

몇 번 더 권해봤지만 소용이 없었다. 이 이상 권하면 실례기에 그쯤 하기로 했다. 그래서 혼자 고기를 썰면서 네리스에게 물었다.

"일을 수월하게 처리하는 방법을 아시나요? 네리스 양."

"글쎄?"

"간단합니다. 어렵게 생각하실 거 없습니다."

"나는 이런 문답을 좋아하지 않아."

"하하하, 취향에 맞지 않으시군요. 실례했습니다. 제가 드리고 싶은 말씀은 그겁니다. 한꺼번에 여러 일을 처리하면 일 처리가 수월하고 편하겠죠."

"당연한 거 아닌가?"

"맞습니다. 그래서 저는 이번에 당연한 일을 하려고 합니다. 마침 코도르란 귀족에게 빚이 있기도 하고요. 빚을 갚고 구사 가문의 놈들도 처리하고, 동시에 상부에서 상찬까지 받을 수 있다면, 그걸로 최고겠죠?"

네리스의 인상이 다시 찌푸려진다.

"도대체 무슨 소리를 하는지 모르겠군."

"곧 알게 되실 겁니다. 그런데 진짜 안 드십니까?"

네리스는 완고하게 음식을 거절했다.

나는 어깨를 으쓱하고는 고기를 써는 일에 집중했다.

"야, 서둘러, 물건 배치하고. 야야! 그쪽이 아니지!"

내 옆에서 무트로가 연신 전문가들을 갈구고 있다. 나는 급하게 만들어지고 있는 사무실을 보며 웃음을 참아야했다.

우리는 지금 유령 회사… 아니, 유령 길드를 만들려고 한다.

이름은 '믿음 용역'이다. 참고로 길드장은 나다. 이미 수염을 붙이고 변장까지 한 나는 길드장 자리에 거만하게 앉아 있었다. 책상 위에는 길드장의 명패가 놓였고, 주변에는 별 상관도 없는 종이들이 중요한 자료인 것처럼 정리된 상태다. 내가 이런 준비를 하는 건 다크엘프 척살대를 상대로 사기를 치기 위해서였다. 나중에 속은 걸 알게 되더라도 이 유령 길드는 그때쯤 증발해서 없을 테니.

"준비 끝났습니다."

"수고 많았군. 흠…."

주변을 둘러보던 나는 화초를 몇 개 사오라고 했다.

"여기랑, 여기, 여기다 두지."

"알겠습니다. 야! 막내야. 나가서 적당히 좀 집어와라."

"네!"

내 마음대로 꾸며진 사무실을 보자 이게 유령 길드란 사실이 아쉽게 느껴졌다.

"길드장 노릇도 재밌을 거 같은데?"

"말도 마십쇼. 진상이 얼마나 많은데 그러십니까."

"그런가. 아무튼 다들 수고했다. 음식이나 시켜 먹자고."

배달 음식도 먹고 미리 말도 맞추며 준비를 하고 있는데 전문가 녀석 하나가 들어와서 알린다.

"곧 옵니다."

"좋아, 모두 위치로."

곧 우리는 말끔하고 전문적인 용역업체의 모습으로 탈바꿈했다. 이제 구사 가문의 다크엘프 중 일부가 들어올 것이다. 네리스의 위치를 들으려 말이다. 그를 위해 전문가들 몇이 구사 가문의 다크엘프를 상대로 전부터 작업을 했던 터다. 그래서 그들은 이 믿음 용역이 아르탈란에서 알아주는 업체라고 생각하고 있다.

하하하.

이래서 촌놈은 안 된다니까.

끼익.

문이 열리는 소리가 나더니 뱀처럼 날카로운 인상의 다크엘프 셋이 들어온다. 그들은 모두 정교한 갑주를 입고 허리에는 쌍검을 차고 있었다. 한 눈에도 고도로 단련된 검객으로 보였다.

"여기가 믿음 용역인가?"

"오셨군요. 이쪽으로 오시죠. 길드장 님께서 기다리십니다."

전문가들의 보고에 의하면 지금 온 셋은 척살대의 리더격이라고 한다. 이들을 오판하게 하면 척살대 전체가 잘못된 길로 빠질 것이다. 물론 나는 덤으로 두둑한 정보료도 챙기고.

"어서 오십시오."

다크엘프 셋이 내 앞에 서자 자리에 일어나서 인사를 했다.

"의자 좀 가져와라. 고급지고 솜 폭신폭신한 걸로."

"네, 길드장 님."

"자자, 앉으시지요. 차를 내오겠습니다."

내가 생글거리며 말하자 대표로 보이는 자가 딱 잘라 거절한다.

"됐고. 바로 일 얘기를 하고 싶다."

이런 싸가지 없는 새끼.

속으로 욕을 했지만 나는 여전히 웃는 낯을 유지했다.

"알겠습니다. 그리고 귀인들께서 뭐하시는 분인지 묻지 않겠습니다. 그래봐야 좋을 거 없을 듯하거든요."

"그 목이 계속 붙어 있고 싶으면 그러는 게 좋을 것이다. 단도직입적으로 묻지. 불사의 엘프라 불리는 네리스의 소재를 알고 있다고?"

"그렇습니다. 그게 저희가 귀인들의 방문에 반색하는 이유지요. 정보를 살 분들이시니까."

"얼마인가?"

"10만 밀입니다."

"끄응……."

내 말에 다크엘프 대표가 앓는 소리를 낸다.

"지나치군."

"지나치다니요? 가문의 골칫덩이 아닙니까? 이참에 해결할 수 있다면 좋은 거죠."

"묻지 않는다느니 뭐니 하면서 다 알고 있군."

다크엘프 대표의 입매가 사나워졌다.

하지만 난 유들유들 웃었다.

"그런 표정 지으셔도 못 깎아 드립니다."

"뭐라!"

발끈하는 다크엘프들. 한 명은 검을 반 가까이 뽑기까지 했다. 그러나 다크엘프의 대표가 그를 제지한다. 그리고는 눈짓으로 주변을 보라고 했다. 주변에 있던 전문가들이 어느새 살기등등한 기세로 변해 있었다. 방금 전까지 화초에 물을 주고 코딱지나 파던 놈들이 갑자기 매서운 눈매로 무기에 손을 올리고 있다.

누가 봐도 인간 백정들 같이 보인다.

다크엘프의 대표는 웃음을 머금는다.

"과연, 그래도 이 바닥에서 구르는 놈들이라 그건가. 그래, 이런 자들이면 믿을 만하겠지."

"그럼 거래하시겠습니까?"

"그래도 너무 비싸. 가격을 좀 타협하지."

"뭐, 먼 곳에서 오셨으니 그럼 9만 밀로 깎아드리죠."

"안 돼. 5만 밀이다."

"뭐요? 하하하. 그 값엔 거래 못합니다."

하지만 다크엘프의 대표는 단호했다. 나는 겉으로는 매우 곤란하단 표정을 지었다. 그러나 속은 그렇지 않았다. 원래부터 협상을 해 5만 밀 정도로 절충할 작정이었기 때문이다. 10만 밀을 불러도 바로 수락하면 그걸로 좋은 거였고.

"5만 밀."

"알겠습니다. 8만 밀에 해드리죠."

"흐음… 그렇다니 이쪽도 한 번 양보하지. 6만 밀이다."

"7만 밀에 하시죠?"

다크엘프의 대표는 고개를 젓는다. 결국 우리는 6만 5,000밀에 합의를 봤다. 그 중에 1만 밀은 현물로 대체한다. 그리고 2만 밀은 일이 성사된 후에 지급하기로 했다.

뭐, 내 입장에서는 아무래도 좋았다. 거짓 정보를 팔고 공돈을 받는 거니까. 이 사무실의 하루 임대비만 메꿔도 성공인데 수백 배를 벌게 생겼네. 당장 받기로 한 현금만 해도 3만 5,000밀이었다. 곧 다크엘프의 대표가 마법 지퍼를 열어서 안에서 제국 금화를 쏟아냈다.

무게가 10그램인 제국 금화 800개였다.

어마어마하구먼.

나도 모르게 휘파람을 불자 다크엘프들의 표정이 찡그려진다. 천박하다고 생각하겠지. 하여간 지하 세계 제일의 변태 종족 주제에 고상한 척은 다한다니까. 이들은 SM성향이 강하다. 보비가 다크엘프의 몸을 얻은 후 얀데레가 된 게 괜한 게 아니다.

"잘 받겠습니다."

금화를 가져가려고 책상 위에 손을 뻗자 곧 큼직한 단검이 내리 찍힌다.

"잠깐. 먼저 정보를 말해줘야지?"

"살벌하시기는. 손가락 날아가면 어쩌려고요?"

"지금 장난하는 것 같나?"

"알겠습니다."

나는 미리 준비한 서류를 건넸다. 그건 매우 정성스럽고 꼼꼼하게 만들어진 완벽한 보고서였다. 이들을 속이기 위해 혼신의 힘을 다해 만들어진 물건이다. 그럴싸해 보이도록 말이다.

"여긴?"

서류를 보며 미간을 좁히는 다크엘프의 대표를 보며 난 고개를 주억였다.

"맞습니다. 귀족가지요."

"젠장… 하필 숨어들어도!"

"귀족의 이름은 코도르입니다. 하프 타르나이로, 상단을 몇 개나 가지고 있는 갑부입니다. 최근 휘하에 여러 영웅급 인재들을 불러 모으는데 열심인 자죠. 이 내전의 시기에 공을 세워 출세하려 하고 있습니다. 그러려면 영웅급인 3등급 이상의 용병은 많을수록 좋겠죠. 현재 네리스는 코도르의 저택에 식객으로 묶고 있습니다."

나는 코도르의 저택의 단면도와 함께 가드의 위치 등 자세한 정보가 빼곡히 적힌 종이를 가리키며 설명했다. 다크엘프들은 매우 집중해서 보고 있었다. 이들은 매우 날렵한 검객이며 동시에 수완 좋은 암살자기도 하다. 아무리 귀족가라도 안에 들어가 목표를 죽이고 나올 자신이 있을 터.

나는 속으로 코도르에게 고소를 머금었다. 그러게 왜 사람한테 시비를 걸어. 그러니까 이런 일을 당하지.

나는 전에 시비가 붙었던 코도르에게 이런 식으로 복수를 하려고 한다. 구사 가문의 다크엘프들을 속여서는 원수의 집안으로 밀어 넣는다. 그리고 서로 상잔하게 하고 지켜볼 작정이었다.

이 얼마나 아름다운 일처리인가.

"좋은 자료군. 근데 자네를 어떻게 믿지? 이 코도르의 저택에 배신자가 있는 게 확실한 건가?"

"확실합니다."

고개를 끄덕인 나는 옆을 보며 손가락을 튕겼다. 그러자 전문가 하나가 무언가를 가져왔다. 바로 네리스의 물건들 중 하나였다. 물론 이건 그녀의 동의하에 빌려온 것들이다.

"저희 애들이 코도르의 집에 몰래 들어가서 가져온 겁니다. 네리스의 방에서 슬쩍했죠."

"알아채고 도망가는 거 아닌가?"

다크엘프들은 그 물건을 살펴보며 책망하는 어투였다.

"걱정 마십쇼. 가져온 지 하루밖에 안 지났으니 눈치채지 못했을 겁니다. 그리고 아르탈란은 도둑놈들로 넘치는 곳입니다. 물건을 잃어버린 게 특별한 일도 아니지요."

물건을 살펴보던 다크엘프 중 하나가 고개를 끄덕인다.

"그녀의 것이 맞습니다."

비교적 젊은 다크엘프였는데 네리스랑 아는 사이일지도 몰랐다.

"제가 어느 안전이라고 사기를 치겠습니까? 만일 그렇다면 그 대가를 제가 어찌 감당하려고요? 저 이 바닥에서 장사한지 오래되었습니다. 앞으로도 오래 하고 싶고요."

나는 씩 웃으며 벽에 걸린 상호를 가리켰다.

"믿음 용역입니다. 믿음. 하하하하."

그러자 다크엘프의 대표는 썩은 미소를 짓는다.

"별 지랄을 다 하는군. 지저에서 믿음이란 말처럼 허망한 것도 없어."

지랄이란 단어 좀 쓰지 마!

이 싸가지 없는 새끼들은 사람을 보기만 하면 지랄이래!

"좋아, 마음에 드는군."

말은 그렇게 했어도 다크엘프의 대표는 고개를 끄덕이면서 자료를 마법 지퍼에 넣었다.

"필요하시면 저희 애들 보내서 도와드리죠. 따로 돈은 안 받겠습니다."

"방해나 하지 말도록."

"아닙니다. 도움이 될 겁니다. 요청이 있기 전에 나서지 않도록 하죠? 어떻습니까?"

"뭐 그 정도라면야 나쁘지 않군. 무슨 상황이 생길지 모르니까. 하지만 분명히 말하겠네. 우리가 요청하기 전까지 쥐 죽은 듯 숨어있도록."

"물론입니다. 하하하. 그럼 잘 해보도록 하죠."

웃으며 손을 내미니까 다크엘프의 대표는 내 손을 비웃으며 내려다본다. 그리고는 무시하고 몸을 돌렸다. 아니, 저 시발 새끼가?

와… 진짜 싸가지가 없네. 이제 보니까 네리스가 진짜 착한 거였구나. 그래, 맘대로 해라.

이제 곧 피눈물 흘릴 테니까. 그들이 떠나자 옆을 보고 물었다.

"무트로."

"네."

"코도르 쪽에 우리 애들 있는 거 맞지?"

"맞습니다. 전에 브라흐의 일 이후 감시하라고 하셔서 넣어뒀습니다."

"잘하라고 해. 코도르 쪽이 일방적으로 다크엘프한테 썰려나가면안 돼. 적절한 시점에 반격하게 해서 서로 팽팽하게 싸워야 한다고."

"걱정 마십쇼."

"그래. 기름이랑 화약은 준비됐고?"

"충분합니다."

"좋아."

내 머릿속에는 멋진 불꽃의 축제가 펼쳐지고 있었다.

귀족 코도르의 집은 보안을 많이 생각해 지어졌다. 일반적으로 벽돌을 쌓아올린 형태가 아니라, 지저의 암반 하나를 파 들어간 집이기 때문이다. 그래서 아르탈란 외곽에 위치해 있었다.

"몇이야?"

옆에 있는 니콜에 물어보자, 그가 자신의 마법을 부려 어둠 속을바라본다.

"얼추 스물은 되네요. 다 온 것 같습니다."

"좋아."

나는 전문가들과 숨어서 저택을 지켜보고 있었다. 같이 온 네리스는 상황 파악을 못해서 어리둥절한 표정이었다.

"대체 무슨 일이지? 구사 가문 검객들이 지금 왜 저 집으로 들어가는 건가? 대체 뭐하는 곳인데?"

"지켜보면 알 겁니다, 네리스 양."

잠시 후, 저택 쪽에서 비명과 고성이 터져 나왔다. 안에서 본격적인 싸움이 붙은 모양이었다. 내가 네리스가 있는 위치라고 지도에 표시해준 곳은 저택 안에 병력이 집중된 방이었다.

그저 애도를 표할 뿐이다. 나는 상황을 지켜보다가 손짓을 했다. 그러자 저택 안에서 불길이 오르기 시작한다. 안팎에서 미리 준비하고 있던 전문가들이 호응한 것이다.

"잘 타는구먼."

미리 준비를 잘해놨네.

"무트로."

"네."

"사수들 배치됐지?"

"물론입니다."

저택의 입구는 여러 개였는데, 그중 몇은 막아버리고 나머지는 앞에 전문가들이 십자궁을 들고 대기 중이었다.

"으아아!"

곧 비명을 지르며 몸에 불이 붙은 고용인 하나가 튀어나온다.

퉁!

십자궁의 활줄이 퉁기는 소리와 함께 곧 고용인이 쓰러진다. 이후에도 누군가 튀어나올 때마다 전문가들은 용서하지 않았다. 사실 저 고용인(혹은 노예)들은 코도르를 위해 일할 뿐 나와는 은원이 없다. 그럼에도 살려두지 않는 건 저들이 코도르의 재산이기 때문이다.

코도르에게 제대로 피해를 주려면 저들 역시 제거해야 한다. 나는 어느새 냉정한 시각을 갖게 되었다. 생명이니 뭐니 하는 것보다 이후 저들이 코도르의 집을 재건할지도 모른다는 게 신경 쓰였다.

"지금 대체 뭐하는 건지!"

그런데 이런 나와는 달리 네리스는 더 참을 수 없다는 태도였다. 정확한 사정은 모르겠지만 돌아가는 상황으로 짐작하는 듯했다.

"당장 저 짓거리를 멈춰. 그리고 내게 이 상황에 대해 설명해."

선량한 성품을 가진 네리스에겐 지금 상황을 두고 보기 어려운 것 같았다. 나 참, 지하 세계에 어떻게 이런 다크엘프가 존재할 수 있는 건지. 쯧쯧.

"알겠습니다. 설명하죠."

나는 저 코도르란 귀족과 척을 진 사이라고 얘기했다.

"저 녀석이 브라흐를 노리고 있었는데 제가 고용하게 되자 길길이 날뛰더군요. 저도 협박당했다고요? 네 영혼석을 날려버리겠다는 얘기까지 들었습니다. 제가 당하기 전에 먼저 처리하는 게 맞지 않겠습니까? 마침 네리스 양의 일도 해결해야 하니 둘을 묶으면 괜찮겠다 싶었죠."

짜악!

순간 볼이 얼얼해졌다. 곧 화끈함이 올라온다. 내 뺨을 날린 네리스의 눈가는 분노로 이글거리고 있었다.

"그래서 저런 짓을 하는 건가? 네가 코도르란 귀족과 원한이 생긴 건 알겠다. 그러면 저 죄 없는 자들은 무엇인가!"

"저들은 코도르의 재산입니다. 적에게 피해를 주려면 재산을 갉아내는 게 기본이겠죠."

"저들은 생명이야! 재산 같은 게 아니라고! 설령 노예라 하더라도!"

"허……."

순간 나는 큰 충격을 받았다. 네리스의 말은 진심이었다. 여기 내 눈앞에, 노예를 재산이 아니라 생명으로 생각하는 존재가 있었다.

"그렇더라도 네리스 양에게 손해는 없지 않습니까? 구사 가문의 척살대가 코도르의 수하들과 상잔하면 우리 모두 이득이잖습니까?"

"그런 이유 때문에 아무 것도 모르는, 무고한 자들을 말려들게 할 순 없어!"

"당신이 위협을 피하기 위해서입니다."

"내가 위협을 피하기 위해서 남을 해할 수 없다는 거다! 정말 모르겠어? 너는 조금 다를 거라고 생각했는데. 결국 평범한 지저인과 다를 바 없는 건가?"

내게 실망한 듯 서글픈 표정을 짓는 네리스.

나는 입을 절로 벌어졌다. 그리고 곧 웃음이 터졌다.

"흐흐흐… 흐하하하하…."

정말 웃을 수밖에 없었다. 지하 세계에서 처음으로 눈부신 선함을 봤다. 지금 내가 고개를 숙이고 있는 건 도저히 네리스를 마주볼 수 없었기 때문이다. 어두운 세계에 어울리지 않은 너무나 올곧은 마음. 그래서 더욱 처량하고 아름다웠다.

"믿을 수 없는 말을 다 하시는군요."

"어떻게 생각하든 상관없어."

21세기 사회에서 살던 나조차 지하 생활 10년 만에 변해버렸다. 한데 지저 태생인 네리스는 어찌 저런 생각을 하는 걸까? 역시 평범한 여자가 아니다. 보통은 이런 신념을 가지고 있을 수가 없다. 반면 나는 지하 세계에서 인정과 도덕을 품기에는 너무 겁이 많았다.

그래. 내가 가질 수 없는 거지. 감탄과 서글픔이 밀려온다. 이런 아름다운 꽃은 지저에서 금방 져버리고 말 테니까.

스르릉.

"무력을 써서라도 막겠다."

급기야 네리스는 자신의 쌍검을 뽑아들었다.

"미치셨습니까? 저를 보십쇼. 저는 당신을 위해 좋은 결과를 만들고 있습니다. 그런데 네리스 양은 그런 저를 베고 생판 모르는 자들을 돕겠다는 겁니까? 저는 도대체 이해가 안 됩니다."

이제 내 말투는 다분히 그녀를 시험해 보는 투였다.

나는 이 여자에 대해 알고 싶단 생각이 들었다. 지하에서 살며 이렇게 관심을 끄는 존재는 많지 않았다.

"이해가 안 된다고? 저들은 무고하다! 그게 내가 검을 들어야 할 이유다. 무고한 자들을 죽이면서까지 부지하고 싶은 목숨이 아냐."

"불사의 엘프라는 명칭에 어울리지 않는 말씀이시군요."

"나는 무고한 죽음에 분노한다. 검을 들라! 내가 그대에게 여유를 줄 때!"

내 주위에 있던 전문가들이 저마다 무기를 꺼내서 네리스를 겨눈다. 나는 고개를 흔들어 막았다.

"무트로."

"네."

"일 차질 없이 진행해. 여긴 내가 처리할 테니까."

"알겠습니다."

전문가들을 보내고는 혼자 앞으로 나섰다.

"나를 너무 얕보지 않는 게 좋을 텐데? 오토."

"네리스 양이야 말로 절 얕보지 마시죠."

그녀는 더 시간이 없다고 생각했는지 곧장 칼을 휘둘러 왔다. 번개 같은 솜씨였다. 인간형 폼의 나였다면 단번에 날아갔으리라.

캉!

하지만 두툼한 팔이 그녀의 검을 막아냈다. 그 팔은 철보다 단단한 금색 비늘로 덮여 있었다. 네리스는 놀란 표정이 역력하다. 나는 그녀가 반응하기 전에 주먹을 휘둘렀다.

카앙!

칼날의 일부가 부서졌는지 반짝이는 파편을 뿌리며, 네리스는 뒤로 물러났다. 용케 그 사이에 막아냈군.

"대체?"

"이게 제 본 모습인 광휘 드래곤킨입니다. 지저에선 드문 모습이니 자세히 보시죠."

나는 일부러 두 팔을 벌리고 날개를 펴며 으스댔다.

"음흉한 사내로군. 나름대로 믿는 구석이 있었어."

"그렇습니다. 여기서 제안을 하나 하죠."

"말해라."

"이제 저와 정정당당하게 겨뤄봅시다. 만약 네리스 양이 이긴다면 지금 저 저택에서 벌어지고 있는 학살극에서 손을 떼겠습니다. 휘하의 전문가들도 모두 철수시키죠."

"좋다. 만약 네가 이겼을 때 조건은 뭐지?"

"저와의 고용 계약을 성실히 수행해 주시길. 저는 거미장군과 싸워야 하고 당신의 힘이 꼭 필요합니다. 그 건이 오늘 일과 별개길 바랍니다."

오늘 나는 생각지도 못한 황당한 일을 겪고 있는 셈이다.

영웅급인 네리스의 도움을 받을 수 있으니 일이 잘 풀리리라고 생각하고 있었다. 그런데 생각지도 못한 네리스의 성품에 지금 같은 편끼리 싸우는 상황이 아닌가.

게다가 이후의 고용까지 틀어지게 생겼으니 어떻게든 그것만은 막아야했다. 사전에 네리스의 성향을 제대로 파악하지 않은 게 내 불찰이지만 이 정도일 줄은 상상도 못했다.

"좋아. 약속하지. 너도 약속을 잊으면 안 된다."

"물론입니다. 크르르릉."

용의 낮은 울음이 저절로 흘러나왔다. 나는 승리를 확신했다. 네리스가 강하긴 하나 약점이 있다. 바로 그녀가 가진 검. 그 검은 그녀의 훌륭한 기예에 비해 한참 모자랐다. 강철보다도 단단한 내 비늘을 제대로 베긴 무리였다. 그건 이어진 싸움에서 여실히 드러났다.

"크윽!"

네리스는 내 비늘을 벨 수 없어서 난처해하고 있었다. 반면 내가 휘두른 주먹은 하나하나가 망치질이나 마찬가지였다. 그녀의 보잘 것 없는 쌍검은 파편을 튀기고 금이 가고 있었다.

"포기하시죠!"

"거절한다!"

"그깟 선량함이 무슨 소용입니까! 이 컴컴하기만 한, 고개를 들어도 별이 안 보이는 세계에서!"

"나 때문에 무고한 이들이 죽는다면 어둠 속에서라도 내 죄를 가릴 수 없을 것이다."

"아무도 당신의 허물을 모를 겁니다."

"모두가 모른다고 해도 나는 알겠지."

정말 이 여자, 혀를 내두를 정도다. 이 정도가 되면. 어떻게 지하 세계에 이런 돌연변이가 나타났지. 감탄하면서도 그녀의 그런 선량함을 지켜주고 싶단 생각이 들었다. 물론 답답하긴 하다. 인생은 조금만 사악해져도 엄청나게 편해진다. 그런데 그 편함을 거부하고 있으니 내 입장에서 어찌 속 터지지 않겠나. 하지만 그렇다고 꺾어버리기에는 그녀의 마음이 지하 세계에서 너무나 귀하다.

"네리스!"

일갈하며 휘두른 주먹이 마침내 그녀의 쌍검을 깨버렸다.

카앙!

요란한 소리와 함께 부러진 검신이 위로 날아간다. 원래 낡은 검이었다. 나의 파상공세를 이 정도까지 버틴 건 그녀의 솜씨 덕이겠지. 네리스가 단검을 뽑으려 하기에 무릎을 명치에 먹였다.

"커억!"

일순간 몸이 굳을 정도로 큰 충격을 받은 네리스에게 나는 주먹을 휘둘렀다.

캉!

철가면에 금이 가면서 네리스가 뒤로 뻗는다. 어떻게든 다시 일어나려고 하지만 비틀거리는 꼴이 어림도 없어 보였다. 그녀는 휘청이며 다시 쓰러진다. 하지만 이를 악물고 허공에 손을 뻗고 있었다.

"정말 못 말리겠군요."

한숨이 절로 나왔다. 그리고 그녀에게 말했다.

"당신 때문에 생각이 바뀌었습니다. 플랜B로 가도록 하죠."

"…그러면?"

"무고한 이는 죽이지 않겠습니다. 약속드리죠."

"수작을 부려서 눈앞의 악을 가리려는 건 아니겠지?"

"물론입니다. 자, 일어나십쇼."

속임수가 없음을 약속하자 네리스는 맞잡은 손에 힘을 주고는 몸을 일으켰다. 나는 전문가들에게 명령을 내려서 빠져나오는 자들을 보내주도록 했다.

"갑자기 왜 그러십니까?"

"작전이 바뀌었다. 그리고 슬슬 경비병이 올 때니까 다들 빠지라고 해. 숨어서 보고 있다가 혹시 구사 가문의 검객이 나오면 미행해. 따라가다 죽일 수 있으면 죽이고. 아니라면 어디로 가는지만이라도 파악해. 나중에 처리할 거니까."

"알겠습니다."

무트로는 별 말 하지 않고 바뀐 계획대로 움직였다.

"네리스. 당신도 돌아가시죠. 안전 가옥에서 일단 숨어 계십시오."

"대체 어쩌려고 하는 거지?"

"들어가서 코도르를 구할 생각입니다."

"뭐? 그게 무슨? 그자와 척을 졌다고 했잖아."

"그래서 플랜B라고 하지 않았습니까."

"나도 같이 가겠다."

"안됩니다. 이미 주변에 구경꾼들이 많아졌습니다. 그리고 들어가서 구사 가문의 다크엘프를 만나기라도 해보십시오. 지금부터 제가 할 일에 방해가 됩니다."

"하지만!"

플랜B로 바꾸는 바람에 까딱 잘못하면 나는 군부로 잡혀갈지도 모르게 됐다. 그리 안 되게 잘 처리할 테지만 네리스까지 달고는 무리였다.

"약속드리죠. 나쁜 짓은 안 하겠다고요. 그저 들어가서 코도르를 구할 뿐입니다."

"이해할 수 없어."

"한 번만 절 믿어주시면 안 되겠습니까? 당신 말씀대로 하지 않았습니까?"

나는 저택을 빠져나와 달음박질치는 코도르의 고용인들을 가리켰다. 결국 네리스는 알겠다는 듯 고개를 끄덕였다.

"어쩔 수 없군. 대신 나중에 자세히 얘기해 줘."

"약속드리죠, 네리스 양."

그녀는 곧 그림자처럼 사라졌다. 자, 그러면 나도 가볼까. 원래 계획과 달라졌지만 이것도 나쁘지 않다. 나는 도시의 영웅이 될 것이다. 귀족의 저택에 침입해 불을 지르고 칼을 휘두른 다크엘프들을 처단한 영웅 말이다.

"크흐흐."

웃기는 일이었다. 이 모든 일을 내가 일으켰음을 생각해 볼 때 말이다. 나는 마법 지퍼에서 화염 면역 물약을 들이켰다. 그리고 연기속에서 호흡하게 해주는 물약도 마셨다. 혹시 불길 안에 들어갈 일이 있을까 싶어 준비해둔 것이었다.

들어가 보니 불길보다 연기가 문제였다. 연기 때문에 시야가 제한됐다. 그리고 불길은 생각보다 크게 번지지 않았다. 아무래도 암벽을 파들어 간 집이라 그럴 수밖에 없겠지. 커튼이나 목재 가구 같은 것은 불이 붙었지만 집 자체가 타는 게 아니니 규모가 약할 수밖에. 그래도 연기 쪽은 큰 위력을 발휘해서 유독가스에 질식한 자들이 많이 보였다. 문을 몇 개 통과해 들어가자 연기가 자욱한 바깥쪽과 다르게 제법 상태가 괜찮았다. 안쪽에선 여전히 시끄러운 싸움이 벌어지고 있었다. 나는 소음을 따라 싸움의 중심지에 도착했다.

그곳은 시체 투성이었다. 다크엘프 검객들과 코도르의 가드들이 난전을 벌인 듯 이제 서 있는 자들이 얼마 되지 않았다. 다크엘프 다섯이 코도르와 그의 몇 없는 가드들 둘러싸고 있었다. 코도르의 입장에선 절체절명의 상황. 하프 타르나이인 그도 제법 싸울 줄 알겠지만 구사 가문 검객들의 실력이 생각 이상인 모양이었다.

"이 상황이 되도록 네리스를 숨길 작정이냐!"

"글쎄 그게 누군지 모른다니까! 이 도적놈들아!"

"시끄럽다! 우리가 오는 걸 알고 대비하고 있던 주제에!"

"대체 아까부터 무슨 말을 하고 있는 거야!"

완전히 꼬인 상황이었다. 내 입장에선 계획대로 됐다. 양쪽 다 엉망진창이니 말이다. 나는 즉각 뛰어나가 외쳤다.

"코도르 경! 구하러 왔습니다!"

대치하고 있던 모든 이의 시선이 내게 쏠린다.

"아니! 그대는!"

투기장에서 제대로 다툰 내가 갑자기 나타나 돕겠다니 황당할 수밖에. 그래서 나는 준비했던 말을 폭풍 같이 쏟아냈다.

"비록 원만한 사이는 아니지만, 경과 저 모두 아르탈란의 시민이자 황녀 전하의 신하입니다. 마침 이곳을 지나다 경의 고용인에게 들었습니다. 정체 모를 다크엘프들이 들어와 난동을 부린다고. 이런 상황인데 과거의 사소한 다툼이 무슨 소용이겠습니까! 이미 경비대에도 연락을 해뒀습니다!"

"오오! 오토 경!"

나는 경이 아닌데 감격한 코도르는 그런 건 상관없는 듯했다. 그는 상황을 자기 좋을 대로 받아들였다. 조력이 아쉬운 그의 입장에서는 투기장의 일은 사소한 것이 되어 버렸다.

"오토 경! 그대야 말로 협객이오! 이 은혜 잊지 않겠소이다!"

"코도르 경! 오늘 일로 과거의 무례를 사과하고 싶습니다!"

"크으! 오토 경!"

코도르는 감정이 격해졌는지 뜨거운 눈물을 흘렸다.

"역시 어려울 때 돕는 자가 진짜라고 하더니! 내가 경을 오해했구려!"

드래곤킨인 내 전투력이면 상황을 뒤집고도 남는다. 그걸 아는지 다크엘프들은 당황해서 주춤주춤 거렸다. 그러자 코도르가 신이 나서 외쳐댔다.

"이 강도 새끼들! 오늘 일을 평생 후회하게 만들어 주마! 네놈들은 감옥에서 영원히 고통 받을 것이다!"

"시끄럽다!"

사납게 외쳐대는 다크엘프들이었지만 기세가 많이 꺾인 상황이었다. 싸움이 벌어지자 그들은 일방적으로 밀리기 시작했다. 그러다한 놈이 내 주둥이에 깨물려 죽자 그들은 서로를 보더니 고개를 끄덕인다. 그리고는 도망가기 시작했다.

"놓치지 마라! 놓치면 안 된다!"

코도르는 악을 써댔다. 하지만 나는 여유롭게 뒤쫓았다.

앞쪽에 화재로 인한 연기가 가득 차 있는 걸 알기 때문이었다. 그런 곳에서 잠깐만 있어도 정신이 어질어질해지고 쉽게 쓰러진다. 무턱대고 달아난 그들이 견딜 리가 없다.

"코도르 경. 오면서 보니 저 악독한 놈들이 경의 저택에 불을 질렀습니다. 연기가 가득하니 조심하셔야 합니다."

"그렇소이까! 내 연기 속에서 호흡하게 해주는 물약이 어디 있을 터인데!"

"그걸 찾거든 따라오십시오. 먼저 가겠습니다."

다크엘프를 쫓아가 보니 둘은 연기에 쓰러져 죽어 있었고 하나는 비틀거린다. 놈의 목을 단번에 꺾어 죽여 버렸다. 그리고 셋 다 뇌를 터트렸다. 혹시라도 누가 나중에 이들의 뇌를 읽어 사건을 조사하려고 할 수 있기 때문이다. 아마 그 정도까지는 안 가겠지. 뇌를 읽는 건 쉬운 일이 아니다. 도시 경비대에서 이 사건을 맡게 된다면 그런 일은 없겠지.

그나저나 빠져나간 건 둘인가. 전문가들이 미행할 테니 크게 걱정할 거 없겠지. 나는 연기 속에서 나직한 웃음을 터뜨렸다. 어쩌면 이렇게 잘 풀릴까.

"크크크크…."

뿔이 난 시커먼 내 실루엣은 어쩌면 정말 악마처럼 보일지도 모르겠단 생각이 들었다.

이 화재 사건은 아르탈란에서 꽤 얘깃거리가 되었다. 그런데 재밌는 건 다크엘프의 공격보다, 불 속에 뛰어들어 코도르를 도운 한 드래곤킨의 이야기가 더 주목받았다.

맞다. 바로 내 이야기다.

사실 지하 세계에서 미담은 드물고 그다지 공감 받지도 못한다. 하지만 분명히 동경의 대상은 됐다. 지저인들은 이기적인 존재긴 해도 근본은 황폐화된 지상에서 왔다. 그래서 당시의 도덕과 감상이 조금은 사회에 남아 있었다.

그리고 그들은 영웅의 이야기를 좋아했다. 특히 지금처럼 내전으로 흉흉한 시기에는 더욱 그랬다. 덕분에 나는 단번에 아르탈란의 유명인이 되었다. 이미 투기장에서의 명성도 있었기에 이제는 거리를 드래곤킨의 모습으로 다닐 수 없을 정도였다. 걷기만 해도 사람들의 시선이 쏟아졌고 직접 말을 걸고자 몰려오는 자도 많았다.

"자자, 이쪽으로 오시죠. 오토 님."

그날 이후 코도르는 날 살뜰하게 챙기고 있었다.

상황이 아주 웃기다. 그의 집을 불태운 건 사실 나인데 말이지.

"근사하시군요, 코도르 경."

"오토 님의 성장盛裝도 만만치 않습니다. 하하하!"

오늘 나는 코도르의 초대로 귀족들의 파티에 같이 가게 됐다. 코도르는 나를 옆에 끼고는 사방에 자랑을 하고 다녔다. 귀족들은 의외로 친절하게 날 맞아줬다.

"소문을 들었습니다. 귀하의 용맹에 경의를 표합니다."

"어머나! 멋지기도 하셔라!"

아르탈란의 귀족들은 타르나이와 다른 지저 종족의 가장 재능있는 자들로 구성되어 있다. 반절은 타르나이고, 나머지 반절은 각자의 고향에서 높은 신분. 그럼에도 다들 훈작사 나부랭이인 내게 겉으로는 차별대우를 하지 않는다. 지하 세계는 철저히 실력 위주의 사회였기 때문이다. 이 삭막한 세계의 몇 안 되는 장점 중 하나는, 실력에 대한 합리적 사고가 사회 전반을 관통하고 있다는 점이었다.

금전본위인 것도 비슷한 맥락이었다. 금화를 많이 가졌든, 재능이 뛰어나든, 무언가 주목할 점이 있다면 대우를 받는다. 지금 나와 인사하는 귀족 중 상당수는 이미 소문을 들었겠지.

"죠니아 백작부인에게 총애 받고 있다고 들었습니다."

한 타르나이 귀족의 말에 속으로 놀라지 않을 수 없었다. 벌써 거기까지 알고 있었는가.

"부족한 재주를 마음에 들어 해주시더군요. 총애라고 하기엔 당치 않습니다."

어느새 파티의 귀족 상당수가 나를 둘러싸고 있었다. 옆에서 보면 하하호호, 인기 만점의 상황 같지만 나는 속으로 식은땀을 흘리고 있었다. 귀족들은 웃는 낯으로 날 간 보고 있었다. 내가 이용하기 쉬운 존재인지, 어느 정도 야망이 있는지, 온화하고 세련된 말로 하나하나 확인하려고 했다. 그럴수록 나를 데려온 코도르는 소외받았다. 어떻게든 끼어들려는 그의 노력이 안쓰럽기까지 하다.

"하하핫! 이 사람들. 나도 오토 님과 얘기 좀 하세."

그렇게 말하면서도 정작 나랑은 대화하지 않고 주변의 귀족들에게 자기가 얼마나 나랑 친한지 열심히 설명해 댄다. 그리고 내 전도유망함에 대해 과장을 섞어 늘어놓고 있었다.

"오토 님께선 훌륭한 군인이기도 하시지. 발령이 나자마자 적장 필리피소스를 물어 죽인 일도 있으시네."

"오오오!"

주변의 귀족들이 감탄을 터뜨린다. 아름다운 귀부인들은 내게 눈웃음을 살살 보낸다. 타르나이들은 모두 매혹적이었다. 그들은 퇴폐

적인 매력으로 가득했다.

"하하하, 코도르 경. 제 얼굴에 금칠을 하시는군요."

"오토 님의 얼굴엔 금칠도 부족하지요!"

나는 왜 이렇게 코도르가 필사적인지 어렵지 않게 깨달을 수 있었다. 그는 지난 사건 이후 반쯤 거지가 됐다. 저택은 불타고 고용인과 노예들은 그의 재산을 들고 도망갔다. 애써 기르던 사병과 식객도 다크엘프의 칼에 맞아 죽고. 듣자니 그의 후계자 역시 그날 죽었다고 한다. 그럼에도 이리 연회에서 웃고 있는 건 어떻게든 살아남고 싶은 마음 때문이겠지. 지하 세계는 약해진 자를 용서하지 않는다.

코도르가 꺾이면 그의 재산과 지위를 탐하는 자들이 나타날 거다. 그러니 이렇게 연회에서 멀쩡함을 어필하며 최근 주목받고 있는 나와 친분을 과시하고 있는 것이었다. 나라는 무력을 곁에 두고 있으면 누가 쉽게 덤벼들지 않을 테니까.

일단 그런 그를 내버려 두었다. 코도르 역시 귀족은 귀족. 그가 떠들어 댈수록 내 이름은 사방에 알려질 테니까. 언젠가 코도르는 쓸모가 없어지면 치워버릴 작정이었다. 그때까지는 실컷 친한 척하게 해줘도 좋겠지. 그의 선량하고 좋은 친구로 가장하며.

"코도르 경께서 비록 불운한 일을 겪긴 했지만 그 다크엘프 놈들에게 본때를 보여주셨죠. 도망간 잔당도 곧 잡힐 겁니다."

내가 코도르를 두둔하고 나서자 그의 얼굴이 환해진다.

"그렇지! 그래! 하하하하!"

참고로 도망간 잔당은 이미 니골과 무트로가 부리는 전문가들이 처리했다. 아르탈란의 어느 쓰레기장에 파묻혔으니 아무도 찾지 못할 것이다.

"오늘은 정말 즐겁구먼!"

코도르는 한껏 웃어댔다. 나는 그와 함께하며 귀족에게만 허락된 특혜를 잔뜩 누렸다. 그리고 아르탈란의 여러 귀족들과 안면을 틀 수 있었다.

"자네 이것도 먹어보게."

옆에서 코도르는 날 챙기느라 바빴다. 날 모욕했던 그는 이제 나 없으면 안 된다는 태도였다. 흠, 이렇게 된 거 한 가지 시험을 해볼까? 그가 날 얼마나 의존하고 있는지 말이다.

어떻게 하면 좋을까?

그런 생각을 하고 있는데 마침 좋은 기회가 찾아왔다. 매력적인 타르나이 아가씨 하나가 내게 춤을 신청해온 것이다.

"한 곡 추실까요, 멋진 장교님?"

타는 듯한 적발을 가진 매혹적인 아가씨였다. 나는 고개를 끄덕이며 거추장스러운 성장의 외투를 벗었다. 그리고는 그걸 코도르에게 내밀었다.

"옷 좀 잠시 맡아주시죠."

내 말에 코도르는 벙찐 얼굴이 된다. 하인에게나 할 행동에 당황할 수밖에. 주변을 보니 지금 상황을 다들 지켜보고 있다. 코도르가 어떻게 행동할까 궁금한 모양이었다. 머리가 있다면 내게 화를 내고, 코도르. 만약 그렇다면 나는 그에 대한 평가를 상향할 의사가 있었다. 하지만 그는 최악의 선택을 했다.

"하하핫! 이리 주게. 내 들고 있지."

멍청하게도 하인의 일을 자처하고 말았다. 나름 대인배 스러움을 보여준다고 생각한 모양인데 바보 같은 선택이었다. 내게 춤을 신청했던 타르나이 아가씨가 환멸을 감추지 못한다.

"왜 저런 멍청이랑 같이 다니세요? 당신처럼 멋진 분이."

"과찬이십니다. 감사합니다."

나는 그녀의 가는 허리를 한손으로 휘감고는 무도회장으로 나아갔다.

"멍청이라 제가 데리고 다녀야 한답니다."

"어머! 상냥하기도 하셔라."

나는 예쁜 아가씨와 찰싹 달라붙어서 즐겁게 춤을 췄다. 틈이 날 때 몇 번이고 그녀의 몸 이곳저것을 슬쩍 만졌다. 음탕한 타르나이 아가씨가 그걸 싫어하지 않는다는 걸 알았기 때문이었다. 그리고 내가 그러는 동안 코도르는 내 외투를 든 채 뻘쭘하게 서있어야 했다.

"피곤하군, 피곤해."

길게 이어진 연회 때문에 새벽녘에야 안전가옥으로 돌아왔다. 아르탈란의 유력자들 사이에서 사교활동을 하는 건 외줄타기처럼 아슬아슬한 일이었다. 몸도 마음도 피곤했기에 나는 곧 거실에 있는 소파에 거의 쓰러지듯 앉았다. 벽난로에 불이 꺼졌지만 아직 온기가 좀 남아있었다. 그래도 이걸론 부족한데. 추워.

몸을 살짝 떨고 있자 누군가 말을 건다.

"이불 속으로 들어가지 뭐하고 있어?"

"아직 안 잤습니까?"

말을 건 이는 안전 가옥에서 묵고 있는 네리스였다.

"그냥 잠이 안 와서."

"혹시 저를 기다린 겁니까?"

"정말 아무 말이나 막 하는군."

기가 막힌다는 표정의 네리스. 그녀는 벽난로에 불을 붙인다. 그러자 오렌지 빛 불빛이 그림자를 방구석으로 길게 밀어낸다. 그녀는 곧 차를 데워서 내게 건넨다. 말은 까칠하면서 행동은 친절하다.

"할 말이 있습니까?"

내 물음에 네리스는 잠시간 말이 없었다. 그러다 차를 몇 번이고 마신 후에 입을 열었다.

"나는 네가 마음에 안 들어."

"알고 있습니다."

"그렇지만 약속은 약속, 밸리어트를 상대하는 데는 최선을 다하겠어."

"그 점은 감사합니다."

"그리고…."

"그리고?"

"들었다고. 나와의 약속을 지켜주느라 무리한 거. 솔직히 거기서 다 쓸어버리는 게 너에겐 훨씬 편하고 합리적인 길이겠지. 그런데 그 플랜B란 걸로 변해서 복잡해졌잖아. 그 점은 고맙게 생각하고 있어."

"아… 그것 말입니까."

걱정한 부분도 있는데 잘 마무리될 듯한 상황이었다. 사건이 다행히 도시 경비대에만 머물고 있었다. 이 사건이 군부로 넘어가면 골치 아파진다. 노력했지만 모든 다크엘프의 머리를 파괴하지 못했다. 만약 군부가 이 사건에 주의를 기울이면 다크엘프들의 뇌를 열어볼 수도 있다. 나는 이런 점을 네리스에게 설명했다.

"그렇다면 군부에선 절 의심할 겁니다. 모든 타이밍이 지나치게 좋았으니까요. 대충 사건을 덮으려는 도시 경비대와는 다를 겁니다."

도시 경비대는 부패한 집단이다. 이미 뇌물까지 먹여두었다. 사건이 도시 경비대 안에만 머물면 걱정할 것 없었다. 반면 군부에는 유능한 인재가 한 가득. 그 중 누군가가 이 사건에 관심을 가지면 나는 위태로워질 수 있다.

"미안하다. 하지만 그때는 어쩔 수 없었다. 나 때문에 무고한 이들이 죽는 걸 보고 있을 수만은……."

"알고 있습니다. 네리스 양."

아마 오토 경이라도 그렇게 했겠지. 오토 경. 내 가명을 따온 게임 속의 영웅. 두려움도 없고 망설임도 없다. 그야말로 정의의 히어로였기에 좋아했다. 그런데 지하 생활에 찌들면서 완전히 잊고 있었다. 눈앞에 동경하던 히어로와 똑같은 행동을 망설임 없이 한 여자가 있다. 그런데 난 그런 여자를 어리석다고 생각했다.

잠시 사고가 고등학생 때로 흘러갔다. 이제는 정말 내게 그런 시절이 있었나 희미해져 버린 그때로. 분명히 그때 나는 참지 않고 불의와 싸웠다. 아마 그게 원래의 내 모습이었겠지. 그때의 나에겐 용기가 있었다. 하지만 지금은 겁쟁이가 돼 버렸다.

"네리스 양. 당신은 앞으로도 변하지 않겠죠?"

"…물론이다. 네겐 미안한 일이지만."

"미안할 것 없습니다. 알겠습니다. 당신만은 간직해 주시길. 그런 고결함을."

"나는 고결한 게 아니다. 그냥 참을 수 없는 것뿐이다."

그걸 고결하다고 하는 겁니다, 네리스 양. 그녀만은 변하지 않았으면 좋겠다. 지저의 어둠이 아무리 짙어진다 하더라도.

"차 잘 마셨습니다."

자리에서 일어나 방으로 향하는데 내 손목을 네리스가 잡는다.

"나는!"

"?"

무슨 말이냐고 눈으로 묻자 그녀가 약간 쑥스러워 하며 내 시선을 피했다.

"나는… 너를 너무 나쁘게만 봤던 거 같다. 그 점은 사과하고 싶다."

"고맙습니다."

어쩌면 그녀는 나를, 조금은 인정해 준 건지도 몰랐다.

일 때문에 너무 오래 아르탈란에 있었다. 어디까지나 나는 군인

신분이며 던전을 지켜야 한다. 휴가 처리로 문제는 없지만 슬슬 위험하니 돌아가 봐야 했다. 보비가 무척 보고 싶기도 했고. 잔소리가 갈수록 심해지는 느낌이지만 날 챙겨주는 건 역시 보비보비 밖에 없으니까. 돌아갈 때 어떤 선물을 사갈까 고민하는데 니골이 들어와서 정기 보고를 하겠다고 한다.

"밸리어트에 대한 소식은 좀 있어?"

"안타깝게도 아직입니다. 지금 열심히 조사 중이니 조만간 뭐가 나오긴 할 겁니다."

"그래."

"흠… 일단은."

니골은 아르탈란 상황에 대해 이것저것 알려줬다. 그러다 날 깜짝 놀라게 할 내용이 나왔다.

"코도르가 황녀 전하에게 고용주 님에 대해 상소를 했다고 합니다. 이번에 훌륭한 일을 했으니 상을 줘 모범으로 삼아야 한다고요. 다른 귀족들 몇도 그 상소에 함께 서명한 것 같습니다."

"뭐!"

생각지도 못한 폭탄이 터졌다.

내가 손을 파르르 떨자 니골이 의아해한다.

"왜 그러십니까? 좋은 일 아닙니까?"

"좋기는 개뿔! 황녀에게 올라가는 상소는 군사령관 메르텔레스가 사전에 모두 확인하는 걸 모르는가! 그 멍청한 코도르 놈의 상소 때문에 군부에서 이 사건에 관심을 가지면 어떻게 되겠나."

"아…."

그제야 니골은 상황을 깨달은 듯 인상을 찌푸린다. 나는 그에게 서둘러 물었다.

"상소가 올라간 게 언제인가?"

"사흘 전이라고 합니다."

"맙소사! 왜 그걸 이제 보고하나!"

"죄, 죄송합니다. 코도르 경계서 비밀로 하고 있으셔서."

"왜 그걸 안 알리고 제 멋대로 했다는 거야!"

"그, 그게 서프라이즈라도 해주려고 했던 거 같습니다."

와… 이런 상큼한 명청이를 다 보겠나. 역시 플랜B를 시행하지 말고 코도르 놈을 쳐 죽였어야 했는데.

큰일이다. 사흘이라니. 시간적 여유도 없잖아. 나도 모르게 머리를 쥐어뜯었다. 만약 군부에서 날 의심하면 어떻게 하지? 생각해라. 뭔가 대책이 있을 터. 그때, 니골의 부하 하나가 서둘러 들어왔다.

"무슨 일인가?"

"구, 구, 구, 구!"

당황한 듯 그는 말을 제대로 못하고 있었다.

"대체 뭔데!"

"군사령부에서 사람이 나왔습니다! 흑철쇄 기사단장 칼이 직접 왔습니다요!"

"뭐라!"

놀란 나는 자리에서 벌떡 일어났다. 흑철쇄 기사단은 군사령관 메르텔레스 직속으로 있는 기사단인데, 황녀군 정규 병력 중 최강이라 평가 받는다. 흑철쇄 기사단과 맞먹을 건 황녀의 근위대 밖에 없다고 할 정도다. 그리고 그런 흑철쇄 기사단의 단장 칼은 입신의 경지에 이르렀다는 칭송을 받을 정도의 무인이다.

"난리 났군."

내가 불안한 눈빛으로 서성거리자 보고를 해온 자가 말한다.

"서두르시라고 합니다. 지체하지 말고 당장 나오라고….'

"누가 그걸 몰라!"

나는 소리를 빽 지르고는 다시 좌우로 발작적으로 움직였다.

"대체 왜 기사단장이란 놈이 직접 온 거냐고."

내 직감은 이게 절체절명의 위기라고 경고하고 있었다. 그러던 중 나는 한 가지 생각을 떠올렸다.

"니골. 이 안가에 몰래 빠져나갈 통로가 있지?"

"물론입니다. 그러니까 안전 가옥이죠."

"그러면 부하들을 몇 데리고 지금 즉시 빠져나가게 자네가 긴히 해줘야 할 일이 있어."

"기꺼이 하겠습니다."

그의 팔을 잡았다. 나도 모르게 힘이 꽉 들어가서 그가 인상을 찡그린다.

"명심하게. 내 목숨이 이제 자네에게 달려 있으니까."

나는 니골이 해줘야 할 일에 대해 빠르게 설명했다.

"맡겨주십시오. 차질 없이 처리하겠습니다."

"좋아, 그것보다 향수가 혹시 있는가? 여자가 쓰는 걸로."

"갑자기 향수는 왜?"

"변명하는데 필요해서 그래."

니골은 용케도 여성용 향수를 자신의 마법 지퍼에서 꺼내 주었다.

"별 걸 다 가지고 있군."

"전문가들은 원래 다 그렇습니다."

나는 여성용 향수를 살짝 목 언저리에 뿌린 뒤에 돌려주었다.

"그럼 부탁하겠네."

"무사하시길."

고개를 끄덕인 뒤 니골을 떠나보냈다. 그리고 나는 길게 한숨을 내쉬고는 마음을 다 잡았다. 호랑이 굴에 들어가도 정신만 차리면 산다고 하지 않는가. 게다가 왜 나를 찾는지도 아직은 알 수 없는 상황이다. 나는 의관을 단정히 하고 안전 가옥 밖으로 나섰다. 밖에는 군인들과 함께 기사단장 칼이 기다리고 있었다. 나는 그에게 군례를 했다. 계급으로 따지면 훨씬 상급자니까.

"자네가 오토인가?"

"그렇습니다. 뵙게 되어 영광입니다."

"반갑군 그래. 군사령관 님께서 자네를 찾으시네. 어서 가세나."

"알겠습니다."

옜 같네. 설마 군사령관 본인이 나를 찾을 줄이야. 이유는 모르겠다. 그리고 흑철쇄 기사단장 칼의 태도 역시 적대적은 아니다. 그렇다면 왜?

하지만 곧 군인들이 나를 포위하는 것처럼 둘러싸자 식은땀이 살며시 베어 나왔다. 이건 명백히 도망가지 못하게 하려는 포석인데.

"혹시 군사령관 님께서 왜 저를 찾으시는지 아십니까?"

"그건 나도 모르겠네. 가보면 알 것이네."

말투는 친절했지만 쓸데없는 질문은 더 허용하지 않겠다는 의지가 느껴졌다. 그저 입 꽉 다무는 수밖에. 그는 나보다 한참 강자인 데다가 계급도 높았으니까. 나는 그렇게 군사령부가 있는 청사 건물까지 걸어갔다. 걸어가면서 도망치고 싶다는 욕구가 피어올라 간신히 억눌러야 했다.

만약 도망간다면 그대로 끝장이다. 내 죄를 인정하는 꼴 밖에 안 되니까. 청사 건물 안을 들어가자 장엄하고 화려한 복도를 따라 갑주를 입은 병사들이 양쪽으로 늘어서 있었다. 그 가운데를 걸어가면서 목 언저리가 서늘한 기분이 됐다. 당장이라도 저들 중 하나가 내 목을 칠 것 같았기 때문이다.

꿀꺽.

마른침을 벌써 몇 번이나 삼킨 건지 모르겠구나. 그야말로 드래곤의 주둥이 안으로 들어가는 꼴이 아닌가. 그래서인지 이 살벌한 복도의 풍경이 끝나지 않길 바라는 마음도 들었다. 하지만 야속하게도 군사령관 메르텔레스의 집무실에 도착했다.

똑똑.

흑철쇄 기사단장 칼이 노크 하자 들어오라는 목소리가 들려온다. 중저음의 위엄 넘치는 음색이었다.

"여기 루테르 오토를 데려 왔습니다."

"음, 자네는 나가보게."

"알겠습니다."

졸지에 나 같은 루테르 나부랭이가 군사령관과 단 둘이 남게 됐다.

"합하."

나는 그에게 군례를 올렸다. 그는 전황판을 물끄러미 내려다 볼 따름이었다. 전황판에는 온갖 종류의 말들이 어지럽게 늘어져 있고 요새 역할을 하는 던전도 빠짐없이 그려져 있었다. 그는 곧 그중 하나를 가리켰다.

"여기군. 자네가 복무하는 2-04던전은."

나는 슬쩍 앞으로 가 살핀 뒤 동의했다.

"그렇습니다. 합하."

"던전 로드는 더블바인드로군. 어떤가 그는?"

"훌륭한 소양을 갖추신 분입니다."

"크흐흐흐. 안목이 별로군, 자네는."

낮게 웃는 메르텔레스. 그는 곧 안광을 빛내며 날 쳐다본다.

"아니면 거짓말이 생활화된 자거나."

역시.

역시나.

화재 사건으로 날 추궁할 심산이 틀림없었다. 재수가 없어도 이렇게 없을까. 하필 군사령관 메르텔레스와 직접 맞닥뜨리다니. 이런 거물은 향후 몇 년 안에는 볼 일이 없다고 생각하고 있었는데.

어떻게 해야 살아날 수 있을까?

일단 가장 중요한 건 오리발을 내미는 거다. 설령 당장 나를 베어 버리겠다고 해도 버텨야 한다. 만약 인정하면 그걸로 끝이다.

현명함으로 따지면 지금의 내가 가장 현명하다.

이후에는 군사령관의 협박이나 회유가 이어질지 모른다. 저 자의 노련함에 말려들 게 뻔하고 그러면 그릇된 판단을 할지도 모른다. 하니 반드시 지금의 결론을 믿어야 했다.

가장 똑똑하고 냉정한 나는 말하고 있다.

절대로 부인하라고.

"루테르 오토."

"말씀하십시오, 합하."

"생각보다 도착한 게 늦었군. 바로 기사단장을 따라왔으면 좀 더 빨리 왔을 텐데. 음?"

"말씀드리기 죄송합니다만 여인을 안고 있어서 그랬습니다. 한창 사랑을 나누는 중이라 의관을 갖추게 되는데 시간이 걸렸습니다. 용서하십시오, 합하."

내 말에 메르텔레스는 코를 약간 킁킁거린다. 그는 내가 미리 뿌려둔 여성용 향수를 맡더니 인상을 찌푸린다.

"여자 냄새로군. 나는 여자 냄새가 나는 장교를 별로 좋아하지 않네, 루테르 오토."

"향후 조심하겠습니다."

"뭐, 휴가라니 참견할 일은 아니겠지. 알겠네. 그것보다 이걸 보겠나?"

메르텔레스가 건네준 자료를 보며 속으로 욕을 내뱉었다.

예상대로 그건 한 다크엘프의 뇌를 조사한 것이었다.

"그 보고서에 따르면 난동을 부린 다크엘프는 구사 가문의 검객들이지. 네리스라는 불사의 다크엘프를 잡으러 왔는데 이상하게도 제국의 한 귀족 가를 공격하게 됐어."

"……."

메르텔레스는 주변을 돌면서 계속 나를 압박했다.

"다크엘프의 뇌 상태가 온전하지 못해 많은 정보가 소실됐지만 다행스럽게도 왜 그런 일이 일어났는지 알 수 있었지. 그들은 처음부터 존재하지도 않았던 용역업체에 속아서 그런 일을 벌였던 거야. 그리고 자네는 이 일에 유력한 용의자일세. 조사해 보니 용역 업체의 전문가들과 친분이 두텁더군. 또한 브라흐란 영웅을 고용하는 문제로 코도르와 싸움을 벌인 적이 있다지?"

다행히 메르텔레스에게 결정적인 증거는 없었다. 그는 나를 의심하고 있을 뿐이었다.

"억울합니다. 합하. 저는 모르는 일입니다."

일단 딱 잡아뗐다. 그러자 메르텔레스는 가볍게 웃는다. 하지만 위협적인 웃음이었다.

"정말로 그런가? 귀관의 말에 책임을 질 수 있는가?"

"물론입니다."

그때 갑자기 옆방에서 처절한 비명 소리가 들려오기 시작했다. 전기 장비로 누군가를 고문하는 끔찍한 소리였다.

파지지직!

스파크가 튀는 소리가 나더니 곧 째지는 비명이 이어진다.

"끄아아아악! 살려주십시오! 다 말하겠습니다!"

파지지직!"

"아아아악!"

대체 누가 잡혀온 거지?

불안으로 커진 내 눈동자를 메르텔레스는 들여다보고 있다. 그는 빙긋 웃으며 말한다.

"저 옆방에 있는 건 귀관이 고용했던 전문가 중의 하나라네."

나는 도저히 표정을 관리할 수 없었다. 턱이 알아서 덜덜 떨리기 시작했다. 뭔가 말을 하려고 했지만 입이 잘 열리지 않는다. 그런 내게 메르텔레스는 달래듯 어깨에 손을 집는다.

"누구나 실수를 할 수 있는 걸세. 자네도 알지 않은가? 이 아르탈란에 실수 한 번 안 해본 인물이 누가 있겠는가? 나 역시 마찬가지였네. 수많은 실수를 해왔지. 그중 몇은 아직도 기억날 정도로 끔찍한 것이었어."

"끄아아아! 살려주십시오!"

메르텔레스의 말과 별개로 비명은 계속되고 있었다.

"자, 그러니까 걱정 말고 자백해 보게. 자백한다면 내 특별히 관용을 베풀도록 하지. 너무 걱정하지 말라고."

그건 아주 자비로운 제안이었다.

받아들여야 하나?

그래, 인정하자. 인정하면 메르텔레스 합하께서 날 용서해 주실 거야. 다소의 처벌은 받을 수 있겠지. 하지만 분명히 재기할 수 있을 거다. 어쩔 수 없는 일이야. 누구라도 실수하고 미끄러질 수 있는 법이지. 조금 돌아가게 생긴 것뿐.

"어떤가? 모든 걸 토설해 보겠나?"

"그, 그, 그……."

덜덜 떨리는 입술로 나는 입을 열었다. 메르텔레스는 인자하게 미소를 짓고 있었다. 그런 그를 향해 나는 말했다.

"그런 일은 모릅니다. 저, 저, 전혀 저와 관련이 없습니다. 어, 억울합니다. 합하."

간신히….

정말로 간신히 유혹에 넘어가지 않고 버텨냈다. 거의 자백할 뻔했다. 하지만 가장 현명하고 냉정했던 때의 내 결심을 기억해 냈다. 이 거물에게 굴복하지 말고 올바른 판단을 지키라고. 내 말에 메르텔레스는 갑자기 노호성을 터뜨린다.

"이런 쓰레기 같은 놈! 뻔히 보이는 수작이구면. 끝까지 오리발을 내밀어!"

갑작스레 방출된 엄청난 기세에 나는 엉덩방아를 찧으며 넘어졌다. 이 지저 최고의 거물 앞에서 나는 정말 한줌도 안 되는 존재였다.

"내가 원하면 귀관의 머리를 언제든지 열어볼 수 있는 것이다! 정녕 그리해야 하는가!"

공포로 눈물이 주룩주룩 흘러내렸다. 머리를 열어본다고? 그러면 다 끝장 아니야? 그래, 사실대로 말하고 지금이라도 자비를 청하자.

"아, 아, 아닙니다. 저는 억울합니다."

하지만 얄궂게도 다시 부인의 말이 튀어나왔다. 그리고 그 말과 함께 메르텔레스가 내 머리를 열어볼 수 없단 사실을 깨달았다.

뇌를 읽으려면 대상을 죽여야 한다. 확증도 없이 황녀 전하의 군인인 내게 그럴 수는 없다. 아무리 군사령관이라고 하더라도.

"웃기는 소리!"

"더는 대답할 이유가 없습니다. 이제 돌아가 보겠습니다!"

"크하하하! 감히 이 방을 네놈 맘대로 나가겠다는 건가! 어림 없다!"

역시 그냥 보내줄 생각이 없나보다. 나는 피가 베어 나오도록 입술을 깨물었다. 그러자 약간 정신이 돌아왔다. 이대로는 안 된다. 부인하고 버티는 것도 중요하지만 그것만으로는 메르텔레스의 의심을 떨쳐낼 수는 없었다. 그렇다면 해법은 하나. 누군가를 희생양으로 삼는 거다. 내가 죽기 싫으면 남을 죽여야 하는 법.

"끝까지 잡아뗄 건가!"

"그, 그리 말씀하시니, 제가 아는 사실을 말씀드리겠습니다."

"좋아. 이제야 정신을 차렸군."

"그 코도르 경의 집을 습격한 건 그의 사촌인 퀴트가 틀림없습니다. 퀴트는 평소부터 유산 문제로 코도르 경과 다투는 사이였습니다."

모함을 하자 결국 군사령관 메르텔레스는 폭발하고 말았다.

"이제는 제국의 귀족을 모함하기까지 해! 정년 네놈 머리를 베어야 정신 차리겠나!"

메르텔레스가 허리춤의 칼을 뽑아든 채 대노하고 있었다. 그런 상황에서 어째서인지 내 정신은 더욱 침착해졌다. 옆방에서 고문으로 인한 비명은 계속 들리고 있었지만 나는 의심이 피어올랐다.

과연 저기 잡혀 있는 게 내가 고용한 자가 맞는 걸까? 상황이 너무 잘 들어맞는 건 아닌가. 게다가 설령 내가 고용했던 자라고 해도 대체 뭘 알겠는가. 니골과 무트로가 아니면 자세한 사정은 모른다. 그리고 그 둘은 지금 안전하다.

적어도 내가 기사단장에게 끌려오기 전까지는 그랬다. 그 점을 떠올리자 내 가슴은 더욱 냉정해진다. 지금 상황이 만들어진 함정이란 생각도 들었다. 나는 다시 버텼다.

"억울합니다, 합하. 차라리 저를 지금 베십시오. 베어서 제 머리를 열어보면 결백함을 증명할 수 있을 것입니다."

"말이라고 막 하는군! 실제로 네놈 팔이라도 하나 자를 수 있는 것이냐! 그 정도 각오는 있는 것이냐는 말이다!"

메르텔레스가 말은 저렇게 하지만 진짜 내게 팔을 자르란 뜻은 아니었다. 하지만 나는 여기서 강수를 두기로 했다. 죽을 위기에 몰린 상황이다. 그깟 팔 하나가 뭐 대수일까. 나는 집무실에 전시되어 있던 검 하나를 잡아들었다.

"음? 무엇을 하려고?"

"제 결백함을 보여드리겠습니다. 합하."

나는 왼팔 소매를 걷은 뒤에 검을 든 오른손을 들어올렸다.

"아니! 잠깐!"

메르텔레스는 놀란 듯 말리려 들었지만 나는 곧장 검을 내리쳤다.

"황녀 전하 만세─!!!"

서걱!

황녀를 부르짖으며 휘두른 검에 왼팔이 허공으로 날아갔다. 그리고 절단면에서 피가 솟구친다.

피슈슉!

"끄으으윽……."

격통을 참느라 얼굴이 있는 대로 구겨진다.

"이런 미친!"

지켜보던 메르텔레스가 놀란 얼굴이다.

좋아. 저 거물이 처음으로 저런 표정이 됐다. 즉, 내 수가 먹혔다는 거다. 팔이야 어차피 나중에 붙이면 그만이니.

"합하! 억울합니다. 제 결백을 위해서라면 팔 하나가 문제겠습니까."

"이런 지독한."

메르텔레스는 손가락질을 하면서도 더 말을 잊지 못했다. 그리고 손을 내린 채 뒷짐을 짓더니 부하들을 부른다.

"기사단장!"

흑철쇄 기사단장 칼과 그의 병사들이 집무실로 우르르 몰려들어 온다.

"칼 경. 당장 가서 쿼트를 잡아오라. 그리고 그가 코도르의 사건과 관련 있는지 심문하도록."

"명을 받들겠습니다."

병력들이 그렇게 떠나자 메르텔레스는 떨어진 내 팔을 주워든다. 그리고는 성큼성큼 다가오더니 왼팔의 절단면에 붙이는 게 아닌가.

치이익!

달라붙는 곳에서 살이 타는 듯한 연기가 피어났다.

"아악!"

격통에 얼굴을 찡그렸지만 그가 하는 대로 가만히 있었다. 메르텔레스는 주문을 외웠고 곧 내 팔은 온전하게 붙었다. 잘리기 전 그대로. 정말 대단한 기술이었다. 이게 고위 타르나이인가.

"정말 이런 바보 같은 짓 좀 하지 말게."

메르텔레스는 한결 누그러진 목소리였다.

"쿼트를 잡아오면 모든 게 드러날 터."

"물론입니다. 합하."

나, 메르텔레스는 지금 상당히 당황하고 있다. 겉으로 크게 내색하지 않았지만 말이다. 군 생활도 오래 해봤고 이런저런 경험도 많다고 자부한다. 그런데 군사령관 면전에서 자기 팔을 자르는 이런 또라이는 또 처음이었다.

유망한 청년 장교가 군사령관 앞에서 자해를 한 건 보통 추문이 아니다. 소문이 퍼졌다가는 걷잡을 수 없게 될 테니 서둘러 팔을 붙여줬다.

"정말 이런 바보 같은 짓 좀 하지 말게."

말은 그렇게 하면서도 나는 이 청년 장교에게 한 방 먹었음을 인정하지 않을 수 없었다. 더 강하게 그를 조일 수 없는 분위기가 된 것이다. 자신의 억울함을 주장하며 팔까지 잘랐으니 말이다. 황녀 전하 만세라고? 아주 걸작이구먼.

이 오토라는 녀석, 정말 보통 놈이 아니었다. 좋은 의미로든, 나쁜 의미로든. 사실 오늘 그를 부른 건 처벌을 위해서는 아니다. 내 입장에서는 코도르 같은 하급 귀족이 어찌되던 알 바 아니다. 그 자는 무의미한 짓만 일삼고 사교계에서의 인기를 위해 휘하에 투사들을 모으는 한심한 녀석이다. 망나니인 황자와의 전쟁이 점입가경이 되어 가는 이때에 말이다.

안 그래도 꼬투리를 잡아서 응징하려던 차에 이번 일이 터졌다. 군사령부 정보부의 보고에 따르면 그날 화제는 이 오토란 놈이 일으킨 게 확실하다.

그렇다.

나는 처음부터 범인이 누군지 알고 그를 부른 거다. 사건은 상당히 잘 은폐되어 있었다. 하마터면 제국 최고라 불리는 아군의 정보부도 깜빡 속을 뻔했다. 하지만 오토에겐 운이 나쁘게도 코도르의 사용인 중에는 우리 쪽 정보 요원이 있었다.

조만간 코도르를 처리할 작정이라 사람을 심어놓았다. 오토가 아무리 용의주도한 성격이라도 그것까진 몰랐을 터. 나는 이 청년 장교에 대해 자세히 알고 싶어졌다. 그가 가진 기량을 시험해 보고 싶었다. 이미 소문은 들었다. 심지어 그 죠니아 백작부인이 후원하고 있다는 얘기까지 돌았다. 얼마 전 죠니아 백작부인을 제국의회에서 만났을 때 오토에 대해 넌지시 물었다. 그 까다로운 귀부인이 오토에 대해 생각 이상으로 고평가한 점에 대해 놀라지 않을 수 없었다.

아마 경험이 부족한 청년 장교에게 군사령관의 압박은 굉장한 시련이리라. 나는 오토가 이 상황을 어떻게 헤쳐 나가는지 보고 싶었다.

가장 훌륭한 답이 무엇인지는 정해놓지 않았다. 그저 나는, 이 청년 장교의 실력을 인정할 결론을 기대했다. 그런데 황녀 전하 만세라고 외치며 팔을 잘라버리다니!

속으로 헛웃음이 터진다. 진짜 막 나가는 놈이었다. 보통 이런 타입은 한 번 제대로 사고를 치기 마련이다. 좋은 방향으로 칠 수도 있었고, 안 좋은 방향으로 칠 수도 있었다. 하지만 나는 그가 필요하다고 느낀다. 내전은 치열하긴 하지만 고착 상태였다. 양쪽의 실력을 갉아먹기만 하고 한 뼘의 땅도 넓히지 못하고 있다. 그리고 타르나이 제국이 약해질수록 제국의 번국은 분주히 움직인다. 특히 가장 위험한 건 다크엘프 번국이다. 그 야심만만한 종족은 타르나이에게 밀려서 그렇지 충분히 지저의 패자가 될 능력을 갖추고 있었다.

제국이 무너지면 다크엘프들이 득세할 건 뻔했다. 하니 이런 고착 상황을 돌파하려면 내 눈앞에 있는 또라이 같은 자가 필요했다. 나는 턱짓으로 전황판을 가리켰다.

"그 전까지 전황을 한 번 살펴보세."

"알겠습니다."

그리 말했으면서도 메르텔레스는 다시 나를 떠본다.

"지금이라도 토설하는 게 나을 거야. 이건 마지막 기회니까. 이제는 나도 정말 용서하지 않겠네. 귀관의 죄가 확정되면 벽돌굼벵이 형에 처할 것이야."

부르르.

갑자기 온몸이 떨렸다. 벽돌 굼벵이. 정말 내겐 잊을 수 없는 존재였다. 벽돌 굼벵이 형에 다시 처해지게 된다니. 그야말로 악몽이었다. 그 때문에 의지가 다시 약해지려 했다. 하지만 나는 마음을 다잡았다. 팔까지 잘랐다. 더 두려워할 게 뭐겠는가.

"저는 아닙니다."

"훗!"

메르텔레스는 콧방귀를 끼더니 전황판을 보며 내게 이것저것을 묻는다. 군략에 관한 내용이었다.

"이 던전이 포위된다면 어찌해야겠나? 보급로는 이 길 하나뿐이네. 적은 당연히 이 부분을 주목하겠지."

"아무래도 그렇다면……."

나는 그간 공부한 지식을 총동원해 대답했다. 메르텔레스가 날 시험하고 있단 느낌이 강하게 들었다. 그는 내 군사적 재능을 궁금해하는 것 같았다.

"호, 제법 참신한 의견들이구먼."

다행히 그는 만족스러워 하는 듯했다. 그렇게 메르텔레스와 전황판을 본지 얼마나 되었을까, 목이 바짝바짝 타던 그때 퀴트를 잡으러 갔던 칼이 돌아왔다.

"어떻게 됐나?"

"일단 이걸 받으시지요. 합하."

칼은 메르텔레스에게 내민 건 일종의 영수증과 퀴트가 남긴 메모였다. 영수증은 어떤 업자들이 퀴트의 짐을 제국의 수도 아투마스트로 옮겼다는 내용이었다. 그리고 퀴트의 메모는 자신은 아투마스트로 가 황자군에 투항한다는 얘기로, 아르탈란의 지인 앞으로 남긴 것들이었다. 이것만 보면 퀴트가 갑작스레 도주한 걸로 보였다. 당연히 의심이 갈 수밖에 없겠지. 게다가 아투마스트는 조사할 수 없는 지역이다. 남매의 전쟁이 시작된 이후 제도 아투마스트와 제2도시 아르탈란의 전쟁 중이었으니까.

"합하. 이외에도 서류를 확인해 보니 퀴트가 용역 업체에 엄청난 금전을 지불한 걸 확인할 수 있었습니다. 무언가 위험한 일을 시킨 게 틀림없습니다."

"흐음……."

메르텔레스는 서류를 꼼꼼하게 살피고 있었다.

"퀴트에 대해 좀 조사를 해봤나? 칼 경."

"네, 사촌인 코도르와는 같은 지하에서 살 수 없을 정도로 원수라고 그러더군요. 10년 전 유산 문제로 대판 싸운 후 서로 죽일 날만 엿보고 있던 사이였다고 합니다. 퀴트는 유산을 상속받지 못해서 줄곧 가난하게 지냈다고 들었습니다."

"그런데 전문가들에게 지불한 거액은 어디서 난 거지?"

"그것까진 알 수 없습니다. 아무튼 돈이 생겼으니 10년이나 증오하기만 하다 직접 나선 거 아니겠습니까?"

"그렇군."

메르텔레스는 더 고민하지 않았다. 그는 고개를 끄덕인 후 나를 돌아본다. 어느새 그의 눈에는 의심이 걷힌 것 같았다.

모함이 성공한 것이다.

"제법 잘해놨군."

"네?"

잘해놨다니, 그게 무슨 말일까? 정확한 뜻은 알 수 없었지만 이제 살아날 수 있다는 확신이 들었다. 메르텔레스는 잠시 생각에 잠기더니 상황을 마무리하려 했다.

"자네가 이해하게. 진실을 밝혀내는 것에는 이런 잡음이 따르는 법이니까. 칼 경. 루테르 오토가 잘 돌아갈 수 있도록 조치하게."

"알겠습니다."

메르텔레스는 나를 보내려고 하고 있었다. 하지만 내 입장에선 이리 끝낼 수 없단 생각이 들었다. 분명히 이대로 돌아가는 게 안전하긴 하겠지. 잡혀오기 전에 니콜에게 부탁했던 건이 잘 먹혀들어 생로가 열렸으니, 이 틈에 달음박질치는 게 상식이다. 하지만 이대로 끝내기에는 아쉽다는 생각이 든다. 이 일로 메르텔레스는 내게 마음의 빚이 생길 수 있겠지만, 나는 그런 막연한 감정적 보상에만 만족해야 할까? 목숨을 걸었는데? 팔까지 잘랐는데?

아니다, 그래선 안 된다. 위기를 기회로란 말도 있지 않나.

"합하."

나는 내 어깨에 손을 올린 칼 경의 팔을 떼어낸 뒤 메르텔레스에게 향했다.

"음?"

메르텔레스는 의아한 얼굴이 된다.

"뭔가? 아직 할 말이 남았나? 자네의 혐의는 벗겨졌으니 걱정하지 말게."

"그게 아닙니다. 합하."

"그럼 뭔가?"

심드렁한 기색의 군사령관에게 나는 감히 할 수 없는 말을 꺼냈다.

"합하께서 제국군인법을 위반하셨기에 알려드리고자 합니다."

"뭐라!"

메르텔레스는 얼굴이 찌그러졌고 옆에 있던 칼 경은 깜짝 놀라서 뒤로 물러나기까지 했다. 이야, 나도 정말 대단한 걸. 그 잘나셨다는 흑철쇄 기사단장을 이리 놀라게 하다니.

"제국군인법 60조는 상관에 의한 불법체포감금죄를 규정하고 있는 걸 아실 겁니다. 상급자가 그 직권을 남용하여 군장교를 체포 또는 감금하는 범죄를 말하고 있습니다."

이 규정은 군인들 간의 치열한 다툼 때문에 생겼다. 특히 던전의 폐쇄적인 구조상 누군가를 잡아 가둔 뒤 모른 척하기 좋아서 말이다. 하지만 지금은 사문화된 상태라고 한다. 그런데 새삼스레 내가 원칙이란 이름 아래 그걸 끄집어내 메르텔레스를 곤란하게 만든 것이다.

"불법체포감금이라니! 자네 상급자로서 사건에 대해 묻고자 부른 게 아닌가!"

"하지만 분명히 합하께서는 퇴실하겠다는 제 요청을 묵살하셨습니다. 감히 나가겠다니 어림없다고 하셨죠."

"듣자듣자 하니까 이놈이!"

이 사회의 상식에 의거해 봤을 때 상관이 의심스러운 하급자를 잡아다 족치는 건 전혀 문제가 없었다. 오히려 그걸 핑계로 서로 공격하는 바람에 제국군인법 60조 같은 규정이 생겼을 정도다. 하지만 그건 선제가 살아있을 때 일시적으로 유효했을 뿐, 지금은 기억하는 자도 없는 법규였다.

그런데 죠니아 백작부인의 조언을 들은 걸 이리 써먹게 될 줄이야. 역시 법을 아는 자는 좋은 하급자가 아니군.

"제 말이 틀렸습니까?"

"네놈 목숨이 몇 개인데 그딴 소리를 계속 지껄여! 지금 이 자리에서 그 잘난 입을 막아버리는 수가 있다!"

살인멸구하겠다 그건가. 하지만 기왕 말을 꺼냈는데 저런 협박에 굴복할 수 없지.

"원하신다면 그렇게 하십시오. 하지만 합하께서는 제국군인법을 멋대로 어긴 것에 그치지 않고 황녀 전하께 충성하는 군인을 죽여버리시는 겁니다. 세상에 영원한 비밀은 없는 법입니다."

"흥! 그깟 구정물 튀는 걸 두려워할 것 같나! 황녀 전하를 위해서라면 그보다 더한 짓도 할 수 있다! 아르탈란 시민의 반을 땅에 묻어버리는 일이라도!"

메르텔레스의 말은 사실이었다.

그에겐 내가 말하는 건 아무런 문제도 되지 않겠지.

"하지만 황녀 전하께서도 그리 생각하시겠습니까?"

"뭐라!"

황녀의 얘기가 나오자 메르텔레스는 잠시 흠칫하는 표정이 된다. 그도 그럴 것이 황녀는 지독할 정도의 원칙주의자였기 때문이었다.

그녀가 냉혈의 여제라 불리는 건 단순히 감정이 거세됐기 때문만은 아니다. 모든 일을 규정과 규칙에 의거해 피도 눈물도 없이 처리하기 때문이다.

그 덕에 황자군과 다르게 황녀군은 기강이 바로 섰지만 조금의 인

정도 없이(지하 세계를 기준으로 하면 뇌물이 안 먹힌다는 소리다) 죄를 지은 자에게 가혹한 형벌을 내리는데 불만의 목소리도 컸다.

사실 군 내부에서 계급에 의해 규정과 규칙을 무시하는 일은 비일비재하다. 어찌 조직이 규정대로만 돌아갈 수 있겠는가. 특히 계급이 높을수록 적당한 선에서 자기 맘대로 처리해 버리기 일쑤였다.

하지만 그 일이 황녀의 귀에 들어간다면, 황녀가 원칙 앞에서 무슨 판단을 내릴 지는 뻔하다. 설령 그게 황녀가 제일 총애하는 신하인 군사령관 메르텔레스라고 할지라도 말이다.

"아시겠지만 황녀 전하는 눈 하나 깜짝하지 않고 합하를 처벌하실 겁니다. 좌천하실 일은 없겠지만 반대파에서 이 기회다 싶어 물어뜯겠죠."

황녀군은 크게 두 개의 파벌로 나뉘어 있는데 귀족파와 군부다. 귀족파는 정부에서 일하는 관료집단인데 내전이 발발한 이후 권한의 상당수를 군부에 빼앗긴 걸 불만으로 여기고 있다. 총리의 역할도 군사령관인 메르텔레스가 하고 있을 정도니 말이다.

비록 내전에서 뒷방 늙은이 신세가 된 귀족파지만 수백 년간 쌓아온 저력은 무시할 수 없다. 메르텔레스를 필두로 한 군부의 요인들이 실각하면 다시 힘을 되찾을 터.

"합하. 방죽이 무너지는 건 작은 구멍에서 시작되는 법입니다. 지금까지 흠 하나 잡힐 구석 없이 행동해 오신 걸 제가 잘 알고 있습니다. 그런데 저 같은 하찮은 놈 때문에 합하의 존명에 흠집을 내시겠습니까?"

"이놈이!"

참다 못한 메르텔레스가 기어코 검으로 날 내려치려고 하기에 옆에 있던 칼 경이 서둘러 말려야 했다.

　"합하! 참으십시오!"

　"놔라! 놓으라고!"

　"그랬다가는 정말 돌이킬 수 없는 강을 건넙니다! 이 자는 엄연히 황녀 전하의 군인입니다. 합하의 군인이 아니라! 홧김에 베어 죽인다면 귀족파의 공격을 어찌 감당하시려 하십니까! 가뜩이나 제국 백작단에 귀족파의 숫자가 늘어나고 있는 걸 모르십니까!"

　윗분들도 사정이 나름 참 복잡한 것 같았다. 메르텔레스가 앉아 있는 군사령관 자리는 정말 보통 일이 아니겠지. 바깥으로는 황자와 싸우고 안으로는 귀족파와도 싸워야 하니.

　"빌어먹을!"

　메르텔레스는 들고 있던 검을 바닥에 내던진다.

　"네놈이 만든 증거가 조작된 걸 내 모를 줄 아느냐?"

　역시 다 알고 있었구나. 속으로 깜짝 놀랐지만 태연을 가장했다.

　"무슨 소린지 모르겠습니다. 합하. 설령 그렇다고 해도 상관없는 문제 아니겠습니까?"

　조작이든 아니든 상관없다. 결과는 같다. 이제 메르텔레스는 내 입을 막고 싶으면 일단 날 돌려보낸 뒤에 암살을 시도해야 할 지경이 됐다. 하지만 그것도 쉽지 않겠지. 내가 대비할 걸 알 테니까.

　"합하께서도 아실 테지만 귀족파의 눈과 귀가 도처에 있습니다. 어쩌면 저 밖에 도열해 있는 합하의 친위대 안에도 있을지도 모르죠. 그런데 군사령부에서 전도유망한 젊은 장교가 실종되는 일이 발생하면 소문이 안 퍼질 거라 생각하십니까? 그리고 제겐 후원자도 있습니다."

"…철벽의 미망인을 말하는군."

메르텔레스는 귀찮게 됐다는 얼굴이었다. 그 정도로 내 아름다운 후원자는 막강했다.

"맞습니다. 그분께서 절 예쁘게 봐주시는 터라 제가 죽는다면 쉽게 넘어가지 않으시리라 생각합니다."

"허! 기가 막히군! 이 자식 아주 기가 막힌 놈이야! 루테르 주제에 감히 군사령관인 나를 협박해! 네놈 눈에는 이 계급장이 보이지 않는다는 말이냐!"

메르텔레스는 자신의 큼직한 목걸이를 가리켰다. 그건 커다란 십자가 하나에 작은 십자가 네 개가 모여서 만들어진 문양이었다. 이런 계급장을 달고 있는 건 군사령관 메르텔레스와 냉혈의 황녀 밖에 없다. 즉, 절대적인 신임의 상징인 것이다.

하지만.

"황녀 전하의 원칙 앞에서 그 계급장이 무슨 소용이겠습니까?"

내 지적에 메르텔레스는 말문이 막혀버렸다. 냉혈의 황녀가 원칙과 규칙 앞에 직면했을 때 그녀와 쌓은 신뢰와 친분은 무의미해 질 테니까.

"아주 기가 막힌 놈이군."

메르텔레스는 혀를 차더니 근처에 있던 술병을 열고 한잔 따라 마신다. 향긋한 술 냄새가 방안으로 퍼지며 긴장감을 좀 누그러뜨려 준다.

"그래서 원하는 게 무엇인가? 감히 군사령관을 협박해서."

"협박이라니요, 당치 않으십니다. 합하."

"시끄럽다. 네놈이 원하는 거나 말해 보거라. 지위? 돈?"

여기서 옳다구나 그런 걸 요구하면 바보 멍청이겠지. 이런 거물을 협박해 무언가를 받아내도 이후에 좋을 게 하나도 없다. 상대는 군사령관이다. 당장 계급이 올라간다고 해도 이후 승진이 참 잘 되겠다. 아니면 이 일이 그의 자존심을 건드려 복수를 낳을지도 모른다.

내가 원하는 건 명확하다. 만만치 않은 녀석이란 이미지다. 갑자기 끌려온 게 억울하기도 한데다가 그가 날 줄곧 시험해 보는 느낌을 받았기 때문이었다.

"제가 감히 합하께 무엇을 바라겠습니까?"

"답답하게 구는구나. 바라는 게 없었으면 본관이 봐줬을 때 그냥 나갔으면 될 일이 아니냐."

사실 원하는 게 하나 있긴 하다. 바로 메이니 체리트리의 일이다. 어려운 문제였다. 군부는 양산형 던전 코디네이터가 임무에서 해제되는 선례를 만들고 싶지 않을 것이다. 차라리 메이니보다 몇 배나 가치있는 재화를 달라고 하는 게 훨씬 쉬울 정도였다. 하지만 메이니 체리트리, 그녀를 반드시 구해주고 싶었다.

"합하, 사실 제가 진정으로 바라는 게 하나 있습니다."

"무엇인가?"

"하지만 지금 말씀드리기에는 적당치 않습니다. 차후에 군공을 세운 뒤 이 문제를 합하께 다시 말씀드리고 싶습니다. 하니 제가 오늘 합하께 바라는 건 제가 군공을 세우면 이 얘기를 진지하게 들어

주시길 바란다는 점입니다."

"특이한 말을 하는군. 그래, 무슨 공을 세울 작정인가? 대체 무엇을 하려는 건데 따로 바라는 걸 들어달라는 게야?"

나는 잠시 숨을 고른 뒤 입을 열었다.

"합하, 제가 황자군의 장군 하나를 쳐내겠습니다."

"뭐?"

"자세한 건 아직 말씀드리지 못함을 용서하십시오. 불확실한 점이 많아 제대로 말씀드리기 어려운 데다가 미력한 제가 성공하기도 쉽지가 않습니다. 하지만 제가 기어코 성공한다면, 그때 합하께서 관대하게 제 소망에 귀를 기울여 주십시오."

"정말 모를 자로구나. 황자군의 어떤 장군 말인가?"

"아직 보안입니다."

"군사령관인 내게도 보안인가?"

"일의 성사는 아는 자가 적을수록 좋은 법입니다."

이제는 메르텔레스는 기가 막힌다는 얼굴이 됐다.

"하! 됐다! 본관도 더 듣고 싶지 않다. 어디서 이런 건방지고 배짱 가득한 놈이 나타났는지 모르겠구나. 군사령관 앞에서 말대꾸나 따박따박 하고 말이야. 좋다! 어디 네놈 맘대로 해 보거라. 가서 황자군 장군을 잡던 황자를 잡던 맘대로 해보란 말이야. 할 수 있겠느냐?"

"물론입니다."

"허! 네깟 놈이 황자군의 장군을 쳐내겠다니, 다시 생각해도 기가 막히는군. 뭐 아주 생각 없이 얘기한 건 아닐 테니 본관도 기대해 보지. 좋다, 만일 정말로 황자군의 장군 하나를 쳐낸다면 네놈의 요구를 열린 마음으로 들어보도록 하겠다."

"감사합니다. 합하."

내가 고개를 숙여 예를 다하자 메르텔레스는 손을 흔들며 축객령을 내렸다. 이제 내게 질려버렸다는 태도였다.

"쯧쯧. 어디서 저런 간덩이가 부은 놈이 나타났는지…."

혼잣말을 하는 그에게 군례를 올리고는 집무실을 나왔다.

쾅.

묵직한 소리와 함께 군사령관 집무실의 나무문이 닫힌다. 그러자 나도 모르게 나직하고 긴 숨이 흘러나온다.

"하…."

살았구나.

까딱하면 모가지가 날아갈 뻔했는데, 그저 살았구나 싶었다.

몇 시간 전. 퀴트의 집에 누군가가 몰래 침입했다. 퀴트는 술을 진탕 마신 채 세상모르게 자고 있었다. 그도 그럴 게 최근 사촌형이 당한 불행은 퀴트를 매일 기분 좋게 해주고 있었기 때문이었다. 가난한 그지만 신기하게도 술 마실 돈은 늘 있었다. 어제도 신나게 술잔을 넘겼다. 그런데 그게 그의 마지막 술자리가 되고 말았다.

"끄악! 끄으으!"

철사가 목을 조이기 시작하자 그는 발버둥치는 것 외에는 할 수 있는 게 없었다. 콧물과 침이 질질 흘러나왔다. 하프지만 타르나이답게 솜씨 좋은 마법도 지금 만큼은 무용했다. 그를 덮친 자의 솜씨는 실로 훌륭했다. 곧 쿼트는 축 늘어졌고 다시는 숨을 쉬지 못했다.

"좋아. 서둘러. 헉. 헉."

힘을 꽤 썼는지 니골은 숨소리가 거칠어져 있었다. 그를 따라온 전문가들이 쿼트의 사체를 받아든다. 그리고 다른 이들은 주변을 정리한 뒤 조작한 서류를 배치하기 시작했다.

전문가들인 그들에게 서류를 조작하는 건 일도 아니었다. 그들은 서둘러 쿼트가 사건의 주모자인 것처럼 꾸몄다. 그가 자신의 사촌형을 공격할 개연성을 충분했다.

"몇 명은 주변에 배치해서 주민인 척하라고 해. 조사 나온 자들이 소문을 물을지도 모른다."

"알겠습니다."

"나머지는 시체를 처리한다."

그들은 쿼트의 시체를 쓰레기장으로 들고 갔다. 쓰레기장에는 오물을 먹고 사는 거대하고 위험한 벌레가 있었다. 전문가들은 쿼트의 사체를 송곳 같은 이빨이 가득한 벌레에게 줬다. 벌레는 게걸스럽게 쿼트의 육체를 먹어치웠고, 그의 흔적은 영원히 사라지게 되었다.

"됐다. 이제는 그저 기도할 수밖에."

니골은 자신의 고용주가 제법 맘에 들었다. 그와 함께라면 지금보다 훨씬 위로 나아갈 수 있을 것 같았기 때문이다.

그래서 그의 인생에 매우 드문 일이었지만.

자기가 아닌 남을 위해 행운을 빌어줬다.

군사령부에서 돌아오자, 소식을 들은 네리스는 나 때문에 미안해서 죽으려고 했다. 이 자존심 강한 다크엘프 여전사는 대번에 내 앞에서 무릎을 꿇고 고개를 숙였다.

　"고초를 겪었다고 들었다. 네게 사죄하겠다."

　나는 괜찮다고 하며 그녀를 일으켜 세웠다.

　"군부에 얘기가 들어간 건 그 코도르 때문이지 네리스 양 때문이 아닙니다."

　"플랜B를 실행한 건 결국 나 때문이 아닌가."

　나는 그 말에 고개를 가로저었다.

　"네리스 양은 잘못되지 않았습니다. 코도르의 노예까지 남김없이 죽으려고 했던 건, 지금 생각해도 잔인한 짓이었습니다."

　이번 일 후 나는 다소 반성하고 있었다.

　지하 세계에서 삶도 좋지만 너무 적응해 버렸던 것 같다. 생명은 소중한 거다. 분명히 나는 그렇게 배우고 자라온 사람이다. 그런데 단지 적의 재산을 줄이겠다고 모조리 죽이려 했다니.

　"네리스 양. 당신이 내게 조각같이 남아 있던 인정의 불씨를 되살려 줬습니다."

　"오토…."

　"그래도 솔직히 앞으로는 그런 일 없겠다고 약속은 못 드리겠습니다. 매번 이렇게 돌아갈 수는 없으니까요. 하지만 이번 일로 저도 이런 저런 생각이 많이 드는군요. 네리스 양이 말리지 않았다면 그

날 무고한 생명이 많이 죽었겠죠."

죄 많은 세상 속에 살고 있더라도 내 죄가 정당화되고 용서받을 수 있는 건 아니었다. 나는 내 희미해진 양심의 등불을 꺼지지 않게 지켜줄 유일한 존재가 네리스임을 깨달았다. 다른 이들은 도움이 안 됐다. 보비 같은 경우는 지옥 끝까지라도 나와 함께할 스타일이다. 그녀에겐 내가 무조건 옳다. 만약 내가 악마가 된다면 보비 역시 나를 따라 악마가 돼버릴 거다. 반면 네리스는 내가 지옥으로 가지 못하게 막아설 성격이었다.

"그런 말을 해도 미안함이 사라지지 않는다."

"이런, 정말 완고한 분이십니다. 네리스 양은. 좋습니다. 이번 일로 제게 빚이 하나 있는 걸로 합시다."

결국 그 정도로 타협을 봤다. 그렇게 네리스와의 일을 마무리한 나는 니골과 무트로에게 명했다.

"던전으로 돌아가겠다. 너희도 한동안은 숨어 지내도록 해."

"안 그래도 이번 공작을 했던 친구들은 모두 다른 도시로 보내놨습니다. 몇 달은 안 돌아올 겁니다."

"좋아."

고개를 끄덕이던 나는 갑자기 한 가지가 떠올랐다.

"그런데 말이야. 그날 내 옆방에 있던 잡혀왔단 녀석은 누구야?"

"우리 중 누구도 잡힌 자는 없습니다. 그냥 속임수였던 거 같습니다. 상투적인 수단이지만 심리적으로 몰린 자에겐 잘 통하죠. 옆방에선 아마 연기를 하고 있었을 겁니다. 고문당하는 척하며 비명을 지르는 식으로 말입니다."

"그랬나. 이런 교활한 영감탱이 같으니라고."

나는 이를 바득 갈았다. 이 일은 후일 되갚을 날이 있을 거다. 앞으로 거창한 사고를 여러 개 칠 계획을 갖고 있다. 당연한 일이지만 그 뒷수습은 군사령관인 그가 지게 만들 생각이었다.

"알겠네."

나는 니콜에게 고개를 끄덕이고는 자리에서 일어났다. 가는 길에 보비와 올가에게 줄 선물을 사는 걸 잊지 않아야겠군.

3-4. 본디 충의의 길은 가시밭길인 것을

황녀 진영에서 가장 큰 실권을 지고 있는 자는 군사령관 메르텔레스임이 확실하다. 내전이 벌어진 이후로 군부가 크게 대두되었고, 군의 수장인 그의 힘은 나날이 강력해졌다.

"위대하고 지존하신 분께 영광을! 황녀 전하, 신 메르텔레스가 전하를 뵙습니다."

그러자 황녀는 무표정한 얼굴로 끄덕였다. 언니가 사라진 이후 황녀에게 어떤 일이 있었음은 확실하다. 원래 그녀는 잘 웃고 감정도 풍부했지만, 이제는 옛날 일이다. 메르텔레스는 황녀의 모습에 애잔함을 느꼈다.

"네, 전하."

메르텔레스는 아르탈란에서 일어난 중요한 사건을 보고했다. 그리고 이야기는 곧 오토에 대한 것이 되었다.

"코도르 경의 집을 구사 가문의 다크엘프들이 습격하는 일이 있었습니다. 그런데 루테르 계급의 오토란 자가 이 일을 해결했습니다."

"그렇습니까?"

메르텔레스는 황녀가 드물게 관심을 보인다고 생각하며 자세히 상황을 설명했다. 그때 있었던 일과 자신이 오토를 의심했던 일, 그리고 다른 용의자의 출현까지.

한참 그 얘기를 듣던 황녀는 그에게 물었다.

"군사령관이 보기에는 어떤 자 같습니까?"

그 물음에 메르텔레스는 그날 자신의 집무실에서 있었던 일을 얘기하기 시작했다. 황녀는 좀처럼 나타내지 않는 흥미를 드러내며 그 얘기를 들어주었다.

"스스로 팔을 잘랐던 겁니까?"

"그렇습니다. 전하. 보통 독한 자가 아닙니다."

"그래도 우리에겐 그런 독한 자가 필요합니다."

"신도 그 점은 동의합니다."

"그런데 군사령관. 역시 코도르의 저택은 그 오토란 자가 불태운 겁니까?"

"저는 그렇게 생각합니다. 표면적으로는 코도르의 사촌이 죄를 뒤집어썼습니다만."

"흐음… 그 사촌이란 자는 아투마스트로 도망간 게 아니라 어디 쓰레기장에라도 파묻혀 있겠군요?"

"영명하십니다. 전하."

"…참 재밌는 자로군요."

황녀는 눈을 감고 혼자 생각에 잠긴 듯했다. 서늘하고 조용한 대전 안에는 작은 소음조차 들리지 않는다. 시녀들은 옷자락 소리라도 낼까 싶어 그대로 굳어 있었다.

"군사령관, 그에 대해 어떤 의견을 갖고 있습니까?"

"음흉한 자란 생각이 듭니다. 그래도…."

"그래도?"

메르텔레스는 잠시 생각하다가 고개를 끄덕이며 대답한다.

"큰일을 할 자 같더군요."

"하하…."

황녀는 감정이 느껴지지 않는 건조한 웃음소리를 냈다. 그리고 보일 듯 말 듯한 엷은 미소를 지었다.

"누구는 과인에게 그 자가 믿을 만한 자라고 하고 누구는 과인에게 그 자가 음흉하다 하는군요."

"전하?"

"하지만 둘 다 공통되게 말하길, 오토 그 자가 큰일을 할 자라는 것입니다. 재밌군요."

"실제로 제법 전공도 세우고 있고 말이죠. 그리고 그가 조만간 황자군의 장군 하나를 해치우겠다고 했습니다."

"정말입니까? 그는 겨우 루테르가 아닙니까? 우리 군의 이름 높은 장군들도 해내지 못한 일을 겨우 하급 장교인 그가 해내겠다는 겁니까?"

"관련된 사항을 조사해 보는 게 좋겠습니까? 뭘 꾸미고 있는지."

메르텔레스의 물음에 황녀는 고개를 가로젓는다.

"아닙니다. 자칫하면 방해가 되어 그의 계획이 틀어질지도 모릅니다. 하고 싶은 대로 하게 내버려 두세요. 만약 해내지 못한다면 결국 그 정도의 사내겠죠."

황녀는 자기 말을 지키지 못하는 자를 환멸한다. 메르텔레스는 오토가 실패한다면 황녀가 그에게 영영 관심을 잃어버릴 것을 알았다.

"하지만 진짜로 해낸다면 한 번 보고 싶군요. 그 오토란 자를."

"알겠습니다. 황녀 전하의 뜻대로 하겠습니다."

사실 그 자신도 궁금했다. 그저 루테르에 불과한 오토가 대체 어떻게 황자군의 장군을 잡아내겠다는 건지. 흥미가 동하지 않는다면 거짓말이었다.

"전하. 사실이야 어쨌던 결과적으로는 오토가 이번 화제 사건에서 공을 세운 건 사실입니다. 몸소 뛰어들어 제국의 귀족을 구했으니 말입니다."

"그래서 상이라도 주자 그 말입니까?"

범인에게 상까지 줘야하는 상황에 메르텔레스의 입매가 살짝 뒤틀렸다.

"맞습니다. 오토 그 자의 공을 치하해 주려고 합니다. 1계급 특진을 생각합니다. 현재 계급이 루테르니 루테르 에머른으로 올리면 되겠죠."

그런데 황녀는 한 술 더 떴다. 그녀는 자신의 주의를 끈 존재를 좀 더 밀어주기로 결심했다. 죠니아 백작부인의 보고도 있었으니 마냥 쭉정이는 아니리라, 그녀는 그리 생각했다.

"계급만 올릴 생각이십니까?"

"더 생각하신 바가 있습니까?"

"그는 제국의 귀족을 보호했습니다. 제국 법에 의해 제국의 귀족을 수호한 자에겐 더 큰 포상을 줘야 합니다. 전례원*에 명해서 그에게 제국기사 작위를 내리겠습니다."

"과하지 않겠습니까?"

"과인이 명합니다. 그리 하도록 하세요."

냉혈의 황녀가 내린 명령에는 타협이 없었다. 결국 메르텔레스는 명을 받들겠다고 대답했다.

제국기사야 영지도 없는 귀족의 말단이다. 게다가 세습도 안 된다. 내리려면 못 내릴 것도 없다. 그렇지만 확실히 큰 영예긴 했다. 오주윤이 현재 가진 훈작사 따위와는 비교도 안 되는 진짜 귀족 작위. 이로써 오주윤은 귀족 사회에 첫발을 내딛을 수 있게 된 것이다.

"하면 전례원의 부원장을 맡고 있는 제국백작** 루다 경을 보내겠습니다."

황녀는 고개를 끄덕여 동의했다.

일개 하급 장교에게 제국백작이 직접 표창을 내리러 가는 건 최고 수준의 예우였다. 하지만 법도에 어긋난 일도 아니었다. 원래 전례원의 부원장이 하는 게 그런 거였으니까.

"자, 그러면 이제 그를 지켜봅시다. 군사령관."

늘 무료한 표정이던 황녀는 모처럼 재밌는 걸 발견했다는 얼굴이었다.

---

* Office for Imperial Celebrations.
** 제국의회의 의원으로 참석하는 백작으로, 자신의 영지를 떠나 제국 정부에서 일하는 귀족이다.

밸리어트를 상대하기 위해 필요한 일은 네 가지 중 반은 확실하게 완료되었다. 드래곤킨이 되어 스스로의 전투력을 향상시켰고, 브라흐와 네리스라는 영웅급 용병을 얻었다.

그뿐 아니라 일반 용병들도 추가로 고용해 전력을 보강했다. 던전 전체의 인적 전투력은 확실히 상승된 상태였다. 다만 아쉬운 건 아직 거미장군 밸리어트에 대한 결정적인 정보를 획득하지 못했다는 걸까. 전문가들도 난색을 표하고 있었다. 이대로라면 적에 대한 정보 없이 싸워야 할지도 몰랐다. 그건 매우 위험한 일이었다. 그리고 아직 완료하지 못한 또 하나는 함정 공사다. 일단 체크를 해볼까?

"주군!"

그런데 생각지도 못한 일이 닥쳤다.

"더블바인드? 무슨 일이지?"

"제국백작 루다 경이 2-04던전으로 온다고 통보가 왔습니다."

"뭐? 아니 제국백작이 왜?"

"아마 좋은 소식인 것 같습니다. 루다 경은 전례원 소속입니다. 전례원은 제국의 귀족 명부를 관리하는 곳입니다. 귀족과 관련된 대소사를 처리하는지라 아르탈란에서의 일을 표창하려는 것 같습니다."

그런데 찾아온다는 건 제국백작 루다 경만이 아니었다.

"또 있습니다. 루다 경 뿐 아니라 군사령부에서 인사 장교가 온다고 합니다."

"인사 장교까지."

이게 대체 무슨 일이람. 메르텔레스가 나를 제대로 구박하더니 그 보상을 해주려는 건가?

와보면 정확히 알 수 있겠지. 일단 그 전에 할 일이 있다. 현재 2-04던전은 거미장군 밸리어트와의 싸움을 준비하고 있어서 용병이 바글바글거린다. 이는 통상적인 숫자를 훨씬 상회하기에 공연한 의심을 살 수 있었다. 게다가 함정 역시 과도하게 증설되고 있다.

"더블바인드, 용병들을 던전 밖의 적당한 곳으로 이동시켜 놓게. 기동 및 요격 훈련이라고 해. 그리고 공사는 당장 중단시키고 장막으로 가려. 일단 방문자의 동선부터 제대로 체크해서 보여주기 싫은 건 피하도록 해."

"알겠습니다. 그 부분 신경 쓰겠습니다."

"아, 그리고."

"네."

"과자 상자를 두 개 준비하고."

"물론입니다."

지하 세계에선 보통 과자 상자에 뇌물을 담아서 건넨다. 지저의 귀족들은 과자를 상당히 즐기는데, 여기에 쿠키와 비슷한 모양의 반짝이는 걸 넣어주면 된다. 곧 2-04던전은 부산스러워지기 시작했다. 상급자가 온다고 하니 청소는 필수였다.

그리고 다음날. 제국백작 루다와 군사령부의 인사장교가 차례로 도착했다. 던전의 병력들은 연병장으로 쓰는 커다란 룸에 모였다. 모두가 지켜보는 와중에 진급 및 표창장 수여식이 있었다.

"명일을 기하여 '루테르' 오토를 '루테르 에머른'으로 승급시킨다.

이는 피와 얼음으로 우리를 다스리시는, 제국의 정통을 이은 후계자, 펠리무스의 열쇠와 성휘 왕관의 주인, 신의 살아 있는 대리인이신 황녀 전하Imperial Highness의 신뢰받는 사령관 메르텔레스 합하 Serene Highness의 명에 의거한다."

전에 한 번 들어본 멘트와 함께 나는 계급이 한 단계 올랐다. 나처럼 빠르게 베님에서 루테르 에머른까지 오른 경우는 드물겠지. 곧 병력들의 우레와 같은 박수를 받았는데 나를 위한 선물은 이것으로 끝나지 않았다. 제국백작 루다 경이 나타나 황녀 전하의 날인이 들어간 표창장과 함께, 내게 작위를 내리겠단 말을 했기 때문이었다.

웅성웅성.

사방이 술렁인다. 다들 놀란 기색이 역력하다. 나도 당황스러웠다. 제국백작이나 되는 자가 나타났으니 내심 여러 가지 기대를 했던 게 사실이다. 그런데 작위까지 줄 거라곤 생각도 못 했다. 그냥 표창장에 하사금 정도가 아닐까 했는데 이럴 수가.

"우리의 자애로운 황녀 전하께서 허락하시어, 여기 루테르 오토에게 제국기사로서의 자유와 특권을 수여하나니, 그대 이제 전례원에 이름을 올리라. 그리고 제국의 귀한 혈통에 합류한 것에 온당한 의무를 다하라."

제국기사는 귀족의 말단직이다. 말단이나마 어쨌든 진짜 귀족인 것이다. 맙소사! 내가 귀족이 되다니. 막상 닥치니까 실감이 나지 않았다. 어쩐지 시끄러워 뒤를 돌아보니 모두 환호를 보내주고 있었다. 그 중에 보비가 바로 눈에 들어왔다. 녀석은 자기 일처럼 기뻐했다. 날 보는 눈빛이 축축하게 젖어 있었다.

"축하하네, 오토 경."

제국백작 루다가 내게 악수를 청한다.

맙소사! 세상에! 오토 경이라니. 경Sir이다, 경! 이제부터 계속 나는 경이라고 불리는 거야. 은근히 그거 동경했는데!

"감사합니다. 루다 각하."

참고로 제국백작에 대한 경칭은 각하다. 같은 백작이라도 궁중백, 방백, 변경백은 또 다르므로 잘 알아둘 필요가 있었다.

왜냐하면. 나도 이제 귀족이니까.

"아주 좋아하는군. 하하하."

입이 헤벌쭉 벌어진 걸 들키고 말았다. 제국백작 루다는 그런 내 모습을 재밌어 했다.

"나는 대대로 작위를 물려받아서 지금 자네가 느끼는 기쁨을 모르겠구먼. 그래도 아마 세상을 다 가진 기분이겠지. 다시 한 번 축하하네."

그는 내 어깨를 두들겨 주고는 황녀가 내린 표창장과 제국의 귀족이란 증서, 그리고 제국기사의 신분을 증명하는 반지를 같이 줬다.

"자, 식은 이 정도로 끝내고 던전 로드랑 같이 얘기나 하세나."

"알겠습니다. 각하."

병력들은 해산했고 우리는 던전 로드의 집무실로 향했다. 그나저나 끝내주는 날이다. 대위급인 루테르 에머른으로 승진하고 제국기사 작위까지 받다니. 이 오주윤이 승승장구하는구나.

집무실로 가는 중에 던전의 병사 하나가 말을 걸어온다.

"축하드립니다. 룸장님."

나는 그를 보며 씩 웃었다.

"이 자식아. 경이라고 불러, 경."

내 말에 같이 걸어가던 자들이 웃음을 터뜨린다.

"알겠습니다. 오토 경!"

그 병사는 웃음기 가득한 얼굴로 군례를 올리고 떠났다. 모두에게 제대로 한 턱 내야겠군. 곧 던전 로드의 집무실에는 2-04던전의 간부들과 오늘 찾아온 자들로 북적북적거렸다. 가볍게 다과라도 하면서 대화를 하기 위해서였다.

룸장들은 전례원에서 온 높으신 제국백작과 안면이라도 터볼까 기대가 가득해 보인다. 다행히 던전 로드 더블바인드가 간부들을 방문자들에게 차례로 소개해줬다.

제국백작 루다는 간부 한 명, 한 명과 모두 웃는 얼굴로 인사한다. 인자해 보이는 모습이었는데 저런 겉모습에 속으면 곤란하다. 지하 세계에선 보이는 게 전부가 아니니까.

"모두 훌륭한 군인들이구먼. 본인은 제군들에게 거는 기대가 크네."

그의 긍정적인 평가에 다들 밝은 얼굴이 된다. 그건 그렇고, 제국백작 루다의 옆에 있는 타르나이 여자는 누구지? 상당히 미인이었는데 그만큼 자존심이 높을 듯했다. 어지간한 남자는 말도 걸 수 없을 것 같은 까칠한 분위기가 풍긴다. 저 귀족가 영애 같은 타르나이 처자가 던전에는 왜 온 건가? 다들 궁금한 표정이었지만 직접 물어보기도 그런지 입 다물고 있다. 제국백작 루다는 우리 시선을 눈치챘는지 곧 웃으며 그녀를 소개한다.

"여기는 내 질녀인 파니아라고 하네."

"안녕하세요, 파니아라고 해요."

파니아는 귀족가의 여식다운 예법으로 인사해 온다. 하지만 태도 자체가 심드렁한 게 여긴 대체 왜 온 건가 싶다. 다들 나랑 같은 의문을 가진 게 틀림없다. 더블바인드도 살짝 고개를 갸웃거렸다.

"다들 궁금하다는 얼굴이군. 다름이 아니라 오늘 파니아를 전도유망한 젊은이에게 소개하고 싶어서지."

어째 불길한 예감이 드는데?

"오토 경."

"네, 각하."

"내 질녀가 어떤가? 자네 약혼녀로. 괜찮다면 질녀를 자네에게 주지."

"허!"

놀라서 입이 벌어졌다. 집무실에 있던 간부들도 다들 놀라서 술렁거린다. 질녀라고는 하나 엄연히 제국백작 루다의 가문 구성원이다.

"과분합니다, 각하. 제가 비록 작위를 얻었다고는 하나 귀하신 영애와 비교가 될 게 아닙니다."

파니아 역시 날 보며 콧방귀를 끼고 있었다. 삼촌을 따라 오긴 했으나 내가 마음에 안 드는 것 같다. 그녀는 날 보며 한마디 한다.

"얼굴은 쓸만하네요."

듣고 있던 제국백작 루다가 한 소리 한다.

"파니아, 숙녀답게 조신히 있거라."

"죄송해요. 삼촌."

자신의 질녀에게 건성으로 사과 받은 제국백작 루다는 나를 보며 웃는다.

"아직 천방지축이네. 자네가 이해하게. 하지만 들고 갈 지참금이 많은 아이야. 파라트 지방의 땅이 파니아의 상속지야. 부친이 죽은 후 내가 맡고 있지."

제국백작 루다는 조카딸이 어린 나이에 상속받은 영지를 대신 관리해 주고 있다고 했다. 그리고 이제 장성한 그녀가 시집을 가면 그 땅을 지참금 대신 주겠다는 거다.

파라트는 남작령으로, 그녀의 남편은 파라트 남작이 된다.

"어떤가? 눈이 번쩍 뜨일만한 출세의 기회 아닌가? 제국기사에 오르자마자 남작이 될 수 있게 되었네."

옆에 있던 파니아는 자기 의사와 상관없이 일이 진행되는 게 불만인 듯했다.

"백부님, 저는 아직 이 사람을…."

"시끄럽다. 오늘날까지 널 보호해 준 게 누군지 잊었느냐?"

"그렇지만…."

"설마 여기까지 와서 사랑이니 뭐니 하는 쓸모없는 소리를 늘어놓으려는 거냐? 정신 차리거라, 얘야."

아, 나는 상황을 직감했다. 저 파니아란 아가씨가 왜 계속 까칠한 태도로 날 못 마땅하게 보는지 말이다. 좋아하는 남자가 있는 모양이었다. 그런데 백부인 제국백작에게 인정받지 못하는 걸 테고. 제국백작 루다의 입장에서 조카딸이 누굴 좋아하는지 알 바 아니겠지. 그저 자기 마음에 드는 자랑 연결해 주고자 할 따름이다.

그가 파라트 지방의 땅을 관리한 이후부터 파니아는 재산이나 다름 아닌 처지로 전락한 것 같았다. 그래도 저 정도면 지하 세계에선 인성이 새하얗다고 할 정도다.

보통이면 갖은 간교를 부려서 조카딸의 영지를 빼앗았을 거다. 성년이 될 때까지 관리하고 이제는 돌려주려고 하니 저 제국백작은 드문 부류하고 할 수 있었다. 그걸 아는 건지 파니아도 적극적으로 반대는 못했다. 사실 제국백작 루다가 마음만 먹으면 그녀는 유산을 잃고 알거지가 될 테니까.

"…네, 백부님 말대로 하겠어요."

그녀의 얼굴에서 체념이 느껴진다. 그리고는 포기한 얼굴로 날 쳐다보는데 첫인상처럼 까칠한 여자는 아니란 생각도 들었다. 그저 이 상황이 마음에 안 들던 거겠지. 바페가 준 직감으로 판단해 보자면 파니아는 꽤 지고지순한 스타일 같았다. 좋아하는 남자 때문에 자신의 유산을 쥐고 있는 백부 앞에서 저렇게라도 반항하는 걸 보면 알 수 있지.

타르나이는 천성이 이득을 따라 움직인다. 대체로 이기적이고 교활하다. 파니아처럼 마음에 애정을 품고 갈등하는 이는 매우 순진하고 귀여운 경우였다. 그래서인지 나는 그녀를 좀 도와주고 싶단 생각이 들었다. 원래 소녀의 귀여운 사랑은 응원하고 싶은 법이니까.

"각하."

"그래, 어떤가? 내 질녀도 마음에 든다고 하고 있고."

대체 어디가 마음에 든다고 했는데!

주변의 모두 내가 어떻게 대답하는지 촉각을 곤두세우고 있다. 확실히 대단한 출세의 기회긴 했다. 내 뒤에는 보비가 시립해 있었는데 나는 녀석이 가늘게 떨고 있다는 걸 알 수 있었다. 등에 눈이 달린 것도 아니고 신체적으로 닿아 있는 것도 아니지만 알 수 있었다. 나는 몸을 살짝 옆으로 틀고 몰래 손을 뒤로 빼서 보비의 손을 꽉 잡아 주었다. 역시 떨고 있구나. 나는 괜찮다는 듯 마주잡은 손에 힘을 줬다. 그러자 곧 보비도 내 손을 꽉 잡아온다.

"제안에 몸 둘 바를 모르겠습니다."

일단 의례적인 말로 시간을 끌며 어찌할지 생각 중인데 갑자기 머릿속에서 목소리가 울린다.

－제발 도와주세요.

마법이구나. 이제 이런 일에는 익숙했기에 겉으로 티를 내지 않을 수 있었다. 내게 다급히 말을 건 이는 말할 것도 없이 파니아다.

－까칠하게 굴어서 미안해요. 좋으신 분 같은데. 그렇지만 소녀는 좋아하는 사람이 있어요. 제발 백부님의 제안을 거절해 주세요.

－저도 그러고 싶지만 그게 어디 쉬워야지요? 제국백작의 제안을 거절했다가 이후에 무슨 경을 칠지….

－무리한 부탁해서 정말 죄송해요.

나는 일단 더블바인드에게 눈짓을 했다. 시간 좀 끌거나 분위기 좀 바꿔보라고. 그러자 더블바인드가 웃으면서 나선다.

"각하. 약혼이란 게 쉽게 결정할 수 있는 일은 아니지 않습니까? 오토 경에게도 생각할 시간을 줘야지요. 적어도 며칠 뒤에 들어보심이 어떻습니까?"

"아니, 그럴 것 뭐 있나. 내 제안이 그렇게 별로인가? 나는 여기서 바로 들어야겠네. 그래도 너무 몰아붙이면 그러니 술 한 잔 할 시간은 기다려 주지. 던전 로드, 뭐 좋은 술 없는가?"

"하하하, 왜 없겠습니까?"

그렇게 더블바인드가 시간을 벌어준 동안 파니아와의 얘기는 계속됐다.

―대체 제국백작께서 왜 제게 관심을 보이는 겁니까? 저는 말단 장교에 불과한데.

―정말 몰라서 말씀하시는 거예요? 아니면 겸손하신 거예요?

―네?

―요즘 아르탈란에서 제일 화제인 거 모르시나요? 투기장의 챔피언인 브라흐를 쓰러뜨린 일과 제국귀족을 공격한 화재 사건의 활약 때문에 근래에 경을 모르는 이가 없어요. 소녀도 신문에서 몇 번이고 경의 이름을 봤는 걸요?

허허, 생각보다 내가 유명한가 보다.

―게다가 군사령관 메르텔레스 합하께서 오토 경을 주목하시고 있으시단 소문이 파다해요. 그러니 소문에 민감한 저희 백부님이 쫓아온 거고요. 유망한 인재라고 생각하신 거겠죠.

메르텔레스에게 끌려가서 고초를 겪은 일이 내 이름값을 올려주고 있었구나. 생각지도 못한 결과였다.

―그렇군요. 그런데 자신이 없어요, 거절할 자신이.

막말로 이건 내게 엄청 좋은 기회기도 했다.

―제발 부탁드려요. 언젠가 제가 오토 경을 도울 일이 있을 거예요.

―백부님이 만든 새장에 갇힌 영애께서요?

―그래요, 저는 별 쓸모없겠죠. 하지만 제 정인이라면 달라요. 실키피노 길드의 길드장이라구요. 앞으로 오토 경께서 제국의 음험한 정치적 환경을 헤쳐나가실 거라면 실키피노 길드의 도움은 매우 필요할 거예요.

실키피노 길드라. 속된 말로 창녀 길드라고 불리는 곳이다. 왜냐, 제국의 고급 창부 상당수가 실키피노 길드 소속이니 그렇다. 내가 듣기로 실키피노 길드의 길드장은 정말 매혹적인 여성으로…… 아니, 잠깐? 방금 저 여자가 자기 정인이 길드장이라고 하지 않았나? 아… 그렇게 된 거군. 백합이었네, 백합. 그러니까 제국백작 루다가 반대했던 거고. 게다가 이상하리만큼 약혼을 서두르는 걸 보니 어서 자기 질녀의 골치 아픈 문제를 해치우고자 하는 것 같았다. 이제야 모든 게 명명백백하게 보였다.

흠… 사정은 알았으니 약혼 제안을 거절할 명분이 생겼다. 질녀께서 동성애자니 저는 못하겠습니다, 라고 하면 끝. 하지만 그랬다가는 그 반동이 장난 아니겠지. 백부와 질녀 둘 다에게 원한을 살 거다. 제국백작 루다는 자기 제안을 철회하긴 하겠지만 오늘의 망신을 잊지 않겠지. 그리고 파니아 역시 마법으로 몰래 한 얘기를 내가 떠벌인 셈이니, 그녀의 잘난 길드장에게 이 일을 이르기라도 하면 심히 곤란해진다.

결국 원점인가. 지하 세계엔 이런 속담이 있다.

타르나이의 제안을 거절하면 그 대가를 치른다고. 자존심 강한 그들을 제안을 거절했다가는 척을 질 수 있다는 얘기였다.

"끄응…."

나도 모르게 앓는 소리가 나왔다. 다행히 루다는 더블바인드와 환담중이어서 눈치채지 못했다. 그때 보비가 내 귓가에 속삭인다.

"받아들이세요, 주인님. 그렇다 해도 저는 언제나 주인님만을 따를 거예요."

착한 녀석. 내 고민을 이해해준다. 하지만 질투심 강한 보비가 속이 편할 리가 없겠지. 어쩌지. 생각해라, 나. 위기를 돌파하려면 어떻게 해야 할까? 그러다 곧 방법을 떠올렸다. 아… 이것도 위험하긴 마찬가지인데. 오거를 피하려다가 드래곤을 만나는 격이 될지도 모른다. 내 방법은 다른 거물을 핑계대고 이 제안을 거절하는 거다. 제국백작 루다보다 더 거물 말이다. 내 인맥에는 제국백작 루다보다 훨씬 잘 나가는 사람이 하나 있다.

바로 죠니아 백작부인.

사교계의 마당발이자 아르탈란의 실세인 그녀는 같은 백작 위를 갖고 있어도 제국백작 루다보다 아득히 위에 있었다.

얼마 전에 들은 이야기로는 제국 의회의 의장보다도 끗발이 세다고 할 정도. 그러니 죠니아 백작부인을 팔면 이 위기를 분명히 넘길 수 있을 것이다. 하지만 이후에 분노한 백작부인을 어찌 감당할지…. 뭐 어쩌겠는가. 나도 동성애자인 부인을 얻긴 싫다.

-파니아 영애.

-네, 말씀하세요.

-저한테 큰 빚을 진 겁니다.

-하아아! 감사합니다!

머릿속에 감격한 목소리가 울린다. 여태 표정 관리를 하던 파니아가 곧 울먹거리는 인상이 된다. 그녀는 고개를 숙이고 황급히 부채로 얼굴을 가린다.

"크흠!"

가볍게 헛기침을 하자 집무실의 모두가 날 쳐다본다. 구경꾼들은 모두 흥미진진한 기색이다. 팝콘이 없는 게 아쉽겠지, 이 자식들아!

"오? 결정을 내린 건가?"

제국백작 루다가 반색하며 날 쳐다본다. 당연히 그렇겠지. 골칫덩어리 질녀를 떠맡을 호구가 나타났으니.

"신중하게 고민을 해봤습니다만 아무래도……."

거절의 말을 막 하려는 데 갑자기 제국백작 루다의 표정이 싸늘하게 변한다.

"설마 거절하려는 건가?"

정색하는 제국백작 루다. 갑자기 집무실에 써늘한 한기가 뿌려지기 시작한다. 정서적인 느낌을 표현한 게 아니다. 정말로 한기가 뿌려지고 있었다. 파직. 파지직. 집무실 벽에 서리가 끼기 시작한다.

"각하."

놀란 더블바인드가 황급히 말리려고 하나 제국백작 루다는 손을 뻗어 막는다. 그리고 눈가에서 안광을 뿌리며 점점 마력을 개방하고 있었다. 진짜 거지같네. 타르나이란 놈들은 언제나 이런 식이지.

"진정 내 제안을 거절하려는가? 오토 경."

"뭐 저라고 안 받아들이고 싶겠습니까? 각하. 하지만 여기에는 피치 못할 사정이 있습니다."

"음?"

"일단 진정하고 들어주십시오. 제 입장에서 각하의 제안에 어찌 혹하지 않겠습니까. 그럼에도 거절한다는 건 그럴만한 이유가 있다는 거겠죠."

"좋네, 어디 들어보지."

제국백작 루다는 말은 그렇게 해도 납득할 만한 이유가 아니면 가만 안 있겠다는 표정이었다.

"사실 제게 이미 연인이 있습니다."

뒤에서 보비가 소리 죽여 놀란 소리를 낸다. 그녀뿐 아니다. 다들 놀란 기색이 역력하다.

"뭐라? 그게 정말인가?"

"네, 각하."

"그 연인이 얼마나 대단하기에 내 제안을 거절할 정도인가?"

그는 헤어지면 그만 아니냐는 듯한 태도였다.

"죄송합니다만, 각하의 제안을 받아들였다는 제가 무사하지 못합니다. 물론 각하께서도 마찬가지고요."

"뭐라! 그 무슨 망발인가! 감히 제국의회의 의원인 날 누가 위협해!"

"그게 말입니다. 제 정인은 죠니아 백작부인입니다."

놀란 제국백작 루다가 입만 벌린 채 벙쪄 버렸다.

"어억⋯. 어어억!"

뭐라 말은 하고 싶은데 입 밖으로 말이 안 나오는 것 같다. 그러다 그는 간신히 입을 뗀다.

"죠, 죠, 죠니아 백작부인이라고? 자네가 그 철벽의 미망인인 그녀와?"

"네, 그렇습니다."

남편과 사별한 이후 무수히 많은 사내들이 죠니아 백작부인의 미모에 혹해 구애해 왔다. 물론 그녀의 막대한 재산도 한몫했다. 그런데 죠니아 백작부인은 근사한 신랑감들을 모조리 거절해 왔다.

"믿을 수가 없네. 자네 나를 상대로 거짓을 늘어놓는 게 아닌가!"

"사실입니다, 각하. 제가 죠니아 백작부인 밑에 식객으로 있던 건 모두가 아는 사실입니다. 이후 투기장에 나가게 됐는데 그때 백작부인의 눈에 띄었죠."

나는 적당히 이야기를 지어서 들려줬다. 한국에서 드라마라면 좀 봤다. 기억 나는 내용을 떠올리며 말하기 시작하자 다들 홀린 듯 들었다. 그도 그럴 수밖에. 당시 시청률 1위를 하던 작품이니까. 한 20분쯤 얘기하니까 나는 온갖 시련을 극복하고는 철벽 방어를 자랑하는 미망인의 하트를 캐치한 로맨티스트가 되어 있었다. 다들 믿는 눈치다.

사실도 아닌데 전도유망한 젊은 장교가 아르탈란의 거물과 자신을 엮어서 거짓을 말할 리가 없다. 그랬다가는 출세는커녕 목숨도 끝날 테니까.

"허……. 허허! 이것 참! 이런 일이! 죠니아 백작부인이 사랑에 빠지다니."

"각하. 사랑은 언제든 찾아오는 법입니다. 백작부인께선 여전히 아름답고 발랄하십니다. 언젠가 정인을 만들 건 당연한 일 아니겠습니까? 그게 바로 저인 것이고요."

"듣고 보니 그렇구먼. 철벽의 미망인이라고 평생을 홀로 지낼 이유는 없는 거지…."

"아무튼 이런 이유로 제가 각하의 관대한 제안을 받아들일 수 없었던 겁니다. 부디 해량해 주시길 바랍니다."

"이거 원… 알겠네. 그렇다면 어쩔 수 없지."

허탈한 표정의 그는 머릿속이 복잡한 모양이었다. 죠니아 백작부인이 재혼한다면 아르탈란에 무슨 영향이 있을지 고민하는 눈치였다.

"하하, 내 괜히 허튼 소리를 했군. 너무 괘념치 말게. 이번 일은 그냥 가볍게 넘기는 게 좋겠어. 혹시라도 백작부인에겐 언급하지 말고."

그는 대번에 태도가 비굴해졌다. 혹시 오늘 일 때문에 죠니아 백작부인과 사이가 틀어지지 않을까 걱정하는 눈치였다. 그는 주변의 간부들에게도 함구해 달라고 요청했다.

"여부가 있겠습니까? 자네들도 알겠지?"

더블바인드가 나서서 대답하자 모두 알겠다고 한다. 나는 속으로 안도의 한숨을 내쉬었다.

-고마워요, 정말. 오토 경, 이 은혜는 잊지 않겠어요.

-하아…. 이제부터 난리 났다고요.

-그나저나 백작부인을 핑계 대다니, 뒷감당을 어찌하시려고요?

-걱정해줘서 참 고맙네요.

파니아와 대화는 거기까지였다. 김이 샌 제국백작 루다가 자리에서 일어났기 때문이었다.

"크흠! 그러면 나는 이만 돌아가겠네. 모두 수고해 주게."

파니아와는 나중에 다시 얘기하기로 했다. 일단 위기는 넘겼다.

"후우……."

길고 긴 한숨이 나온다. 그런데 갑자기 등 뒤에서 어두운 기운이 스멀스멀 몰려온다.

"음?"

무슨 일인가하고 돌아보니 표정이 흑화한 보비가 날 내려다보고 있었다.

"설명 좀 해주실까요? 주인 새끼야."

아차. 위기 상황이 끝났다고 생각했던 건, 경솔했던 것 같다.

보비에게 상황을 잘 설명했지만 녀석은 섭섭했는지 며칠이나 툴툴거렸다. 공연히 삐쳐서 그런 걸 알기에 잘 달랬더니 다시 평소의 보비로 돌아왔다. 그런데 잘 설명해야 할 사람이 하나 더 있었다.

"오토….."

내게 다가온 존재는 바로 던전 코디네이터 메이니 체리트리였다. 나와 계약 연애 중인 순진무구한 그녀는 울적한 기색이다.

"메이니."

"저기 말이야. 이제 계약 연애는 끝난 거야? 오토한테 주려고 목도리를 짜고 있었는데…. 무슨 백작부인이랑 정인이었다며. 왜 날

속인 거야? 정인이 있던 걸 알면 계약 연애 같은 거 안 했을 텐데….”

메이니가 거의 울려고 했기에 서둘러 달래야 했다.

“메이니, 거짓말한 거 없어. 나는 정말로 사귀는 사람이 없으니까!”

“정말? 하지만….”

“다 설명해 줄게.”

이야기를 다 들려주고야 나자 메이니의 표정이 다시 환해졌다.

“정말이지?”

“그래. 가짜긴 해도 연애 비슷한 걸 하는 건 오로지 너뿐이야, 메이니.”

“응응!”

남녀관계에 대해 무지한 걸 서로 보완하고자 시작한 게 메이니와의 계약 연애다. 우리는 가짜로 사귀며 남녀관계에 대해 시뮬레이션해 보고 있었다. 그간 틈틈이 연애 비슷한 행동을 하며 재밌는 일이 많았다. 나도 그랬지만 메이니도 꽤 계약 연애를 마음에 들어했다.

그런데 난데없이 내가 죠니아 백작부인과 사귀고 있다고 하니 시무룩해질 수밖에. 나라도 메이니의 입장이었으면 그랬을 거다.

“메이니, 전에 우리가 약속한 것처럼 누군가를 사귈 일이 있으면 네게 꼭 말할 테니까. 그게 우리 약속이었잖아?”

“응.”

다시 배실배실 웃는 메이니가 귀여웠다.

“오토, 요리를 좀 해봤는데 같이 먹을래?”

“좋아.”

"나 남자친구에게 요리를 직접 먹여주는 연습 해보고 싶어."

"그, 그건 좀 부끄러운데."

"싫어?"

"아니, 그런 건 아니고. 알았어. 나도 여자친구한테 음식을 받아먹는 연습을 해볼 필요가 있겠지. 자, 어서 가자."

나는 메이니와 함께 그녀의 방으로 들어갔다. 이 방 안에 들어온 남자는 여태 나 하나 밖에 없다고 했다.

"자, 먹자."

메이니는 꽤 바지런히 솜씨를 발휘해서 음식을 잔뜩 요리해 왔다. 나는 그녀가 해 준 요리를 맛보며 즐거운 시간을 보냈다.

"자, 오토. 아~ 해. 내가 먹여줄게."

"고, 고마워."

민망함을 느끼면서도 우리는 연인 같은 일에 몰두했다. 메이니가 먹여주고 내가 먹는 식이었다. 거기까진 좋았다. 그런데 초보들이 으레 그렇듯 문제가 생겼다. 지나치게 긴장한데다가 메이니 같은 미녀가 손수 요리를 떠먹여주니 흥분한 나는 그만 실수를 하고 말았다. 메이니가 떠준 음식 대신 그녀의 엄지손가락 부분을 살짝 물고 말았던 것. 대체 어찌 그럴 수 있나 나조차 의아할 정도였다. 깨문 건 아니고 입술로 살짝 앙하고 물어버렸다.

"꺄!"

갑작스러운 일에 메이니가 놀란 건 당연지사. 나 역시 깜짝 놀랐다. 우리는 허둥댔고 운 나쁘게 테이블에 있던 스튜 요리를 건드리고 말았다.

"안 돼!"

서둘러 넘어지는 스튜 냄비를 잡아보려 했으나 메이니와 함께 스튜 국물을 뒤집어쓰고 말았다. 고깃국물은 진하게 우려 끈적한 것이었다. 다행히 국물이 따뜻하기만 한 정도라 화상을 입지는 않았지만 우리 둘의 옷은 엉망이 됐다.

"메이니, 괜찮아? 정말 미안해."

서둘러 사과하자 메이니는 못 말리겠다는 표정이 됐다. 그녀는 내가 바보 같은 실수를 했다는 걸 알고는 화내지 않았다. 오히려 재밌는지 곧 웃기 시작한다.

"오토, 넌 정말 못 말리겠구나."

"미안."

"아니야. 역시 이번 식사는 우리 둘에게 아직 난이도가 높았을까?"

우리는 함께 주변을 치웠다. 메이니는 목욕을 해야겠다고 말한다. 이미 그녀의 고운 머리칼이 지방질 섞인 국물로 뭉쳐 있었다.

"그래, 어서 씻어. 나는 돌아가 볼 테니까."

"돌아가긴 어딜 가려고? 그런 꼴로."

메이니는 거울을 가져와 날 비춰준다. 꼴이 말이 아니었다.

"얼른 나도 가서 씻어야지."

"말도 안 되는 소리 하지 마. 장교가 그런 꼴로 다니면 병사들이 우습게 여길 거야."

그건 맞는 말이었다. 이곳에서 힘도 중요하지만 체면도 중요했다.

"이쪽으로 와."

메이니는 내 손을 잡아끌더니 안쪽의 방으로 이동한다. 침실이나 화장실 따위가 있는 곳 같았다. 내가 평소에 메이니를 만나는 건 바깥쪽의 거실인 거고. 지금까지 저 안쪽으로는 들어가 본 적이 없어서 조금 긴장했다.

"이, 이쪽으로 가면 목욕탕이 있거든↗."

메이니는 긴장했는지 목소리가 하이톤으로 올라갔다. 나라도 평정을 가장해야⋯⋯.

"그, 그렇구나↗."

아이고, 나도 다를 바가 없었다. 목욕탕 앞에 도착해서는 떨리는 목소리를 감추지 못하고 메이니에게 말했다.

"너 먼저 들어갔다 와. 밖에서 기다릴게."

그러자 메이니는 고개를 젓는다.

"아니야, 같이 들어가자. 너도 얼른 씻어야지."

"뭐?"

"부, 부끄럽긴 하지만 오토라면 괜찮아⋯⋯. 갑자기 짐승처럼 덮치거나 하지는 않을 거지?"

"물론이야. 그런 일 안 하니까."

"그럼 괜찮잖아? 서로 등 돌리고 있으면 안 보일 거고."

거절하기엔 너무나 달콤한 유혹이었다. 게다가 정당한 이유와 합리적인 대책도 존재했고. 결국 나는 고개를 끄덕일 수밖에 없었다.

"그럼, 오토. 나 벗을 테니까 고개를 돌려줘."

"응."

곧 메이니가 조심스레 움직이는 소리가 났다.

스윽, 슥.

아이고 맙소사.

옷 벗는 소리가 적나라하게 들린다. 어떤 시인이 여자가 옷 벗는 소리가 아름답다고 했는데 지금 그 말을 완전 공감한다. 나는 고개가 막 돌아가려는 걸 억지로 참아야했다. 당장이라도 뒤를 돌아보고 싶었지만 메이니의 믿음은, 배신하기엔 너무나 귀중하다.

"됐어. 오토, 나 다 벗었어. 돌아봐도 돼."

뭐? 다 벗었는데 돌아봐도 된다고?

"그게 무슨?"

의아해 하는데 메이니가 날 잡더니 억지로 되돌린다.

"메이니! 그!"

깜짝 놀란 내 앞에 타월로 몸을 두른 그녀가 눈을 찡긋하며 웃고 있었다.

"뭘 기대한 거야. 저질. 변태야."

"……."

날 놀려줄 심산이었던 것 같은데 나는 충분히 보상 받았다. 어색하게 웃으면서도 평소에는 본 적 없는 타월 한 장 걸친 메이니에게 깊은 감동을 받았다. 날씬하고 보기 좋은 몸매를 가진 그녀의 굴곡이 사정없이 드러나 있었다. 메이니는 타월을 둘렀으니 부끄럽지 않은걸, 이라고 생각하는 모양인데, 정말 감사합니다.

"오토? 더워? 숨이 거칠어."

"아니야."

"나 먼저 들어가 있을 테니까 벗고 들어와?"

"응."

메이니가 탕 안으로 들어가자 나도 곧 옷을 벗기 시작했다. 어색하기 짝이 없었다.

"메이니? 나 들어가도 돼?"

"잠시만."

얼마나 지났을까? 메이니는 곧 들어와도 된다고 했다. 안에 들어가자 벌써 수증기가 뿌옇다. 이 지하 세계는 의외로 목욕 문화가 발달해 있었다. 상하수도 시설도 확실하고 마법으로 온수를 얻는 게 가능하다. 목욕탕의 이 뜨거운 물도 던전 하트의 동력을 이용한 것이다. 메이니는 어느새 젖어서 찰싹 달라붙은 얇은 타월로 몸을 아슬아슬하게 가리고 있었다. 그녀의 가슴 부분은 귀여운 꼭지가 두드러져 보인다. 이거 위험한데. 본인은 모르는 거 같다.

"오토, 여기 앉아. 내가 씻겨줄게?"

"뭐? 아냐!"

"사양하지 말고."

메이니, 내가 왜 사양하는지 정말 모르겠니. 지금 상황 자체도 위험한데 네가 날 씻겨줬다가는 정말 견딜 수 있을지 모르겠다. 내가 그러거나 말거나 메이니는 곧 물을 끼얹더니 비누칠을 시작한다. 깜짝 놀라 비누칠은 내가 하겠다고 우겼다. 그녀의 손이 몸에 닿을 때마다 느껴지는 자극에 도저히 견딜 자신이 없었기 때문이었다.

"그래?"

좀 아쉬운 듯한 말투의 메이니는 머리를 감겨주겠다고 했다.

"그건 괜찮아."

대한민국에 있을 때도 미용실 누나가 머리를 감겨주곤 했으니 상관없겠지. 하지만 그건 섣부른 판단이었다.

스삭. 스삭. 스삭.

메이니의 섬세하고 가는 손이 두피를 자극할 때마다 너무 기분이 좋아서 혼이 날아가는 느낌이었다. 이건 야한 자극이 아니라 몸이 추욱 풀어지는 느낌이었다.

나는 나도 모르게 기분 좋다는 소리를 내고 말았다.

"흐아아…."

"쿡쿡. 좋아?"

메이니는 내 반응에 기뻐했다. 곧 물이 끼얹어졌고 나는 말끔해졌다.

"자, 이제 탕에 들어가자. 오토."

"그건."

같이 탕에 들어가면 그 뻘쭘함을 견딜 자신이 도저히 없었다.

"에이, 걱정하지 마. 서로 등을 돌리고 있으면 되잖아?"

"아, 그렇구나."

생각해 보니까 그러면 되겠네.

찰싹.

그게 아니잖아! 욕탕이 1인용이라 생각 이상으로 좁았다. 그러다 보니 서로 등이 달라붙었다. 메이니는 좁은지 약간 꼼지락 거렸다.

"미안."

그러지 마, 제발.

메이니의 매끄러운 등이 내 등 위로 미끄러졌다. 욕탕 안에 들어오고 타월을 내린 탓에 맨살이 그대로 닿고 있었다. 등에 형언할 수 없는 감각이 느껴진다. 자극을 받고 있는 건 등뿐인데 어째 전신에 소름이 돋는다. 반면 메이니는 크게 의식하지 않고 있는 것 같았다.

"따뜻하지? 이 목욕이 던전 코디네이터가 누릴 수 있는 최대 호사 중 하나야. 언젠가는 오토에게도 알려주고 싶었어."

"그랬구나."

던전 하트의 동력에는 한계가 있다. 그러니 병력에게 늘 온수가 공급될 리가 없다. 반면 던전 하트 바로 근처에서 머무는 그녀는 이런 특혜를 누릴 수 있는 거였다.

전선의 힘겨운 삶을 사는 그녀에게 이 정도 소소한 행복은 있어도 괜찮지 싶었다. 아니, 언제 죽을지 모르는 삶을 살면서 도 이것밖에 없다는 게 안타까웠다.

나는 메이니와 친해질수록 그녀가 가엾다는 생각이 들었다. 어떻게든 던전에 메여있는 처지에서 벗어나게 해주고 싶었다. 이미 몇 번이나 생각한 거다. 나는 여전히 그녀와 등을 맞댄 채 입을 열었다.

"메이니."

"응?"

"하고 싶은 이야기가 있어."

"뭔데?"

"내가 널 구해줄게. 군부에 묶인 네 삶. 구해줄게."

"……."

메이니는 내 결심을 듣고도 한동안 대답이 없었다. 맞닿은 등이 가늘게 떨리고 있었다.

어쩌면 이리 애처로울까. 나는 슬쩍 손을 뻗어 탕 바닥을 짚고 있는 그녀의 손을 잡았다. 메이니는 흠칫 놀랐지만 곧 내 손을 마주 잡아온다. 그리고 곧 촉촉하게 젖은 목소리로 대답해왔다.

"······기뻐."

아마 지금 그녀는 울고 있는 것 같았다. 그래서 일부러 고개를 돌리지 않고 손만 잡아줬다.

"···태어나서 처음으로 누가 날 구해주겠다는 소리를 들었어. 언제나 내 삶은 내 것이 아니었어. 나는 항상 노예였어, 오토. 태어나서부터 노예였고 자라서도 노예였고 앞으로도 노예일 거라 생각했지. 그런데 네가 내 삶에 나타났던 거야. 그 뒤로 기대도 못한 일들이 일어났지. 설마 내가 남자랑 알몸으로 탕 안에 들어올 줄 몇 달 전엔 상상이나 했겠어? 호호호."

나 때문에 많은 일들이 일어났다고 했다.

"화내고, 기뻐하고, 조바심을 내고, 모두 네가 오고 나서야 생긴 것 같아. 그 전까지는 나는 최대한 마음을 추스르고 일에만 집중했거든. 그런데 오토 네가 날 깨웠던 거야."

메이니가 곧 탕에서 몸을 돌리는 게 느껴졌다. 그러더니 곧 내 등에 기댄다.

"헙!"

그래서 나도 모르게 숨소리를 크게 내고 말았다. 등에 작지만 봉긋하고 말랑거리는, 탄력있는 무언가가 사정없이 닿는 느낌이 들었기 때문이었다.

"그런 네가 이제는 날 구해주겠다고 하네. 정말이야? 내가 믿어도 될까? 거짓말이라도 너무 기쁘긴 하지만."

"거짓이 아냐. 진심이야. 널 구해줄게."

갑자기 충동적인 기분으로 결정한 게 절대 아니다. 이미 메이니를 구하기 위해 메르텔레스에게 밑밥까지 깔아둔 상태. 나는 그녀를 구할 수 있다고 자신하고 있었다.

"정말 기뻐. 널 믿을 게. 오토. 너는 한다면 하는 남자니까. 지금까지 계속 그랬지. 무모해 보이지만 수완 좋게 다 해내곤 했어. 옆에서 지켜보면 놀라움에 연속이었지."

"다 네 도움 덕분이야."

빈 말이 아니다. 너블바인드를 쳐낼 때 메이니가 협조하지 않았다면 시작도 못했다. 지금 거미장군을 대비하는 것도 메이니의 도움이 절대적이었다. 그녀가 있기에 연달아 성공할 수 있었다.

"꼭 널 구해줄게."

"알았어, 고마워."

메이니가 행복한 목소리로 대답해 왔기에 나는 무척 기분이 좋아졌다. 정말 신뢰받고 있다는 느낌이랄까. 그건 그렇고 전신에 자극이 너무 강해서 이제는 안 되겠다. 알몸의 동정, 처녀가 서로 껴안고 있는 상황 아닌가.

"이제 나가볼까?"

"그럴래? 그래도 괜찮겠어? 나랑 이렇게 안고 있을 기회는 많지 않다고? 그것도 실오라기 하나 걸치지 않고."

"그래서 나가자는 거야."

"어머, 별로 기분이 좋지 않았던 걸까? 하긴… 난 작으니까. 역시 좀 더 큰 쪽이 좋았을까?"

"그, 그게 아니라고. 대체 무슨 말을 하는 거야."

허둥대던 나는 곧 메이니가 장난기 가득한 목소리란 걸 깨닫고 항의했다.

"저기, 자기도 경험 없으면서 날 놀리는 건 그만둬 주지 않겠어?"

그렇게 말하는 와중에도 나는 자신의 욕망과 싸워야 했다. 이제는 계약 연애고 뭐고 그냥 그런 규칙은 다 깨고 욕구에 모든 걸 맡기고 싶었다. 메이니를 확 덮쳐서 이 욕실 바닥에 쓰러뜨린 뒤에⋯. 그렇게 망상을 전개하고 있을 때 메이니가 탕에서 일어났다.

"나가고 싶다니 일어나자. 나는 좀 더 괜찮았는데."

"그래도 나가는 게 좋겠어."

인내심이 한계에 다다르고 있거든. 메이니, 나 지금 웨어 블랙팬서 시절 같이 짐승으로 변신하기 직전이라고.

"정말? 정말 이대로 나가려고?"

얘가 대체 왜 이래. 나는 지금 표현하기 어려운 아쉬움에 죽겠구먼. 좀 더 메이니의 아기 같은 맨살을 느끼고 싶은 게 사실이었다. 하지만 참아야 하는 게 맞겠지, 역시. 그래서 겉으로는 덤덤한 척했다.

"그래."

"알았어. 네가 그러고 싶다면 어쩔 수 없지."

"응."

이제야 살았다. 다행이다. 나는 이걸로 자신의 존엄을 지켰다. 곧 우리 둘은 욕실에서 나왔다. 옷을 입고 거실의 방으로 돌아오자 몸을 씻어낸 뒤의 기분 좋은 느낌이 가득하다.

"메이니, 그럼 난 가볼게."

"응, 옷까지 세탁해 주지 못해서 미안하네."

"괜찮아, 이건. 가자마자 갈아입을 테니까."

"그래."

메이니의 배웅을 받으며 문으로 향했다. 그런데 작별의 직전, 이 계집애가 남의 속을 뒤집는 발언을 꺼냈다.

"저기."

날 그리 부른 그녀는 내 귓가에 작게 속삭인다.

"나는 규칙을 좋아하는 여자야. 그래서 던전 코디네이터의 일도 잘 하고 있지. 하지만 매번 규칙대로 하는 건 별로인 거 같아."

"응?"

"나는 과감한 정복자가 좋아. 약간은 당하는 느낌을 동경하게 된 다고 할까…"

"저기?"

눈앞에 마조 선언을 하는 여자에겐 어떻게 반응을 해야 할까. 어 쩔 바를 모르고 있는데 메이니가 더 큰 폭탄을 던져왔다.

"사람이 책임만 진다면 때론 저질러도 좋을 때가 있는 거잖아."

콰아아앙!

내 마음 속에서 폭탄이 터진다. 저지르다니. 대체 그게 무슨 소리 야! 내가 생각하는 그게 맞는 거겠지? 하지만 메이니는 폭격을 한 번 만으로 끝낼 생각이 없는 모양이었다.

"아마 나는 가만있지 않았을까? 나를 구해주겠다는 멋진 남자가 무방비한 내게 무슨 짓을 하던?"

"허······."

나는 입만 떡 벌리고 있었다. 대체 내가 무슨 실수를 한 걸까? 분명히 십여 분 전의 내게 어른의 계단을 오를 기회가 왔다니. 그리고 그걸 눈앞에서 놓쳤고. 이런 일생일대의 실수를!

"저기 메이니."

"늦었어. 이제. 킥킥."

메이니는 그녀답지 않게 짓궂은 얼굴을 하더니 날 문 밖으로 민다. 그리고 내가 뭐라고 하기도 전에 문을 닫으면서 말했다.

"오늘 밤에 이 일로 네가 후회했으면 좋겠어."

쿵.

방문이 닫히는 소리에 내 억장도 무너져 내렸다.

아쉽군. 민달팽이처럼 끈적하고 농후한 경험을 쌓을 기회였는데···. 게다가 상대는 끝내주는 미녀이자 눈처럼 순수한 여자다. 그보다 좋을 수 없었겠지.

"··· 이런 불찰이."

아무리 생각해도 아쉽게 됐군. 그래도 메이니와 더욱 가까워진 사이가 된 것에 만족하기로 했다. 구해주겠다고 선언한 순간 우리 사이의 관계가 바뀌는 걸 느꼈다. 메이니가 처음 보는 모습을 보여준 것도 그런 이유에서였겠지. 일단 그걸로 만족하자.

혼자 그런 생각을 하며 내 집무실로 돌아왔는데 안에 어떤 존재가 있다는 걸 깨달았다.

"당신은?"

"오랜만이오."

갑자기 어둠 속에서 그림자 하나가 쑤욱 솟아난다. 이 존재는 전에도 본, 죠니아 백작부인의 수하였다.

"어쩐 일로 오셨습니까?"

"흠…… 내가 왜 온지 모르겠다는 거요?"

"끄응…. 짐작은 갑니다만."

그림자는 날 보며 허허 웃는다.

"이번에 꽤 용감한 일을 하셨소이다?"

"그 백작부인에겐 죄송하게 됐습니다. 사정이 있어서…."

"백작부인께서도 알고 있소. 제국백작이 당신을 압박한 걸."

그러면 좀 봐줄 수 있지 않느냐는 듯한 얼굴을 하자 그림자가 나를 보며 혀를 찬다.

"참, 일 벌여놓고 태평한 얼굴이시오. 지금 아르탈란의 사교계가 발칵 뒤집힌 거 모르시오?"

"네? 그게 정말입니까?"

그림자는 자신의 어두운 몸 안에서 무언가를 꺼내 내민다. 그건 아르탈란의 주간신문이었다. 거대 도시인 아르탈란에선 주간지로 신문이 발행된다. 그런데 1면을 보니까….

철벽의 미망인 죠니아! 마침내 열애설!
상대는 떠오르는 젊은 영웅, 제국기사 오토 경!

아르탈란은 지금이 이 연상연하 커플에 온통 화제!

과연 오토 경은 어떻게 이 매혹적인 미망인의 마음을 훔쳤나 집중 조명!

라는 문구가 압박이었다.

"으윽."

"왜 그러시오?"

"갑자기 위가 아파서…."

"이제야 사태의 심각성을 아시겠소이까?"

설마 이 정도까지 일이 벌어질 줄이야. 당시 위기를 넘기기 위해서 그랬다지만 죠니아 백작부인에게 미안함을 감출 수 없었다.

"부인께서는 어쩌고 계십니까?"

"이를 바득바득 갈고 계시오. 그리고 이걸. 부인께서 경에게 편지를 전하라고 하셨소."

약간 떨리는 손으로 편지를 받아들었다. 뭐라고 적혀있을까 무서워서 차마 읽어보질 못하겠다. 이를 바득바득 갈고 있다지 않는가. 내가 계속 머뭇거리자 그림자가 무언으로 재촉해 온다. 잠시 버티던 나는 결국 편지를 개봉할 수밖에 없었다.

아주 그냥 화려하게 해주셨네요.

지금 제가 사교계에서 얼마나 인기가 추락한지 알고 계시나요? 만약 소문이 수습 안 되면 절 책임지실 각오 하는 게 좋을 거예요.

짧지만 많은 게 담긴 편지였다.

"부인의 인기에 이번 일이 지장을 주는 겁니까?"

"그간 부인께서 사교계 귀족들의 흠모를 받은 건 재산이 많은 미망인이란 위치 때문이오. 그리고 손에 닿지 않는, 아무도 딸 수 없는 꽃이란 것도 매력적이었소이다. 그렇다면 이 스캔들 때문에 부인의 위치가 흔들거릴 수밖에 없지 않겠소?"

"허… 정말 큰 실례를 저지르고 말았군요."

"이번 일에 관해서 분명히 부인께 셈을 치르셔야 할 것이오. 그래도 크게 걱정은 하지 마시오. 부인께서는 잘해나가실 테니."

그의 말에 의하면 현명한 죠니아 백작부인은 자신의 포지션을 바꿀 가능성이 높다고 한다.

"오히려 지금 상황을 이용하실 거란 말씀이군요."

"그러하오."

스캔들이 터졌다고는 하나 결혼하기로 한 사이도 아니다. 그렇다면 다른 구혼자들에게도 기회는 얼마든지 있을 것이다. 게다가 이제 죠니아 백작부인의 구혼자를 물리치는 생활을 접고 적극적인 탐색에 나섰다고 생각될 수도 있다.

"어쩌면 부인께서는 전보다 더 많은 인기를 끌어 모을 수 있으시겠군요."

"그렇소. 하지만 그건 분명히 양날의 검이오. 본격적으로 남자를 고르겠다고 결정한 이상 언젠가는 누군가를 선택해야 하니까. 지금까지는 철벽이란 이미지로 재혼의 압박에서 자유로웠지만 이제는 어려울 것이오. 그러니 명심하시오. 부인을 이런 상황에 빠뜨린 건 다른 누구도 아닌 경이란 사실을."

그렇게 말한 그림자는 손가락으로 편지의 한쪽을 가리켰다.

만약 소문이 수습 안 되면 절 책임지실 각오 하는 게 좋을 거예요.

"보시오. 그냥 책임지실 각오가 아니라 '절' 책임지실 각오라고 적혀 있소이다. 만약 부인께서 궁지에 몰리신다면 경은 부인의 재산을 지키기 위해 위장 결혼을 하셔야 할지도 모르겠소이다."

나는 그의 말에 고개를 끄덕였다.

"만약 그런 일이 벌어진다면 기꺼이 그리 하겠습니다."

"위장 결혼이라고는 하나 제국법상으로는 엄연히 합법적인 결혼이오. 그렇다면 경의 정실은 죠니아 백작부인께서 되시는 거요. 그리고 경과 부인의 관계는 제국 가족법이 적용될 것이오. 이후의 재산 관계에서도 말이오."

"그 정도는 감수하겠습니다. 부인께 큰 피해를 줬으니 어찌 제 사정만 생각하겠습니까?"

"좋소."

내가 책임지겠다는 자세로 나가자 그림자는 고개를 끄덕였다.

"그리고 한 가지 덧붙이자면, 만약 경이 진실한 마음이라면 부인과 깊은 관계가 된다고 해도 난 관여하지 않겠소. 하지만 만약 경이 거짓으로 부인의 마음을 가지고 놀려고 한다면 본 노부가 용서하지 않겠소이다."

노부라. 겉으로는 그림자로 보이는데 나이가 꽤 많은 것 같다. 어쩌면 죠니아 백작부인의 집안에 대대로 봉사해온 어둠의 정령 같은 게 아닐까.

"약속드리겠습니다. 제가 부인의 마음을 우롱할 일은 절대 없으실 겁니다. 뭐, 사실 지체 높으신 부인께서 저 같은 애송이를 신경 쓰시거나 하시겠습니까?"

"모르는 말씀이오. 부인께선 보기보다 순진한 구석도 많고 소녀 같은 감수성의 소유자시오. 눈이 무척 높으시긴 하지만 한 번 마음에 든 건 두고두고 신경 쓰시는 편이라 그것이오."

"그렇다 하시면…?"

내 물음에 그림자는 아련한 말투로 대답한다.

"경이 일을 벌인 후 엄청 화내시긴 했지만, 본 노부가 볼 때 부인께서 그리 생기 넘치는 모습은 오랜만이었소. 마치 부군께서 살아계실 때가 떠오르더군. 그러니 남자 대 남자로 경에게 부탁하겠소. 절대 부인을 상처주지 마시오. 그 분은 경이 생각하는 것보다 훨씬 사랑스러운 여인이니."

물론 그럴 것이다. 죠니아 백작부인은 사실상 유일한 내 후원자기도 하니까. 그리고 그런 걸 떠나서도 남의 마음을 갖고 노는 건 내 취향이 아니었다.

"물론입니다. 약속하겠습니다."

"좋소. 아르탈란에서의 스캔들은 부인께서 알아서 대처하실 거니 신경 쓸 것 없소."

감사한 말인데 이걸로 지난 번 네리스를 소개 받은 건에 더해 그녀에게 빚이 하나 더 생겼다. 나중에 무슨 요구를 들어줘야 할지 생각하면 머리가 살짝 아파올 정도다.

"그리고 부인께서 향후의 일을 의논할 겸 경과 저녁 식사를 했으면 하시오. 그 거미에 관련된 일이 끝나면 시간을 내달라는 전언이시오. 당분간은 부인께서도 경이 친 사고의 수습으로 바쁠 테니."

윽, 말에 뼈가 있군.

"기꺼이 시간을 내드려야지요. 정중하게, 감사한 마음으로 응하겠습니다."

내 대답을 듣자 그림자는 인사도 없이 사라져 버렸다.

후우… 뭔가 엄청난 일이 되어버렸구먼. 뭐 이럴 줄 몰랐다는 건 아니다. 당연히 예상했다. 하지만 그때 파니아를 돕는 게 유리하단 판단이었다. 거미장군 밸리어트와 싸우기 위해서 그에 대한 정보는 반드시 필요했다. 나는 다시 휴가를 내고 아르탈란으로 갔다. 파니아를 만나기 위해서였다. 다행히 그녀는 기꺼이 날 돕겠다고 했다.

"지난번에 정말 큰 도움을 주셨어요."

"후폭풍이 장난이 아니었습니다."

"저도 잘 알아요. 요즘 귀족 가에서 이 스캔들에 대해 떠들지 않는 이가 없어요. 아무래도 진짜로 백작부인에게 장가 드셔야겠는데요?"

"저 농담할 기분 아닙니다."

인상을 살짝 찌푸리자 파니아는 급히 사과한다.

"미안해요."

참 타르나이답지 않은 성격이로군.

"혹시 백작부인이 어려움에 처하거나 하지는 않았나요?"

"아뇨, 오히려 잘 이용하고 계셔요. 구혼자들은 이제야 철벽의 미망인이 재혼할 거라고 여기고는 더욱 맹렬히 달려들고 있어요. 미안하지만 오토 경은 한 때의 애인정도라고 여기는 듯하더군요. 아무래도 그게….""

"저도 알고 있습니다."

요즘 내가 유명해졌다고 하나 결국 그것뿐이다. 가진 게 없다. 영지도 없고 재산도 부족하다. 거물인 죠니아 백작부인의 반려로는 턱없이 부족한 수준. 그러니 세간에서 날 그냥 침대를 덥혀줄 애인 정도로 여기는 듯했다. 현명한 백작부인이라면 결혼은 좀 더 제대로 된 신랑을 고를 것이라는 게 중론이라나. 그런 얘기를 들어서 그런가 갑자기 좀 질투심이 일어난다. 그리고 그 매혹적인 미망인을 남 주기 싫단 생각이 들었다. 아니 이게 대체 무슨 심리람. 딱히 여성으로 의식하고 있지는 않았을 텐데.

"어쩐지 복잡한 표정이시네요?"

파니아가 눈치 빠르게 물어왔다. 내가 대답하지 않자 약간 위로하는 말투로 이어간다.

"오토 경께선 빠르게 성공하고 계시잖아요. 금방 백작부인에게 어울리는 남자가 될 수 있을 거예요."

"위로의 말씀은 감사합니다만, 곧 있을 문제를 해결하지 못하면 제겐 그럴 기회가 영영 없을 것 같습니다."

"제 도움이 필요하시군요? 정확히는 제 정인의 도움이겠지만요."

고개를 끄덕인 나는 이 일에 관해 비밀을 지켜달라고 했다. 아마 그녀의 정인인 실키피노 길드장은 내게 무슨 일이 일어날지 이제 짐작하겠지. 하지만 나는 그런 위험을 감수하더라도 거미장군 밸리어트에 관한 정보를 모아야 한다.

"거미장군 밸리어트에 대한 자세한 정보가 필요합니다. 그리고 제가 밸리어트에 관한 정보를 수집하고 있다는 사실을 비밀로 해주세요."

"거미장군 밸리어트가 맞나요?"

"네."

재차 확인하는 게 군문에 관심 있는 남성이 아니라 그런지 거미장군 밸리어트가 누군지 모르는 것 같았다.

"알겠어요. 제가 그분에게 부탁해 볼게요."

"어려운 일 부탁드려서 미안합니다."

"아니요, 저를 도와주신 분인데요. 이렇게라도 보답할 수 있어 기쁩니다."

파니아는 자리에서 일어나서 우아하게 인사를 하며 떠났다.

"조심히 가시길, 레이디."

그녀 덕에 암담하던 정보 문제도 해결할 가능성이 생겼다. 이제 남은 건 함정. 던전으로 돌아온 나는 올가가 드워프 일꾼을 불러 만들고 있는 함정을 찾아갔다. 원래라면 진작 작업을 했어야했는데 제국백작 루다가 찾아오는 바람에 밀려버렸다.

"올가."

"형님!"

내가 공사현장을 방문하자 먼지를 잔뜩 뒤집어쓴 올가가 웃는 낯으로 맞이한다. 이 귀여운 소년은 역시 공사 현장에 가장 어울렸다.

상의는 탈의한 채 멜빵바지를 입은 올가는 맨살이 땀으로 번들 번들거리고 있었다. 어째 이거 좀 위험한 광경인데?

"공사는 잘 진행 중이야?"

"물론이야. 일정에 꼭 맞출 테니 염려하지 마."

다행히 이쪽은 아주 순조로웠다. 적을 상대할 온갖 함정이 사방에 만들어지고 있었다. 좋아, 전혀 걱정할 필요 없겠군. 고개를 끄덕이던 나는 인부 중에 아는 얼굴을 발견했다.

"허? 어르신."

"아니, 자네는?"

나를 알아본 이는 투기장에서 만났던 드워프 오르한이었다. 팔이 날아가서 병원비를 대신 내줬던 일이 있다. 여기서 보게 될 줄이야. 브라흐에게 먹혀서 날아간 팔은 집게발이 대신 달려 있었다. 과거 내가 가재발이던 시절의 커다란 앞발에 비하면 귀여울 정도로 작은 집게발이었다. 그래도 꽉 물면 위력이 상당할 것 같다. 오르한은 그 작은 집게발로 망치를 단단히 쥐고 있었다.

"잘 지내셨습니까?"

"허허, 우리가 인연이긴 인연인가 보구먼. 설마 여기서 룸장 일을 하고 있는가?"

"맞습니다. 그런데 어르신께서는 대체?"

"허허… 사실 말일세. 지난 번 팔이 잘린 이후로 은퇴했다네. 그 뒤 이렇게 장치를 다루는 일을 하고 있지."

옆에서 듣던 올가가 슬쩍 끼어든다.

"형님, 오르한 아저씨는 굉장한 함정 전문가야. 덕분에 엄청나게 도움을 받고 있어."

올가의 칭찬에 오르한은 멋쩍은 얼굴을 한다.

"저 녀석이 과찬을 하는군."

"함정에도 조예가 깊으시군요."

"젊은 시절의 경험 때문이지. 지하의 괴물들을 잡는 가장 좋은 방법은 함정이라고 생각하고 있네. 과거 함정으로 괴물을 끌어들인 후 내 도끼로 마무리하는 일을 많이 해왔지."

다 실전에서 익힌 기술들이구나. 오르한은 자랑스럽게 자신은 어떤 괴물에게 어떤 함정이 가장 효율적인지 모르는 게 없다고 했다. 그러다 곧 한숨을 내쉰다.

"예전에는 적당한 때가 되면 은퇴해서 편하게 지낼 줄 알았는데 그게 아니군. 늙은이지만 모아둔 돈도 없고 직접 벌어야지. 젊은 때 방탕하게 논 대가가 이거라니까. 자네는 금화가 품에 있을 때 잘 관리하게. 그놈들은 발이 달려서 자네가 조금만 기분을 내도 순식간에 도망가 버린다고. 호시절은 언제나 계속 되는 게 아닐세."

나는 명심하겠다고 했다.

"그나저나 자네가 올가랑 같이 일하는 사이일 줄이야. 내가 아는 가장 괜찮은 인간 둘이서 함께하는군. 지하엔 순혈 인간이 귀하니 자네가 올가를 잘 돌봐주게. 뭐 이제 자네는 인간이 아니지만 그 근본을 얘기하는 걸세."

"물론입니다. 이미 콜휴어 영감님께 약속했습니다."

오르한은 좋다는 듯 고개를 끄덕인다. 그런데 옆에서 듣던 올가가 다시 끼어들었다.

"형님, 아저씨 좀 설득해 줘. 이번 일이 끝나면 어딘가로 떠나신다고 해. 계속 여기 있으면 도움이 많이 될 거야. 형님은 아저씨를 고용할 능력이 충분하잖아?"

음, 그것도 괜찮은 거 같다. 던전에서 제일 중요한 것 중 하나가 함정이다. 그리고 이런 함정을 다루는데 통달한 인재라면 곁에 두는 게 좋겠지. 나는 작게 고개를 끄덕이며 오르한에게 물었다.

"어디 가실 곳이라도 있습니까?"

"그건 아닐세. 평생을 떠돌아다닌 데다가 어디 정착할 곳도 없고 말이야."

"그렇다면 제 곁에 계시죠. 일감이 부족한 일은 없을 겁니다. 그리고 제 휘하에는 재밌는 친구들이 많습니다. 술자리에서 제법 흥이 나실 겁니다."

"와하하핫! 그거는 참 마음에 드는군."

혹하면서도 오르한은 쉽게 결정을 내리지 못하고 있었다. 갑자기 지금까지와 다른 삶을 살려고 하니 내키지 않겠지. 나는 올가에게 눈짓을 했다. 그러자 녀석이 자기 할아버지에게 하듯 애교를 부린다. 오르한은 손자뻘인 녀석이 그러자 만면에 웃음을 머금었다.

"이 녀석아! 하하하핫! 콜휴어 영감탱이가 너한테 껌뻑 죽는 이유를 알겠구나."

"어르신, 제자라도 하나 있으셔야 하지 않겠습니까? 평생 익힌 함정 기술이 어르신 대에서 끊기는 건 아깝지요. 마침 올가가 기계 장치와 돌을 다루는 일에 있어서는 재능이 눈부십니다. 가르치는 재미가 있을 겁니다."

그 설득이 결정적이었다. 가족이 없는 이 늙은 드워프는 제자란 말에 완전히 마음을 빼앗겼다.

"제자? 제자 말인가?"

"물론입니다. 올가, 너도 좋지?"

"물론이에요, 형님."

올가는 새로운 기술을 배울 수 있으면 반색할 것이다.

"올가도 좋다고 하는데 고려해 주시죠, 어르신."

내가 부탁하고 올가도 매달리자 결국 오르한은 수락하고 말았다.

"와하하핫! 알겠네! 이런 게 바로 인연이겠지! 좋아, 이 오르한, 여태 제자를 둬본 적 없지만 그간 배운 기술을 전수해줄 필요는 느꼈네. 마침 옆에 드워프도 울고 갈 재목이 있으니 내 최선을 다해 봄세."

"감사합니다, 어르신."

뜻하지 않게 함정 전문가를 영입하게 됐다. 역시 휘하에 인재가 늘어나는 건 흐뭇한 기분이구나. 그리고 그날 점검한 함정의 준비 상태도 완전했기에 나는 드워프 인부들에게 금일봉을 하사했다.

2-04던전에 대한 공격 날짜가 다가올수록 거미장군 밸리어트는 초조함에 사로잡혔다. 그는 이번 작전이 반드시 성공해야 한다는 큰 부담감을 느끼고 있었다.

'황자 전하의 곁으로 돌아가기 위해서 반드시 이번 일을 성공시킬

필요가 있다. 그래서 그 분의 눈을 가리고 있는 불충한 무리들을 쳐 내야 한다.'

정치적으로 위기에 몰린 그가 무리하게 적의 2선에 위치한 던전을 공격하는 건, 황자에 대한 충성심이 주된 이유였다. 현재 자신의 여동생 코르레아나와 다투고 있는 황자의 곁에는 간신이 넘쳐났다. 몇 없는 충신, 거미장군 밸리어트는 도저히 이를 두고 볼 수 없었다. 하지만 그처럼 충직한 인물은 쉽게 모함을 당하는 법. 결국 누명을 뒤집어쓰고 좌천된 상태다. 그래서 그는 자신의 실력을 다시 한 번 증명해 황자의 신뢰를 되찾으려 하고 있었다.

"본디 충의의 길은 가시밭길인 것을. 충정을 다하고자 하는 자 얼음 동굴의 눈처럼 깨끗해야 한다."

몇 번이고 마음이 흔들렸지만 그때마다 거미장군 밸리어트는 자신의 뜻을 세우며 의지를 다졌다. 다만 요즘 가장 그를 힘들게 하는 건. 황자가 사실 자신을 의도적으로 버리지 않았을까 하는 의문이었다. 주변에서 너무 바른 말만 하면 황자가 싫어할 거란 조언이 있었지만 거미장군 밸리어트는 자신의 진정한 충심을 알아줄 거라 여겼다. 하지만 기다렸다는 듯 자신을 내친 황자를 생각할 때면 가슴 깊은 곳에 불안함이 스멀스멀 피어올랐다. 그래도 그는 애써 마음을 다잡았다. 그리고는 황자에게 정성껏 치국의 도에 대해 논하는 상소를 만들어 올리곤 했다. 펜을 잡은 그는 오늘도 자신의 주인을 위해 글을 썼다.

–무릇 신하와 군주 간에 소통이 단절되는 것을 경계하십시오. 이

는 마음을 비우고 아랫사람의 의견을 받아들이는 걸로 능히 해결할 수 있습니다. 또한 간사한 말을 내뱉는 무리를 경계해 멀리하시고 현명한 신하를 곁에 두십시오. 이러면 치국의 도가 자연히 이뤄질 것이니 이를 무위지치라 할 수…….

그는 길고 긴, 정성이 담긴 상소를 써내려갔다. 그리고 수하에게 시켜 아르탈란에 있는 황자에게 바치도록 했다. 주인께서 자신의 충심을 헤아려 줄 것이라 믿으면서 말이다.

며칠 뒤. 아투마스트.

제국의 수도이자 남매의 전쟁 이후 황자의 세력권이 된 지역이다. 아투마스트는 일곱 개의 지역으로 나뉘어 있다. 과거 아투마스트란 이름이 생겨나기 전, 원래는 일곱 개의 각자 독립된 도시였다고 한다. 타르나이 제국이 지금처럼 융성하기 전 초기에는, 그 일곱 개의 도시가 타르나이가 지저에서 점거한 거의 전부였다. 그런 그들에게 당시 숙적이었던 헤르즐락 나낚의 존재는 공포 그 자체였다. 이에 대항하기 위해 도시는 서로 긴밀하게 협조해야 한다는 필요성을 느꼈고, 결국 일곱 개의 도시를 연결한 마법 관문을 만들었다.

그 덕에 한 도시가 헤르즐락 나낚의 침공을 받으면 금세 다른 도시에서 수천, 수만의 응원군을 보낼 수 있었다. 그리고 그런 마법 관문의 도움으로 개성있던 일곱 개의 도시들은 하나의 색채로 통합되어 갔다. 그 뒤 타르나이가 거대한 제국을 이루고 일곱 개의 도시도 성세를 더해가자 결국 합쳐진 것이다. 오늘날도 여전히 도시마다 물리적인 거리는 떨어져 있지만, 이제는 제도 아투마스트란 이름처럼 하나의 도시로 뭉쳐 있었다. 그리고 그 일곱 도시 가운데 가장 중심이자 큰 도시인 멜바크에 황제의 장엄한 궁전이 있었다. 현재는 황자가 거들먹거리고 있는 장소였지만.

"전하."

"무엇이냐?"

궁정대신의 부름에 선제의 빈을 희롱하고 있던 황자가 심드렁하게 대답한다. 한때 아버지의 여자였던 아름다운 타르나이는 이제 막돼먹은 아들에게 한쪽 가슴을 내어준 채 고개를 숙이고 있었다. 그녀의 몸은 반라였는데 어젯밤 황자가 쾌락을 푼 흔적으로 적나라했다. 슬쩍 이 꼴을 본 늙은 신하는 인상을 찌푸리려던 걸 겨우 참아냈다. 저 빈은 선제가 특히나 총애했던 여성으로 황궁에서도 인망이 높은 여자였다. 하지만 황자 때문에 싸구려 창녀만도 못한 취급을 당하고 있었다. 심지어, 들리는 소문에는 황자는 친하게 지내는 불한당들을 불러들여 그녀를 강간하게 하고 구경했다는 이야기도 있었다. 노신은 영혼이 죽어버린 것 같은 그녀의 모습에 가슴이 먹먹해짐을 느꼈다.

"상소를 가져왔습니다."

"에이! 그 쓸모없는 걸 또 가져왔단 말이냐!"

역정을 낸 황자는 젖가슴을 주무르던 손을 이제는 빈의 가랑이 사이로 옮긴다. 그녀는 잠시 움찔했을 뿐 가만히 있는다. 그래서일까 황자는 그런 반응에 흥미를 잃어버린 것 같았다. 그리고는 잔뜩 쌓인 상소로 고개를 돌렸다. 그는 곧 하나씩 집어 확인한다.

"이것도, 이것도, 전부 쓸모없구나."

건성으로 상소를 확인하던 황자는 낯익은 이름을 발견했다.

"밸리어트라. 하하하핫!"

황자의 웃음에는 비웃는 기색이 가득했다. 그는 비릿한 미소로 거미장군 밸리어트의 상소를 읽다가 곧 옆으로 내던진다.

"고리타분한 소리나 늘어놓고 있군. 멍청한 작자가 아닌가. 쓸모가 없어 내 직접 쳐낸 것도 모르고 아직도 저런 말을 하다니. 크하하핫! 눈치가 없으니 결국 좌천되는 거지. 아니 그렇소?"

황자의 물음에 상소를 가져온 신하는 허리를 숙여 맞다고 대답했다.

"내 일찍이 이 거미장군이란 작자가 쓸데없이 충이니 의니 할 때부터 알아봤소. 그래도 본신의 실력이 뛰어나 장군직을 주고 곁에 뒀으나, 행동 하나하나가 고지식한 게 맘에 들어먹질 않더이다. 그러다 마침 적당한 자가 나타났기에 내쳤는데 자기 딴에는 간신에게 모함을 당했다 생각한 모양이오. 하하하핫! 제깟 놈이 뭐나 되는 줄 아나. 감히 황제가 될 이 몸에게 시시콜콜 잔소리나 해대고. 이보시오, 궁정대신."

"네, 말씀하소서."

"애초에 거미장군이 왜 좌천된지 아시오?"

"소신 소문은 들었습니다. 거미장군의 창고에서 전하를 모독하는 물건이 발견되었다고요. 하지만 거미장군은 끝까지 부인했죠."

"하하하하! 당연히 부인할 수밖에."

"네?"

"그 물건은 내가 넣어두라고 지시한 거니까."

"전하?"

당황한 궁정대신의 모습에도 황자는 재밌다는 듯 무릎을 치며 웃어대고 있었다.

"크크크크! 정말 웃긴다니까. 일전에 거미장군이 내게 자신의 창고 열쇠를 바치며 말했다네. 신의 재산은 모두 전하의 것입니다라고. 뭐, 거기까진 좋았어. 나도 좀 감동했었지. 하지만 그렇게 치국이니, 치세니, 백성을 돌봐야 하느니 잔소리를 하지 말았어야지! 감히 내게!"

한참 웃던 황자는 어느새 불같이 화를 내고 있었다. 타르나이의 성정이 원래 이런 면이 있다지만 황자는 그 정도가 심했다. 그는 품에서 무언가를 꺼내 들어서는 바닥에 집어던졌다.

깡!

요란한 소리와 함께 매끄러운 대리석 바닥에 흠집을 남긴 건 거미장군이 그에게 바친 열쇠였다.

"제국의 미래를 결정하는 것은 이 몸이다. 백성은 그저 내 재산이라는 걸 어찌 그 멍청한 거미장군은 모른단 말인가! 백성을 위해 내가 존재하는 게 아니라, 황권의 정당한 계승자인 이몸을 위해 백성이 존재하는 것이다! 이 몸이 제국이란 말이야!"

너무나 참담한 말에 궁정대신은 부족한 용기를 쥐어짜냈다.

"전하! 선제께선 그리 말씀하지 않으셨습니다! 분명히 위민爲民하고…."

"닥쳐라! 네놈마저 날 가르치려는 거냐!"

일갈하는 황자의 태도에 궁정대신은 입을 다물었다. 그가 어렵게 낸 용기는 흔적도 없이 사라졌다. 아무리 성격이 포악하다고 해도 황자는 엄연히 적통인 선제의 핏줄. 타르나이의 황족은 마법의 종사라고 불리는 타르나이 중에서도 최고로 우수하다. 황자가 일으킨 마력에 수백 년간 마학을 익혀온 궁정대신조차 심장이 쪼그라드는 느낌이었다.

"신이 주제를 넘었습니다."

"흥! 네놈도 거미장군 꼴 나기 싫으면 조심하는 게 좋을 것이다. 일하는 게 쓸 만해서 곁에 두면 어찌 하나같이 기어오르려 하는 건지!"

궁정대신은 이제 사태의 전말을 알 수 있었다. 거미장군이 좌천된 건 다 황자의 음모였다. 남몰래 거미장군의 창고에 자신을 모욕하는 물건을 넣어두게 하고, 다른 신하에게 고발하도록 한 거였다.

"거듭 사죄를 청합니다."

"듣기 싫다!"

황자는 더 얘기하기 싫다는 듯 손을 휘저어 축객령을 내렸다. 궁정대신이 물러나려고 하자 하나 덧붙인다.

"앞으로 거미장군의 상소는 가져오지 말고 알아서 폐기하시오."

"예, 전하. 명하신 대로 하겠습니다."

궁전대신에게 화를 내고도 황자는 분이 안 풀린 듯했다. 그는 곧 곁에 있는 선제의 빈에게 차마 입에 담지 못한 말을 꺼냈다.

"천박하고 음탕한 년. 처소로 돌아가거라. 이제 네년 구멍엔 질려버렸다."

그러자 그녀는 고개를 한 번 숙여 보이고는 자리에서 일어났다. 멍하니, 시체와 같은 발걸음이었다. 그 모습을 본 황자는 혀를 차더니 고개를 돌린다. 그런데 어째서인지 빈은 황자 몰래 바닥에 구르고 있는 거미장군의 열쇠를 집어 드는 것이었다.

황자가 더는 그 열쇠에 신경 쓰지 않는다는 점을 아는 것처럼. 그리고 자신의 처소로 돌아온 그녀의 눈빛은 황자 앞에서와 전혀 달라져 있었다. 총기마저 느껴졌다. 선제를 모셨던 그녀는 황자의 생각보다 훨씬 강한 여인이었다. 그녀는 곧 펜을 들어 무언가 적기 시작했다. 거미장군 밸리어트가 좌천된 원인이 사실 황자의 결정 때문이란 내용이었다. 편지에는 오늘 그녀가 들은 게 자세히 적혀져 있었다. 그녀는 거기에 주운 열쇠를 넣고 밀봉했다. 그런 뒤 곁에 있던 시녀에게 넘겼다.

"실수 없게 하거라."

"네, 마마님."

시녀는 겉으로 절대 알 수 없었지만 실제로는 실키피노 길드의 길드원이었다. 그녀는 길드의 연결망을 사용해 이 소식을 아르탈란에 있는 길드장에게 보냈다.

경솔한 황자 덕에 거미장군이 실각한 이유가 밝혀지게 된 것이다.

슬슬 그날이 다가오고 있었다. 완벽하진 않지만 거미장군 밸리어트와 싸울 준비를 거의 다 했다. 이번 일에는 많은 이들의 명운이 달려 있다. 특히 메이니에게 많이 미안했다. 그녀는 상급부대에 증원을 요청하려 했지만 공을 독식하기 위해 내가 거절했다.

메이니는 많이 걱정스러운 듯했지만 오로지 나와의 우정 때문에 그걸 받아들였다. 나야 전투에서 패배하면 도망가면 된다. 반면 메이니는 던전에 묶여 있는 몸이니 그럴 수도 없다. 그러니 이번 싸움은 반드시 이겨야만 한다. 그런데 마침 메이니가 날 찾아왔다.

"오토."

"어서 와."

마지막으로 작전을 점검하고 있는 때였다. 그녀는 두 가지 일이 있다고 했다.

"좋은 소식과 나쁜 소식이야. 어느 것부터 들을래?"

"나쁜 것부터 듣지."

"그럴 줄 알았어. 나쁜 소식은 그 사자 얼굴에 팔 많은 아저씨가 좀 수상해."

영웅급 락샤샤를 사자 얼굴에 팔 많은 아저씨라고 부르다니….

"브라흐가? 왜?"

"어딘가로 연락을 하고 있는데 무슨 일인지 모르겠네."

"개인적인 일 아냐? 다들 그 정도는 한다고."

"아냐, 조심히 관찰해 봤는데 빈도가 높다고 할까…."

"흠…."

대체 브라흐는 뭘 하는 걸까. 다소 의심스럽다고 해도 브라흐에게만 신경 쓰기는 어렵다. 지하 세계는 의심암귀가 사방에 깔린 세상이다. 의심스러운 정황이라면 하루에도 수십 개는 될 거다. 곳곳에 수상한 그림자가 지나다니며 어느 날 이유 없이 실종되는 병사가 나온다. 한 번 잃어버린 물건은 다시 찾을 수 없고 한 번 잊어버린 이름은 다시 떠올릴 수 없다.

지하 세계란 그런 곳이었다. 나는 크게 신경 쓰지 않기로 했다.

"적당히 살펴보기만 해. 아마 브라흐는 괜찮을 거야."

"그래?"

"응."

그는 자신의 이름을 걸고 내게 맹세했다. 내가 자신보다 강한 한은 배신하지 않겠다고.

"자, 그러면 이제 좋은 소식을 들려줘. 귀염둥이."

"뭐라. 헤헤헤."

귀염둥이라고 부르니까 좋긴 한가 보네. 메이니는 볼을 붉히며 웃는다. 이런 순진하고 사랑스러운 소녀가 어떻게 전선의 던전 코디네이터가 됐을까. 운명이란 참 가혹하다.

"자, 이걸 받아."

"음?"

메이니가 건넨 건 밀봉된 두루마리였다. 밀랍에 인장이 따로 찍혀있지는 않다. 인장이 따로 찍혀있지 않다면 대체로 음지에서 일하는 자들의 것이다.

"설마 실키피노 길드에서 온 거야?"

"맞아."

"파니아에게 부탁하고 큰 기대는 안 했는데 설마 의미있는 정보를 얻은 걸까."

열어보니 거기에는 생각지도 못한 내용이 적혀있었다.

"하하하, 이거 재밌군."

"무슨 내용이야? 나도 봐도 돼?"

고개를 끄덕인 뒤 두루마리를 건넸다. 두루마리를 한참 살핀 메이니는 고개를 젓는다.

"세상에. 적이지만 거미장군이 너무 불쌍해."

"하지만 우리에겐 좋은 정보지. 흐흐흐."

"오토, 표정이 너무 사악해."

혼탁한 세상에서는 굳은 신념이 삶을 버틸 수 있게 해주는 원동력이 된다. 그건 개개인마다 다르겠지만 거미장군은 충성을 택한 모양이었다. 지하 세계에선 매우 드문 것이라 적이지만 박수를 보내고 싶었다. 그러나 충성은 가장 지키기 어려운 미덕 가운데 하나다. 특히 충성의 대상인 군주가 자신을 좌천시켰다는 걸 알게 될 때는.

"결정적 순간에 그를 흔들리게 할 수 있을 거야. 그리고 지휘관이 흔들리면 전투의 흐름은 바뀌는 거지."

나는 두루마리를 품에 넣고는 미소를 지었다.

3-5. 던전에 이름 모를 무덤만 무수하다

마침내 전투의 날이 밝았다.

거미장군 밸리어트와 싸우기 위해 준비한 건 모두 완료됐다.

1. 나 자신의 힘을 강화하는 일이 끝났다.

2. 영웅급 용병과 일반 용병의 충원이 끝났다.

3. 함정 설치가 끝났다.

4. 적에 대한 정보 조사가 끝났다.

이제 남은 건 승리뿐이다.

"더블바인드."

"네, 주군."

"던전에 오늘 전투가 있을 것을 알리고 비상 대기 상태에 들어가게."

"명을 받들겠습니다."

"룸장들에게 전파해서 전투 준비를 마치도록 해."

"알겠습니다."

사실 며칠 전부터 전투를 알릴까 했지만 얘기가 셀까봐 그러지 않았다. 혹시 구舊 더블바인드 외에도 스파이가 있을지 모르니까. 그래서 올가가 함정 공사를 할 때도 철저히 던전 보수 공사로 위장했었다.

"모두 마음 단단히 먹어. 절대로 패전은 용납되지 않으니까."

나와 보비, 올가, 더블바인드는 던전 하트 옆에 서 있었다. 주변에는 우리 뿐 아니라 메이니와 원래부터 던전 하트를 지키는 병력, 이번에 고용한 예비대가 자리 잡은 상태다. 던전 하트 주위가 상당히 바글바글하다.

일단 전체적인 지휘는 던전 코디네이터인 메이니에게 일임했다. 내가 던전 로드로서의 경험이 있는 것도 아닌지라, 던전 전체를 광범위하게 관찰할 수 있는 그녀가 더 나았다. 그걸로도 부족할까봐 더블바인드도 메이니 옆에 붙여 놓았다. 더블바인드 역시 원래 주인이 가진 던전 로드로서의 지식과 경험이 있으니 좋은 판단을 해 줄 것이다.

나도 언젠가는 던전 로드가 되어 총괄적인 지휘를 해야겠지만 지금은 아니었다. 우선은 잘할 수 있는 것만 하기로 했다. 이 싸움은 총력전이니 최대의 효율을 끌어낼 필요가 있었다.

오늘 나와 보비는 둘이서 움직이며 적을 함정으로 유도하는 일부터 할 작정이었다. 많은 돈을 들여 힘들게 만든 함정이다. 하나하나 최대의 효율을 발휘하게 해야 했다. 보비와 나 말고도 전문가들이 적을 함정으로 유도하는데 활약해 주기로 했다.

"오늘 잘 부탁해."

"네, 주인님. 최선을 다할게요."

막 그렇게 의지를 다지고 있을 때 니골이 보낸 전문가 하나가 달려왔다.

"적이 2킬로미터 앞에 접근했습니다."

"알겠네."

현재 십여 명이 넘는 전문가들이 적의 진행로에 배치되어 있었다. 이들은 실시간으로 적군의 위치를 보고해 왔다.

"드디어 오는 건가. 더블바인드 전투 개시를 준비하게."

내가 더블바인드에게 속삭이자 그가 모두에게 명한다.

"적을 근접거리에서 발견했다. 모두 전투가 곧 벌어질 테니 대비하라. 절대적으로 자기 위치를 사수하며, 본 지휘관의 명 없이는 후퇴가 불가능하다."

이후 이어진 더블바인드의 말에서는 적이 황자 군의 거미장군 밸리어트라거나, 그 수가 300여 명이 넘는다던가 하는 얘기는 없었다. 해봐야 사기만 떨어질 테니 말이다. 오늘 승리를 위해서는 각 룸이 무조건 명령에 복종하며 태산처럼 자기 위치를 사수해 내야 한다.

콰아아아아앙!

그때 던전 전체를 울리는 소음이 터졌다. 진동으로 2-04던전 전체가 흔들릴 정도였다. 옆에 있던 올가가 소리친다.

"폭약 함정이 터졌어!"

자신이 설치한 함정이 작동한 탓인지 올가는 흥분한 목소리였다. 이미 시찰해 봐서 나도 폭약 함정의 정확한 위치들을 안다. 그것들은 던전 방어선의 가장 바깥 통로나 공동에 설치되어 있었다.

적이 얼마나 죽었는지는 알 수 없지만, 자신만만하게 들어오다가 큰 피해를 입었을 것임이 틀림없다. 여기서 거미장군 밸리어트는 함정일지도 모른다는 생각을 할 수 있으나, 그의 고고한 자존심상 후퇴는 없다고 봐도 좋았다. 게다가 정치적으로 몰려있지 않은가. 거미장군 밸리어트에게 물러날 곳은 없었다.

그때 다시 폭음이 울렸다.

쿠우우우웅!

설치해 놓은 폭발물이 또 터졌다. 적은 수가 많은 만큼, 여러 통로에서 포위하듯 몰려들고 있는 모양이었다.

"드디어 시작이군."

나는 허리춤에 찬 피에 젖은 그로스메서를 만지작거렸다. 아무래도 오늘은 정말 긴 하루가 될 것 같다는 생각이 들었다.

"가자, 보비."

"네, 주인님."

보비와 나는 은밀하게 룸3의 바깥으로 나갔다. 뒤쪽에는 룸3의 외부 철문이 약간 벌어진 채 열린 상태였다. 우리가 다시 돌아가야 하므로 잠그지 않고 내버려 두었다.

사그닥- 사그닥-.

거미의 긴 발이 조심스럽게 움직이는 소리가 들려온다.

"50미터 정도 앞쪽이에요."

보비의 말에 나는 조용히 고개를 끄덕였다. 현재 보비는 전신을 검은 천으로 감싸고 갑주를 걸친 상태고, 나는 마법을 걸어 몸체의 반짝임을 지웠됐다.

"30미터 앞. 주인님, 적도 척후인 것 같아요."

다가오는 자는 셋. 그 너머에 훨씬 많은 기운이 느껴짐에도 그들은 정지해 있다. 척후의 보고를 듣고 진입하려는 모양이다. 아무래도 다른 쪽에서 폭발물이 몇 번이나 터졌으니 조심스러울 수밖에.

피에 젖은 그로스메서를 뽑았다. 언제든 적에게 원거리 광범위 공격인 블러디 웨이브를 날릴 준비가 되어 있었다. 그리고 보비는 십자궁의 끝을 어둠 속을 향해 겨냥 중이었다.

잠시 기다려보니 모퉁이에서 기다란 거미 앞다리가 여러 개 나타났다. 앞을 두드리는 개미 더듬이처럼 움직였는데, 폭발물의 인계철선이 있나 신중하게 찾는 모양새였다.

"어쩔까요? 주인님."

"여기서 저 척후들을 잡고 나머지 인원을 유인해야 돼. 본격적인 함정인데 저 세 마리만 잡아내면 손해라고."

룸5의 첫 번째 방에는 대대적인 굴삭 작업으로 무너지는 함정을 만들어 놨다. 거미 껍데기는 쉽게 뚫을 정도의 기다란 쇠침이다. 그런데 저 셋만 빠지고 나머지만 우회한다면 너무 아쉽다.

이윽고 걸어오는 그들을 보니 소만한 크기의 거대 거미가 두 마리, 다른 하나는 등에 거미다리가 붙은 인간형 괴물이었다. 추하게 생긴 그 유사인간은 등에 네 개의 거미 다리가 있었고, 허리는 곱추처럼 굽어 있었다. 그리고 두 턱은 거미를 닮았고 안구 역시 일렬로 다섯 개의 거미 눈이 이마 쪽에 붙어 있었다.

"바로 공격하자. 어차피 소리 없이 잡기는 무리야. 전투의 소음이 들리면 뒤에 있는 녀석들도 응원을 오겠지. 그때 우리는 도망가면서 함정으로 유인한다."

"그러려면 순식간에 쓰러프려야겠군요."

"물론이지. 자, 내가 신호하면 바로 공격한다."

우리는 바위 뒤에 숨어서 기회를 엿봤다. 적은 거의 코앞이었다.

"지금이야!"

내 외침에 보비가 십자궁을 쏘았다. 불의의 일격을 허용한 거미형 인간은 역겨운 비명을 지르며 쓰러졌다.

"류에엑!"

갑자기 동료가 쓰러지자 옆에 나란히 있던 황소만 한 거미들이 놀라서 몸을 움츠렸다. 배를 땅에 대고 긴 다리를 모은 꼴이 갑자기 죽은 척이라도 하려는 것처럼 보였다. 아마 본능에 의해 그런 모양인데 그게 내게 틈을 주었다.

"크합!"

기합성과 함께 그로스메서에 힘을 밀어 넣었다. 내 피의 힘뿐만이 아니라 빛살 모으기의 영향을 받은 블러디 웨이브가 쏟아졌다.

추아아아악!

블러디 웨이브 자체는 주위 지형에 거의 피해를 주지 않는다. 반면 생물에게는 상당히 뼈아픈 일격이다.

"끼엑! 끼에엑!"

바둥바둥.

블러디 웨이브가 지나가며 외피를 박살내자 거미 둘이 고통으로 난동을 부렸다. 한 녀석은 참지 못하고 다리를 말고는 벌렁 뒤집어질 정도였다. 확실히 나는 전과 비교할 수 없이 강해져 있었다.

"키에엑!"

거미들이 사납게 반격해 왔지만 곧 내 공격에 머리통이 깨지며 쓰러진다.

콰직!

녹색 체액이 튀고 거미의 머리가 함몰되더니 결국 통째로 떨어져 나갔다. 그 와중에 거미의 긴 다리가 날 찍어왔으나 비늘에 막혀 소용이 없었다. 머리를 잃은 거미의 몸은 계속 움직이며 길고 뾰족한 다리로 날 찔러댔다.

팍! 팍! 팍!

마치 창으로 찌르는 것 같은 강력한 공격이었다. 일반 인간이었으면 즉각 몸에 구멍이 났을 것이다. 하지만 단단한 용의 비늘에는 아무 소용 없었다. 그런 움직임도 몇 번 반복하니 그쳤고, 거미의 몸체는 동력을 잃은 기계장치처럼 풀썩 쓰러져서 움직이지 않았다.

"좋아. 이제 물러나자."

이미 뒤에 있던 적들이 오고 있었다. 척후로 보낸 자들이 비명횡사했으니 우르르- 달려오는 것이다.

나는 보비와 일부러 룸3으로 들어갈 수 있는 외부 철문을 연 채 적을 기다렸다. 그리고 거미와 등에 거미 다리가 달린 꼽추 거미 인간, 하반신이 거미인 다크엘프 등이 나타나자마자 황급히 도망치는 시늉을 했다.

"쓰에에에엑! 잡아라!"

그들을 통솔하는 것으로 보이는 자는 하반신이 거미인 다크엘프였다. 내 기억이 맞는다면 아라크네 엘프Arachne Elf라는 종이다. 이

지하에서도 저주받은 종족으로 유명한데, 아무도 그들을 무시하지 못한다. 엘프의 현명함과 거미의 강인함을 동시에 가진 강력한 종족이기 때문이다.

명령을 내리던 아라크네 엘프가 꽁지에서 실을 뽑아냈다. 나와 보비는 황급히 룸3의 외부 문을 열고 도망갔다. 물론 일부러 잠그지 않았으나, 따라오기 급급한 그들은 이상한 점을 눈치채지 못했다.

이후 나는 방의 반대편에 있는 통로까지 직선으로 가로지르지 않고, 벽의 면을 따라 직각으로 이동했다. 이 방은 바닥이 무너지는 함정이 설치되어 있다. 물론 나와 보비 정도의 무게는 버티게 설계되었으나, 불안해서 어디 그렇게 하겠나. 액자의 테두리처럼 방의 끝부분은 안전하니 그리로 이동한 것이다. 그렇게 우리가 막 통로 쪽에 도착했을 때 두꺼운 외부철문이 부서지며 적이 밀려들었다.

"잡아라! 사지를 찢어라!"

아라크네 엘프가 격한 목소리로 외쳤다. 상반신은 나름대로 미인이면서 입이 험하네.

퉁!

보비가 볼트를 쏴 가장 앞에 달려오는 적을 쓰러뜨렸다. 그 사이나는 굳건하게 통로의 앞을 막고 있었다.

"죽어라!"

"찢어라!"

원령처럼 소리 지르며 달려드는 그들. 하지만, 방에 들어온 인원이 20명이 넘을 때쯤, 짧은 소음과 함께 바닥이 꺼졌다. 순간적이었지만, 거의 내 앞까지 다가왔던 아라크네 엘프의 얼빠진 표정을 볼 수 있었다.

"끼에에에엑!"

끔찍한 비명과 함께 스물이 넘는 적들이 아래쪽의 함정에 빠져들었다. 밑을 보니 떨어진 이들은 미리 박아놓은 기다란 쇠침에 모두 관통되어 있었다. 아무리 거미 껍질이 단단해도 이 정도 높이에서 떨어지면 택도 없다.

거미들은 쇠침에 박혀 몸이 공중에 뜬 채 허공에 긴 다리를 허우적거리거나, 즉사했는지 동그랗게 몸을 말고는 움직이지 않고 있었다. 아라크네 엘프의 경우는 가장 상태가 심했는데, 거미 몸체의 밑바닥을 관통한 쇠침이 그녀의 입으로 튀어나와 있었다.

"으으윽! 으엑! 으게겍!"

아라크네 엘프가 원통한 듯 표독스러운 표정으로 신음성을 터뜨렸다. 하지만 말을 할 수 없는 상태. 별안간 꼬리에서 그물을 쏴 기습을 해왔으나 나는 손목을 들어 막아냈다. 아라크네 엘프는 꽁지를 잡아당겨 나를 함정에 떨어뜨리려 했으나 어림없는 일.

광휘 드래곤킨인 이 몸의 완력은 그 수준이 다르다. 몸을 좀 낮춰 그대로 버티고는 그로스메서를 뽑아 아래쪽으로 블러디 웨이브를 날렸다. 이 피의 파도에 휩쓸린 적들이 고통에 찬 비명을 터뜨렸다. 아라크네 엘프 역시 빈사상태에 빠진 것 같았다. 그런 그녀를 무시하고는 외부 문을 보다가 고개를 흔들었다. 무너진 함정이 적의 거미를 상대로는 일회용밖에 되지 않는다는 사실을 깨달은 것이었다.

집채만한 거미들이 벽의 옆을 타고 있었다. 그러고 보니 거미는 천장을 걸어올 수도 있지 않은가. 땅이 무너져도 얼마든지 진격해올 수 있었다.

"물러나자."

함정이 이거 하나만 있는 것도 아니고. 신나는 놀이기구를 많이 갖춰 놨으니 어서 오시라. 그런데 그때 엄청난 고함이 터져 나왔다.

"누구냐! 이런 쓰레기 같은, 잡스러운 짓을 하는 놈이!"

우우우웅-.

갑자기 사방이 엄청난 기세로 가득 찬다. 누군가 확인하니 적의 장수 중 하나인 거 같았다. 거대한 붉은 거미를 타고 있었다. 나는 일부러 도망치며 그를 유인했다.

"당장 도마뱀 놈을 잡아라!"

적장은 자신들의 숫자만 믿고 완전히 부주의해져 있었다. 이미 룸은 밀려든 적으로 가득 찼다. 나는 S자형 복도가 있는 지역까지 후퇴했다. 뒤를 슬쩍 보니 거미류의 적이 복도에 바글바글하다.

"징그러!"

보비가 인상을 찌푸리고 싫어하는 게 느껴졌다.

"보비, 준비해."

"네, 주인님."

우리는 복도 끝에 도착해서는 멈춰 섰다. 그 사이 앞에서 먼지가 자욱이 일며 적이 쇄도하고 있었다. 어떤 성급한 거미가 쏘아낸 거미줄이 발치에 떨어지기도 했지만 가볍게 무시했다.

나는 그저 태산처럼 보비의 앞을 지킬 따름이었다. 보비는 내 뒤에서 부지런히 준비 중이었다. 그리고 적이 바로 코앞까지 온 순간 외쳤다.

"당겨!"

보비는 즉시 올가가 만든 기관의 작동 장치를 잡아당겼다.

우우우웅!

던전 하트에서 마력을 끌어당긴 함정 장치가 즉각 가동했고, 몰려든 적에게 재앙을 선사했다.

콰가가가가가강!

던전의 천장에서 백여 개는 될 듯한 창날이 침입자들을 내리찍기 시작한 것이다. 그리고 그 위력은 일반적인 창의 찌름과 차원이 달랐다. 던전하트의 마력을 이용해 발사된 것이다. 그래서 통로를 가득 채우며 달려오던 거미류의 적병은 벌집이 되었다.

"이이이익!"

뒤에서 병력을 밀어 넣던 적장은 이를 악물며 몸을 부들부들 떨었다. 그러더니 결국 참지 못하고 고성을 토해냈다.

"이 벌레 새끼가!"

아까는 도마뱀이라고 하더니.

"으아아아아! 크아아아아압!"

분노로 이성이 나가버린 적장은 본인이 직접 돌격해 온다. 거대거미를 타고 죽은 동료를 무차별로 짓밟으며 달려들어 왔다.

우지끈! 파직!

함정이 작동된 뒤 튀어나와있던 창들이 요란한 소리를 내며 부서진다. 사방으로 나무파편이 튀는 모습이 굉장히 박력있었다. 하지만, 나는 아직 그를 상대해줄 마음이 없다.

"보비."

"준비됐어요, 주인님."

어느새 보비는 손에 횃불을 들고 있었다.

그녀가 작동시킨 기관은 단순히 이 함정만 가동시키는 게 전부가 아니었다. 우리 뒤에 있던 비밀문을 여는 역할도 했다. 그리고 그 벽 안에는 고정형 로얄 캐논Royal Cannon*이 거치 되어 있었다. 무게 34킬로그램의 장중한 포탄을 쏘는 괴물이다. 설마 던전에 성벽을 부수기 위한 물건이 있으리라고 꿈에도 생각도 못했겠지. 이런 막강한 위력 앞에서는 몬스터고 뭐고 없다. 게다가 지금 내 거구의 몸에 가려, 적장은 로얄 캐논을 못 보고 있었다.

"불붙여."

치이이익!

심지에 불이 붙는 소리가 들릴 때조차 그는 돌격을 멈추지 않고 있었다.

"크하아압!"

날 찢어발기려는 그를 보며, 슬쩍 옆으로 물러났다. 그러자 갑자기 시야에 들어온 로얄 캐논을 보며 적장의 두 눈이 커졌다.

"웃?"

그는 어찌 반응할 틈도 없었다.

콰아아아앙!

중포의 포구가 불을 뿜어냈다. 옛날 대포의 특징 중 하나가 화염과 연기가 엄청나게 난다는 것이다. 그래서 나는 로얄 캐논에서 포

---

* 공성용으로 사용되는 직사포.

탄이 아니라 화염방사를 한 것 같다는 착각을 할 정도였다. 하지만 34킬로그램의 철제 포탄은 제대로 발사되었다. 작열탄이 아니라 거대한 쇳덩이지만, 위력은 확실하다.

퍼어억!

거의 코끼리만한 붉은 줄무늬 거미가 그대로 육편으로 화해 분해됐다. 그리고 그 위에 타고 있던 적장도 비참한 몰골로 날아간다.

"크아악!"

그는 충격으로 뒤로 데굴데굴 굴러간다. 어느새 다리는 날아가고 없었다. 그렇게 열 내고 돌격하더니 시작 지점으로 강제복귀한 셈이다. 비참하게 허우적거리는 꼴을 보고 웃음이 터져나왔다.

"크하하하핫!"

하지만 거기까지 밖에 볼 수가 없었다. 로얄 캐논의 발사로 엄청난 화약을 소모했고, 주변이 온통 흰 연기로 가득 찼기 때문이다.

우우우웅!

던전의 공기 정화 시스템이 가동되고 나서야 상황을 볼 수 있었다. 몸이 둘로 쪼개진 거미의 몸은 양쪽 벽에 철퍼덕 붙어 있었다. 녹색 체액의 점성 탓에 표본이라도 만든 것처럼 찰싹 달라붙은 게 인상적이었다. 그리고 저 멀리까지 날아간 적장은 땅바닥에서 고통으로 끙끙대고 있었다.

역시 로얄 캐논의 위력은 무식하구나. 올가가 대단한 일을 해줬어. 대포 한 방에 적병들은 모조리 도망갔다. 오로지 다리를 잃은 적장만이 홀로 남아 있었다.

나는 그에게 천천히 걸어갔다. 그러자 적장은 기어서 도망가기 시작했다.

"이거, 이거. 그래도 지휘관 급 장교 같은데 너무 비굴한 거 아닌가?"

"살려 주시오. 살려주시면 제가 모든 정보를."

"정보는 네 입이 아니라 네 머리에 물어보면 되지. 서로 번거롭게 그러지 말자고."

"살려줘! 살려달라고! 네놈 대체 누구냐!"

"나? 오토라고 한다."

"오토? 그럴 리가 없는데? 오토는 분명히 웨어 블랙팬서라고…."

"신기하네. 날 아는 거야?"

"무, 물론이다. 이 던전을 공략할 때 가장 주의할 적의 장교란 이야기를 들었어. 필리피소스를 물어 죽인 일은 우리 사이에서도 유명하다."

뭐야, 나 생각보다 황자군에서 명성을 얻고 있었잖아. 아니, 악명인가.

"그런데 너는 드래곤킨이잖나!"

"뭐, 몸을 갈아탄 거지. 네놈들이 쳐들어오는 걸 알았는데 가만히 있을 순 없잖아."

"알았다고?"

그제야 그는 모든 게 이해된다는 표정이 되었다. 그 많은 함정들이 이상했겠지.

"그나저나 네놈 이름은 뭐냐?"

"쿠케이다. 게르 가문의 장자지. 그러니 네게 충분한 몸값을…."

"자, 그러면 작별 인사는 이 정도 할까? 네놈에게 더 들을 말도 없는 거 같은데."

"아니! 잠깐만! 돈이라면 얼마든지!"

서걱!

내 칼이 단번에 그의 목을 쳐버렸다. 나는 한손으로 참수한 머리를 들고는 살펴봤다.

"생의 마지막 순간을 잘 표현한 작품인 걸?"

"주인님, 악취미."

그렇게 상황을 정리하고 던전 하트가 있는 곳으로 돌아왔다. 다들 내가 머리 하나를 들고 가니까 뭔가 싶어서 쳐다본다. 그래서 자신감 넘치게 외쳐줬다.

"나 오토가 적장 쿠케이를 베었다!"

갑자기 삼국지가 떠올라서 외쳐본 말인데 열렬한 호응이 쏟아졌다.

"오오오오! 오토 경께서 또!"

"필리피소스에 이어 또 적장을 베었어!"

용병들은 초전부터 적장이 하나 죽었으니 전투가 잘 풀리고 있다고 생각하는 듯했다. 뭐든 초반 기세가 중요한 법이다. 그러니 내게 환호할 수밖에. 쉽게 말하면 엄청나게 중요한 축구 시합에서 시작하자마자 골을 넣은 것과 같다.

"오토 경! 정말 자랑스러워요."

메이니가 주변의 눈치도 보지 않고 다가와 축하를 해준다. 뭐, 상관없나. 조심한다고는 했지만 이미 내가 메이니와 가깝다는 걸 다들 눈치채고 있었으니까.

"잘했네, 자네가 이 싸움을 최고로 시작하게 해줬어."

더블바인드 역시 다가와 나를 칭찬한다. 주변에서 보는 눈도 있어 날 하대했지만 곧 가까이 다가와 살짝 속삭인다.

"훌륭하십니다. 주군."

가볍게 고개를 끄덕인 뒤 이어진 축하세례를 받았다. 일단 자른 머리는 잘 보관하게 했다. 전투 후 뇌를 읽어서 많은 정보를 얻을 수 있을 테니까.

"던전 로드."

"왜 그리는가."

"룸5에 쿠케이의 시체가 있습니다. 회수한다면 적의 사기를 꺾는 데 사용할 수 있을 것 같습니다."

"알겠네."

참수된 쿠케이의 시체를 본다면 적의 사기는 떨어질 것이다. 시작부터 자기편 장수 하나가 목이 없는 몸으로 덜렁거리고 있으면 영 싸움질할 맛이 안 나겠지.

"오토, 사방에서 함정이 작동 중이야."

"적의 손실을 파악할 수 있어? 메이니."

"물론. 36명이 죽었고 29명이 행동 불능의 중상이야. 경상자는 더 많고."

좋아. 시작부터 함정 덕을 제대로 봤다. 적의 수가 300이상, 많으면 400정도인 걸 생각해 봤을 때 상당한 효과였다.

"그래서 현재 적의 움직임은 어때? 메이니."

"함정에 놀랐는지 뒤로 물러나 대기하고 있어."

이제 어떻게 나올 거냐, 거미장군. 그렇게 적의 반응에 대해 고민해보고 있는데 더블바인드가 다가 왔다.

"주군."

"무슨 일인가?"

"이걸."

그가 내민 건 작은 작은 마법봉이었다. 끝에는 거미 장식이 붙어 있었다. 그 마법봉이 지금 작게 떨리는 중이다. 마치 핸드폰 진동 모드 같은데.

"이건 왜 이러는 건가?"

"거미장군에게서 연락이 온 겁니다."

아직 거미장군 밸리어트는 더블바인드의 상태에 대해 모른다. 원래라면 전투 중 내부에서 호응이 있어야 했다. 그런데 함정만 가득하니 밸리어트가 당황했을 수밖에. 그래서 일단 부대를 물리고 더블바인드에게 연락을 넣은 것 같다.

"이 마법 물품은 거미장군과 연락하기 위한 것이군?"

"맞습니다. 어차피 제가 받아봐야 소용없으니 주군께서 대화해 보시는 게 어떨까 싶어서요. 물론 제가 받는 걸 원하시면 그리하겠습니다만."

"아니야. 이리 주게."

안 그래도 거미장군 밸리어트와 얘기를 나눠보고 싶었는데 잘 됐다. 나는 이 마법 물품의 사용법을 들은 뒤 바로 연결에 들어갔다.

-더블바인드! 이 놈!

머릿속에 분노한 목소리가 울려 퍼진다. 이건 전에 파니아와 대화할 때 썼던 마법과 비슷한 것 같다.

-네놈이 감히 배신을 해! 이러고도 무사할 것 같으냐! 내 반드시 네놈 사지를 찢어 죽일 것이야!

-거 지위도 있는 분이 말투가 왜 그러십니까?

-뭐라? 너 누구야!

전혀 모르는 목소리가 들리니까 거미장군 밸리어트는 좀 당황한 기색이었다. 나는 잠시 고민했다. 나 자신을 밝혀도 되는지 말이다.

뭐, 크게 상관없겠지. 밝히는 게 더 재밌을 것 같고.

-저는 오토라는 장교입니다. 명망 높으신 거미장군과 대화할 수 있어 영광입니다.

-오토! 네놈이 오토구나! 그런데 왜 더블바인드 대신 네놈이 연락을 받는 것이냐!

-뭐 그런 건 아무래도 좋지 않습니까?

내 말에 거미장군 밸리어트는 잠시 말이 없었다. 그러다 다시 차분해진 어투로 얘기해 온다.

-그렇군. 알겠다. 알겠어.

-뭘 말씀이십니까?

-실질적인 던전의 수괴는 네놈으로군. 사실 더블바인드는 네놈 끄나풀이었구나. 더블바인드를 이용해 나를 속인 뒤 이리 끌어들인 거로군. 함정까지 준비해서.

-너무 넘겨짚으시는군요. 장군. 근거가 부족합니다. 게다가 던전 로드와 장군께서 작당모의를 하실 때 저는 2-04던전에 부임도 하지

않은 상태였습니다.

−근거가 부족한 건 인정한다. 하지만 내 오랜 경험이 말해주는군. 이 모든 일의 배후가 네놈이라는 걸. 아니, 설령 그게 아니더라도 이 모든 건 네놈과 관련이 있겠지.

그는 나처럼 직감이 굉장히 좋은 타입인 걸까.

−어떻게 생각하시던 상관없습니다. 장군께서는 오늘 전투에서 패배하실 거니까요.

−뭐라? 크하하합! 내가 이끌고 온 병력이 얼마나 되는지 모르는 것이냐?

−대강 짐작은 합니다. 하지만 이미 대비가 끝난 상황입니다.

−그렇다면 어디 전력을 다해 보거라. 첫 수는 네놈이 이긴 걸 인정하겠다. 제법 아픈 곳에만 함정을 설치해 놨더군. 하지만 함정도 거의 소모한 지금은 두 번째 수까지 성공시키진 못할 것이다!

거기까지 말하고 거미장군 밸리어트와의 연락이 끊겼다. 사실 그의 말대로 함정은 거의 소진했다. 이제는 전투를 벌일 때였다.

"오토, 적이 다시 몰려오고 있어."

메이니의 말에 난 고개를 끄덕였다.

"알겠어. 더블바인드, 모두 싸움에 대비하게 해."

"네, 주군."

곧 던전 여기저기서 침입한 적을 맞아 싸움이 벌어졌다. 2-04던전은 세 개의 구역으로 나뉘어져 있다. 먼저 던전 하트와 보급 창고, 던전 로드의 집무실 등이 있는 중심부, 두 번째로 내부 방어선을 구축하고 있는 6, 7, 8, 9, 10룸. 세 번째로 외부 방어선을 구축하고 있는 1, 2, 3, 4, 5룸이다. 현재 싸움이 벌어진 곳은 외부 방어선인 1~5룸이다.

"나도 나가 싸우겠다."

던전 하트 옆에서 나랑 같이 있던 네리스가 답답한지 나선다. 3등급 즉, 영웅급인 그녀가 나서준다면 분명히 큰 도움이 되겠지. 하지만 나는 고개를 가로저었다.

"던전 코디네이터의 말에 의하면 지금 싸움을 걸어온 놈 중에 거미는 많지 않다고 하는군요. 아직은 기다려 주십시오."

"언제까지 기다리란 건가?"

"거미장군의 친위대가 나설 때입니다. 그때가 되면 스파이더 델버인 네리스 양께서 활약하실 수 있을 겁니다."

거미장군 밸리어트의 친위대는 최고로 흉악하고 강한 거미로만 이뤄져있는데 분명히 결정적인 순간에 나설 것이다. 그때를 위해 네리스를 아껴둬야 한다.

"좋아. 내가 필요할 때까지 대기하도록 하지. 그리고 이 전투로 고용 계약은 끝이야."

"또 그리 박정한 소리를 하십니다. 네리스 양. 저는 네리스 양이 무척 마음에 드는데 계속 함께 하시죠."

"너 말이야, 그런 능글맞은 대사를 아무렇지도 않게 하는군."

그리 네리스와 대화를 나누고 있는데 메이니가 새침한 목소리로 끼어든다.

"잠깐, 두 사람 다 지금 전투 중이란 걸 잊으셨나요? 잡담은 자제해 주세요."

약간 화난 목소리였다. 나는 미안하다는 손짓을 하고는 메이니에게 전투 상황을 보고 받았다. 전세가 급박해져갔다.

"오토, 룸3에 적의 공세가 집중되고 있어. 적의 정예병이 잔뜩 투입되었어."

"룸3이면 브라흐가 맡고 있는 곳이잖아? 그곳이 위험하단 거야?"

"그만큼 적이 많이 왔어."

룸3은 규모가 작은 편이다. 크기가 큰 룸1, 룸2 보다 전술적인 중요도도 떨어진다. 병력은 다른 룸에 좀 더 집중하고 그곳에는 영웅급 브라흐를 투입해 놨다. 적이 의외의 공격을 할 경우를 대비해 일당백인 그를 남긴 것이다. 그런데 적이 룸3으로 생각보다 많은 정예병을 돌격시켰다. 대비한 사람의 의표를 한 번 더 찌른 셈이었다. 아무래도 내가 직접 가는 게 좋겠다.

"메이니 룸3의 상황을 보여줄 수 있어?"

"잠시만."

메이니는 마법을 사용해 룸1의 상황을 실시간으로 보여줬다.

"난장판이네."

거미류는 별로 보이지 않고 대부분 동굴 드워프나 다크엘프, 미노타우르스 같은 지저에서 자주 볼 수 있는 종족들이었다. 적은 모두 정예병. 무장 상태도 충실하다. 게다가 브라흐에겐 적의 영웅급이 붙어서 마크 중이었다. 이래선 위험하다.

"나는 룸3으로 지원을 갈게. 무슨 일이 있으면 연락 줘, 메이니."

거기까지 말하고 섬광 뛰기로 룸3으로 이동했다.

번쩍.

빛이 작렬하고 순식간에 룸3에 도착했다. 그리고는 곧장 포효하며 눈앞의 적을 덮쳤다.

"크르르릉!"

갑자기 나타난 드래곤킨이 흉악하게 달려들자 격투 중이던 적군이 기겁을 하며 놀랐다.

"으아아아!"

"뭐야! 저 용은!"

원래 기습이란 효과가 좋다. 그런데 드래곤킨처럼 무시무시한 존재가 기습을 하면 그 효과는 배가 된다. 적은 정예병이라고 했으면서도 와르르 무너져 내렸다.

"증원을 불러!"

"모두 버텨라! 예비대가 올 것이다!"

내가 지원을 오는 바람에 룸3에 적병이 더 몰려오기 시작했다. 심지어 적의 영웅급이 하나 더 늘어나 내게 달라붙었다.

"나! 검은기둥 부족의 족장 카르카르웅이 너를 상대해 주마!"

덩치 좋은 동굴오거가 나섰다. 딱 봐도 범상치 않은 게 영웅급이었다. 아마도 부족의 전사들을 이끌고 용병업에 뛰어든 족장 같았다. 지하 세계에선 금화는 싸움터를 따라 굴러다닌다는 말이 있을 정도라, 돈을 위해 가족이나 부족, 마을이 통째로 용병업에 뛰어드는 일은 흔하다. 동굴오거라면 특히 그렇고.

"오냐! 네놈 목을 분질러 주마!"

나는 거칠게 외치며 부딪쳤지만 상황이 좋지 않음을 깨달았다. 이대로라면 나는 살아도 병사들이 문제였다. 결국 후퇴 명령을 내릴 수밖에 없었다.

"모두 물러나도록!"

룸3을 포기하더라도 병사들은 어떻게든 살려야했다. 그러자 녀석들은 제자리를 사수하겠다고 아우성이었다.

"싫습니다! 끝까지 싸우겠습니다!"

"후퇴는 치욕입니다!"

용병이지만 전사의 자부심을 가진 자들도 적지 않았다.

"그대들의 용기는 알겠으나 지금은 발을 뺄 때다!"

병력들은 재차 거절했으나 상황이 상황인지라 더는 선택의 여지가 없었다. 나는 그들이 물러날 시간을 벌어줘야 했다. 일단 드잡이질 중인 카르카르웅을 집어 던진 뒤 브라흐에게 소리쳤다.

"우리가 시간을 벌어야 하네!"

하지만 상황은 더 어려워졌다. 적이 계속 몰려든다. 아마 룸3이 위기란 사실을 알고 더욱 공세를 강화한 거겠지. 새로 당도한 자들은 주로 마법사들이었다. 그래서 더 상대하기 어려웠다. 마법사들은 적의 대열 뒤에 숨어서 마법을 날려대고 있었기 때문이었다. 섬광뛰기를 하려다가 눈앞의 카르카르웅을 자유롭게 놔두는 게 더 문제라 그러지도 못했다.

이대로는 후퇴도 쉽지 않을 것 같다. 브라흐와 나는 적의 영웅급에 발목이 잡혀 있었고. 카르카르웅은 방어 위주로 나오고 있어서 이상하게 애를 먹는 중이었다. 곧 쓰러뜨리겠지만 그 전에 아군의 피해가 커질 것 같았다.

위기였다.

이대로라면 아군 병력은 보존하지 못하고 나만 후퇴해야 할지도 몰랐다. 그 와중에 나는 카르카르웅과 그를 따르는 다른 동굴오거 무리에게 포위되기까지 했다.

"크하하하! 우리 부족이 자랑하는 전사들과 함께 널 도륙내 주마! 이놈을 조각내라!"

"네! 족장님!"

사방에서 덩치 좋은 동굴오거들이 달려들자 아주 죽을 맛이었다. 사람은 들지도 못할 큼직한 둔기를 마구 휘두른다.

"앗! 오토 경께서 포위되셨다! 모두 경을 구한다!"

엎친 데 덮친 격으로 물러나던 병력들까지 나를 구하겠다고 되돌아오기 시작했다.

아주 머리가 핑핑 도는 기분이었다.

그런데 그때 브라흐가 소리친다.

"고용주 님! 순간이동 허가를 부탁드립니다!"

뭐? 순간이동이라고?

기본적으로 던전에서 전투중 순간이동은 금지되어 있다. 만약 가능하다면 던전 방어 자체가 무의미해진다. 던전의 입구를 막아도 순간이동으로 넘어오면 다 무슨 소용이겠는가. 하지만 아군에겐 허가할 수 있었다. 그래서 브라흐가 그런 요청을 해온 것이다. 그런데 이걸 허가해도 되는 걸까? 갑자기 의심이 피어오르기 시작한다. 만약 함정이라면? 브라흐가 끌어들인 자들이 배신을 하면 그때는? 이렇게 중요한 순간에 브라흐를 믿고 순간이동 허가를 내려도 되는지 의문이었다. 게다가 메이니의 보고에 의하면 요 근래에 브라흐의 행동이 수상했다고 했지.

"고용주 님!"

다시 채근하는 브라흐. 고민할 시간이 없었다. 결국 나는 결정을 내렸다. 브라흐를 믿어서가 아니다. 내 힘을 믿기 때문이다. 그는 전사의 이름을 걸고 약속했다. 내가 자신보다 강한 한, 배신하지 않겠다고.

"좋다!"

나는 즉각 메이니를 불러 순간이동 허가를 내리도록 부탁했다. 그러자 곧 브라흐가 바닥에 수정 같은 걸 던졌다. 저게 무엇인지는 나도 안다. 순간이동 할 좌표를 지정해 주는 것이다.

우우우우웅!

곧 바닥에 마법진이 나타나기 시작했다. 그러자 적의 마법사들이 마법진을 방해하려 나섰다. 나는 즉각 섬광 뛰기를 사용해 그들 앞에 나타났다. 그리고 깜짝 놀라는 마법사들을 공격했다. 지금은 카르카르웅이 문제가 아니었다. 저 마법진에 기대를 걸기로 한 이상 마법사들이 방해하는 건 막아야했다.

"으아아아악!"

마법사들은 드래곤킨의 커다란 앞발에 맞고는 비명과 함께 나가 떨어진다. 그들의 멋들어진 로브는 피로 흠뻑 젖어 들어갔다.

"이놈!"

쿵쾅거리며 쫓아온 카르카르웅이 등 뒤에서 덮쳐왔지만 나는 다시 섬광 뛰기를 해 다른 마법사를 죽여 나갔다. 카르카르웅은 쫓아오고 나는 도망치며 마법사들을 죽이고, 계속 그런 식이었다. 그러던 중 브라흐가 외쳤다.

"고용주 님 됐습니다!"

내가 도움이 됐는지 마법진이 무사히 완성됐다. 그러자 차원 관문이 열렸고 안에서 덩치 큰 자들이 튀어나오기 시작했다. 나는 그들을 보고 깜짝 놀라지 않을 수 없었다.

"락샤샤들이잖아!"

놀랍게도 락샤샤들이 우르르 마법 관문에서 몰려나왔던 것이다. 그들은 포효를 터뜨리더니 예초기처럼 적병을 베어 넘긴다. 락샤샤들의 여섯 개나 되는 팔에는 모두 무기가 들려 있었다. 그 가공할 난도질에 적은 버틸 수가 없었다. 특히 기세등등하던 동굴오거들도 락샤샤 앞에선 속수무책이었다. 카르카르웅의 부족원들은 피를 뿌리며 쓰러져갔다. 전황이 삽시간에 바뀌어간다.

"저 빌어먹을 락샤샤들은 뭐야! 내 부족원들이!"

카르카르웅은 이 갑작스러운 상황에 당황에 어쩔 줄 몰라했다. 그가 그렇게 흔들릴 때를 놓칠 내가 아니었다. 곧장 달려들어 카르카르웅을 물어뜯었다.

"크아아악!"

나 때문에 한쪽 팔이 너덜너덜해지자 그는 비명을 질러댔다. 가뜩이나 상황이 안 좋은데 영웅급이 그런 모습을 보이자 적의 사기는 급속하게 무너졌다. 나는 반항하는 카르카르웅을 넘어뜨린 뒤 발로 어깨를 밟은 뒤 두 손으로 머리를 잡아당기기 시작했다.

"끄아아아! 놔! 놓으라고!"

반항하든 말든 나는 있는 힘껏 잡아당겼고 곧 부욱! 하는 천이 찢어지는 소리가 나며 놈의 머리가 뽑혔다. 딸려 나온 척추가 주렁주렁 흔들리고 있었다.

나는 그 머리를 적에게 보이며 소리쳤다.

"나 오토가 적장 카르카르옹을 쓰러뜨렸다!"

상황이 이렇게 되자 결국 정예라고 하던 적은 달아나기 시작했다. 락샤샤들은 그런 그들의 등판을 마구 베어 넘기고 있었다. 일방적인 싸움이었다. 자세히 보니까 락샤샤 중에 지팡이를 여러 개 든 자가 있었는데 아마 그가 마법 관문을 연 듯했다.

브라흐가 뭔가 하고 있던 게 이거였구나. 그런데 왜 말을 안 했을까? 어쩌면 내 믿음과 신뢰를 시험해 본 게 아니었을까? 아니면, 그의 성격으로 미뤄 짐작하건데 확실치 않으니 숨겼던 건지도 모른다. 정확한 건 얘기를 해봐야 알겠다.

어느새 상황은 거의 정리되어 가고 있었다. 자기 목숨 건사하기도 힘든 정예병들은 다친 동료를 모조리 버리고 갔다. 룸3의 병력들은 남은 자들을 모조리 찔러 죽이고 있었다.

"고용주 님."

브라흐가 내게 다가오더니 고개를 살짝 숙여 보인다.

"자네 마을의 전사들인가?"

"그렇습니다."

"괜찮으면 소개해 주지 않겠어?"

"물론입니다. 가장 먼저 이쪽은 하셀입니다. 저희 마을의 존경받는 마법사이지요."

하셀은 마법 관문을 열었던, 지팡이를 여러 개 든 락샤샤다. 그는 회색 갈기의 사자 얼굴을 한 품위 있는 자였다. 전투의 열기도 그를 흥분시키지 못했는지 차분한 얼굴로 내게 인사해 온다.

"마을의 괴질 건으로 크게 신세졌습니다. 그 은혜 다시 한 번 감사드립니다. 저는 하셀이라고 합니다."

"아까 보니 마법 관문을 훌륭하게 여시더군요."

"아직 많이 부족합니다."

겸손하고 믿을 만한 사내 같았다. 우리가 이렇게 대화를 하자 주위로 젊은 락샤샤들이 몰려든다. 그들은 기념으로 죽인 동굴 오거의 머리를 잘라들고 있었다.

브라흐는 그들을 가리키며 소개했다.

"이들은 모두 제 고향 마을의 젊은이들입니다. 다들 마을이 진 빚을 갚길 원합니다. 저희 마을은 가난해 그만한 금을 쉽게 마련할 수 없지만 용병업이라면 자신있습니다."

브라흐의 말에 나는 웃음을 참아야했다. 이들에게 빚을 지우고 고용하고자 했는데 내 의도대로 진행된 것이다.

"전력이 필요할 때 반가운 이야기로군."

그런데 물어봐야 할 부분이 있었다. 35만 밀을 되갚을 때까지만 봉사하냐는 점이다. 35만 밀은 큰 돈이지만 이처럼 많은 락샤샤를 고용한다면 오래지 않아 해결될 금액이었다. 나는 빚이 해결되고도 계속 고용이 가능한지를 물었다.

"가능합니다. 고용주님의 태도가 변하지 않는다면 말이죠."

"내 태도?"

"제가 마을의 전사들에게 이번 일을 부탁한 건 단순히 빚 때문만은 아니었습니다. 빚을 갚기 위해서라면 시간이 걸려도 다른 방법이 있었겠지요. 저는 궁핍한 마을의 젊은이에게 직업을 갖게 해주고 싶었습니다."

그렇지만 전장의 소모품이 아닌, 믿고 섬길 군주를 원한다고 했다.

"군주라고 하기에는 내 지위는 상당히 낮네만. 루테르 에머른에 이제 겨우 제국기사 작위를 가졌을 뿐이야."

"군주가 꼭 처음부터 군주일 필요 있겠습니까? 저는 고용주 님께서 충분히 영지를 다스리는 자가 될 거라 믿어 의심치 않습니다. 그간 저는 고용주 님을 지켜봐 왔습니다."

말은 안 해도 역시 속으로 이런저런 생각이 많았구나.

"저는 고용주 님께서 수하들을 대하는 모습에서 묘한 기분을 느꼈습니다. 분명히 사리에 맞긴 하나 마치 이곳의 사람 같지 않다는 느낌이랄까."

"그런가."

아무리 지저인이 다 됐다고 생각하고 있어도 내 사고의 근간은 민주주의 국가인 대한민국에서 왔으니까. 이들이 보기에는 좀 신기했겠지.

"저는 그런 부분에서 가치를 찾고 매력을 느꼈습니다. 고용주 님께선 드물게 공정하고 약속을 중시 여기시는 분이었습니다. 그래서 형제들에게 고용주 님을 추천했죠."

사실 대한민국에선 기본인 것도 여기선 대단한 경우가 많다. 특히 고용관계에서 그렇다. 내가 평범하게만 대해도 이들에겐 믿고 의지할 만한 고용주로 보일 수 있다는 거다.

"그리고 전사의 이름을 걸고 한 제 약속을 믿어주신 걸 보고 확신을 얻었습니다."

"수상한 행동을 한 뒤에 순간이동 요청을 했던 게 마지막 시험이었군."

"무례했던 점 사과드리겠습니다."

이제야 알겠네. 이 용의주도하고 과묵한 락샤샤가 메이니에게 뻔히 들키게 수상한 일을 했던 걸. 내가 경험이 많았다면 메이니에게 얘기를 듣는 순간 알아챘을 지도 모르겠다.

"대신 고용주 님께서는 저희 마을의 전사들을 부릴 수 있으시게 됐습니다. 자화자찬 같이 이런 말 하긴 그렇습니다만, 많은 던전의 군주들이 저희를 고용하고자 노력해 왔습니다. 그러나 모두 뜻을 이룰 수 없었습니다. 저희 마을의 전사를 고용할 수 있게 된 분은 고용주 님께서 유일하십니다."

그것 참 듣기 좋은 소리인데.

나는 이들의 뜻을 받아들이기로 했다.

"앞으로 나를 진심으로 섬기고 싶다면 충순하게 따르라."

"물론입니다. 고용주 님."

"일단 그 호칭부터 고치도록. 주군이다."

내 말에 브라흐는 그르렁 거리며 웃는다. 사자의 얼굴을 하고 있어 미소도 사나워 보인다.

그는 한쪽 무릎을 꿇더니 내게 고개를 숙였다.

"주군. 충순하게 받들겠습니다."

브라흐를 시작으로 주변에 있던 락샤샤들이 모두 무릎을 꿇으며
외친다.

"주군! 충순하게 받들겠습니다!"

"주군! 충순하게 받들겠습니다!"

이 모습에 지켜보던 던전의 병력들은 얼이 빠진 모양이었다. 락샤
샤는 강한 힘을 지닌 만큼 자존심도 무척 강해서 다루기 어렵다. 많
은 군주들이 그들을 원하고 있지만 실제로 고용한 사례는 드물다.
한데 내가 락샤샤 마을 하나와 통째로 고용 관계, 아니, 그걸 넘어 주
종관계를 만들었으니 놀랄 수밖에.

"내 약속하지. 지금은 이곳에 온 인원들 밖에 고용하지 못하겠지
만 너희 마을 모두에게 일감을 줄 수 있을 정도로 성공하겠다고."

"듣던 중 반가운 말씀이십니다. 마을에는 당장이라도 칼을 휘두
르고 싶어 몸이 근질근질한 전사들로 넘칩니다. 모두 오랜 시간 무
술을 배워 하나 같이 그 기예가 뛰어납니다."

이어진 브라흐의 말을 듣자니 마을이 내 생각보다 훨씬 큰 모양이
었다. 잘 된 일이로군.

"브라흐. 일단 전장을 정리하고 바리케이트를 새로 설치하도록.
거미장군의 부하들이 물러나긴 했지만 싸움은 아직 끝나지 않았어.
다시 몰려올 테니 전사들과 함께 룸3을 반드시 사수하게."

"명 받들겠습니다. 주군."

브라흐의 말에 뒤에 있던 락샤샤들이 다시 우렁차게 외친다.

"명 받들겠습니다! 주군!"

"명 받들겠습니다! 주군!"

맹수들이라 그런지 목청이 장난 아니었다. 귀가 쩌렁쩌렁 울린다. 실로 든든한 기분이었다. 나는 그들을 격려한 뒤 던전 하트가 있는 곳으로 돌아왔다. 와보니 이미 메이니를 통해 소식을 들은 듯 다들 축하의 말을 건네 왔다.

"락샤샤 같이 다루기 어려운 무리의 충성을 얻어내시다니 정말 대단하십니다."

"고맙네, 더블바인드."

보비와 메이니도 내게 밝게 웃으며 축하해 준다.

"주인님! 정말 주인님은 제일 멋있어요."

"오토! 정말 네가 자랑스러워."

나는 흡족하게 웃으며 던전 하트 주위의 병력들에게 소리쳤다.

"락샤샤들이 이 싸움을 위해 새롭게 합류했다. 그대들은 승리에 대해 더욱 자신을 가져도 좋다! 이 싸움, 우리가 이기는 흐름으로 가고 있으니!"

"와아아아아아아!"

병력들이 사기충천해서 소리를 질러댄다. 원래 이기고 있는 축구 시합을 볼 때는 흥에 겨운 법이다. 지금 상황은 2:0. 두 번의 수 싸움에서 난 모두 거미장군 밸리어트를 이겼다. 어디 이 잘나신 분께 한 번 연락이나 해볼까? 나는 더블바인드에게 받은 연락 도구를 이용해 거미장군 밸리어트와 접촉을 시도했다. 과연 자존심 강한 그가 내 연락을 받을 것인가?

-흥, 네놈도 한 수 정도는 있었군.

받았다.

자존심 때문에 받았어. 자존심이 강해 날 무시하고 싶겠지만 자존심 때문에 받아야 하는 이런 역설적인 상황이라니. 그는 짐짓 평정을 가정하고 있었으나 목소리가 살짝 떨리는 걸 완전히 감추지 못했다.

　　-장군께서 칭찬해 주시니 정말 몸 둘 바를 모르겠습니다.

　　-닥쳐라, 천한 네놈 따위를 칭찬한 적 없으니!

　　-그런데 이제 어쩌시겠습니까? 자신있게 보낸 정예병이 동료도 내버려둔 채 도망갔습니다. 이래서야 장군의 체면이 말이 아니지요. 몇이라도 참수해서 군기를 잡는 게 좋겠습니다.

　　-빌어먹을! 이 쓰레기 자식이!

　　내가 조언까지 하자 거미장군 밸리어트는 화를 참지 못하고 악을 써댔다.

　　-감히! 감히! 던전의 하급 장교 따위가 내게 그런 망발을 해!

　　-하하하, 장군의 위엄에 걸맞은 대접을 못해드려서 제가 다 죄송합니다. 하지만 휘하의 병력이 그리 꼬리를 말고 도망가면 저도 방법이 없다고 할까요.

　　-이노-옴! 그래! 네놈 같이 혓바닥만 매끄럽게 굴러가는 간신배 녀석이 황자 전하의 심기를 어지럽혀 온 거지. 맞다! 맞아! 내 오늘 너 같은 간신을 반드시 처단하겠다.

　　이 양반 너무 화가 나서 자기를 좌천시킨 무리를 나한테 대입하는 것 같다. 이거 영 억울한 일이 아닐 수 없군.

　　-처단을 하겠단 말씀은 일단 제가 있는 던전 하트 지역까지 뚫고 들어오신 뒤에 하시지요, 장군. 너무 멀리 계셔서 장군을 뵙기가 어

렵습니다.

　─거리를 떠도는 쓰레기답게 변죽을 울리는 건 타고났구나. 오냐, 내 곧장 갈 테니 기다리고 있거라!

　그 말을 끝으로 거미장군 밸리어트가 연락을 일방적으로 차단했다. 이 양반, 완전히 열 받았구나.

　성이 나면 판단력이 흐려지는 법. 하지만 내 그런 생각도 오래가지 못했다. 거미장군 밸리어트는 생각보다 훨씬 무서운 자였다. 갑자기 던전 바닥을 진동시키는 폭음이 터졌던 것이다. 올가가 즉각 상황을 알아챘다.

　"던전 아래쪽이야! 아래쪽에서 터졌어! 형님!"

　"뭐? 우리 쪽 폭약 함정이 잘못된 거야?"

　"아니, 소리를 들어보니 내부 방어선 쪽이야! 그쪽에는 폭탄이 설치되어 있지 않다고."

　"그럼 대체!"

　그때 창백한 표정으로 변한 메이니가 상황을 보고하기 시작했다.

　"모두에게 알립니다. 룸6, 룸7, 룸8, 룸9, 룸10. 공격받고 있습니다. 다시 한 번 반복합니다. 룸6, 룸7, 룸8, 룸9, 룸10. 모두 공격받고 있습니다!"

　"뭐라고! 대체 그놈들이 갑자기 어디서 튀어나온 건데! 외부 방어선은 멀쩡하다고!"

　연이은 승리 덕에 적은 외부 방어선도 뚫지 못하고 있었다. 그런데 갑자기 내부 방어선인 룸6~룸10이 공격받고 있다고 한다. 그곳만 뚫리면 바로 던전 하트다.

대체 이게 어떻게 된 걸까.

"룸 바닥을 뚫고 기어 나오고 있어."

땅 밑으로 파고 왔다는 소리다. 당연한 이야기지만 지하 세계의 던전이 단층일거라고 생각하면 큰 오해다. 가장 큰 던전은 10층도 넘는 구조로 되어 있었다. 하지만, 적어도 2-04던전은 아니었다. 중소형 던전이라 단층 구조다. 하지만 그래도 밑이나 위쪽으로 외부 방어선을 넘어 토굴해 올 것에는 대비가 충분히 되어 있었다.

던전 코디네이터가 정기적으로 던전 주위를 스캔한다. 그리고 그런 식으로 땅을 파면 소음과 진동이 발생해 모를 수가 없다. 그런데, 아무런 전조도 없이 적이 갑자기 룸6~10으로 튀어나왔다고?

"그럴 수가 있나! 너는 그동안 뭐한 건데!"

흥분으로 메이니에게 고성을 내고 말았다.

"모, 모르겠어. 나도 믿을 수가 없어. 적의 새로운 능력인 것 같아. 모종의 방법으로 소음을 감추고 스캔을 피한 채 굴착을 해온 게 틀림없어."

그녀는 절망적인 표정이었다.

"그렇다면, 우리가 생각한 것보다 훨씬 전부터 땅 밑을 파고 있었던 것 같아."

암담한 결론이었다. 명불허전이라 이건가. 더블바인드의 호응과 상관없이 예전부터 이 2-04던전을 향해 몰래 굴착을 해왔다. 어떻게든 이 전투에 승리하겠다는 의지가 느껴졌다.

황자를 향한 충심이 그렇게 큰 건가. 하지만 그런 장군을 버린 건 황자다. 장군, 진실과 마주했을 때 어떤 표정을 짓는지 제가 지켜보겠습니다.

"룸1, 룸2, 룸4의 병력 전원은 내부 방어선을 지원하도록 하고! 던전 하트의 병력은 내부 방어선으로 이어지는 통로를 막아라!"

급한 상황이라 내가 지휘권을 잡았다. 더는 더블바인드를 통해서 명령을 내릴 경황이 없었다. 그런데 아무도 토를 다는 이가 없었다. 행동을 조심했다지만 모두 은연중에 느끼고 있던 거겠지. 진정한 던전의 주인이 나라는 것을.

"알겠어."

메이니가 내 명을 즉각 전달했지만 상황은 좋지 않았다. 적병의 수가 많아, 외부 방어선의 병력이 내부 방어선을 지원하는데 어려움을 겪고 있었다.

던전 방어의 묘미는 통로에서 적은 수로 다수를 막아내는 건데, 이걸 지금 적이 하고 있었다.

"오토! 외부 방어선에서 내부 방어선으로 이어지는 복도를 거대 거미들이 지키고 있어."

"거대 거미라면 거미장군의 친위대?"

"그런 거 같아. 끈적이는 거미줄을 쏘아내서 아군이 상대하기 힘들어 하고 있어. 횟불로 거미줄을 태우곤 있지만 무척 불리해."

상황이 이렇게 됐다면 믿고 의지할 사람이 하나 있다.

"네리스 양."

"이제야 겨우 내 차례로군. 맡겨두라고."

일단 그 전에 내릴 명령이 하나 더 있었다. 나는 판세가 뒤집어질 것 같다는 생각에 아주 과감한 결단을 내렸다. 내부 방어선을 과감하게 포기해 버린 것이다.

"룸6, 룸7, 룸8, 룸9, 룸10의 병력 전원은 던전 하트가 있는 중심부로 후퇴한다. 다시 한 번 전달한다. 룸6, 룸7, 룸8, 룸9, 룸10의 병력은 중앙부로 후퇴하라. 각자 맡은 방은 포기한다. 각 룸장은 최대한 휘하의 병력을 살려 중앙으로 집결하라. 그리고 외부 방어선의인원은 계속 공세를 유지하라."

내부 방어선 인원을 살리려 내린 특단이었다. 안 봐도 개싸움이되어 있을 거다. 그런 상황에서 외부 방어선보다 전투력이 떨어지는그들이 제대로 버틸 리가 없다. 차라리 던전 중심부에 뭉쳐서 힘을발휘하는 게 낫다. 이대로라면 룸마다 각개격파 당하고 말 거다.

"아군이 후퇴를 시작했어!"

"메이니! 외부 방어선의 인원에게 무리를 해서라도 한동안 공세를 강화하라고 전해! 아군이 후퇴할 여유를 벌어야 한다!"

"응!"

"더블바인드!"

"하명하십시오."

"인원을 이끌고 가서 후퇴가 더딘 룸7의 병력을 지원해."

"명 받들겠습니다."

더블바인딩이란 무서운 능력을 갖추고 있으니 반드시 큰 도움이될 것이다.

"보비!"

"네! 주인님!"

"여기 올가를 지켜라. 반드시 지켜줘야 한다."

"알겠습니다!"

올가는 전에 사준 나팔총을 들고 덜덜 떨고 있었다. 그래도 보비가 딱 옆에 붙자 표정이 좀 나아졌다. 둘이 친해진 후로 올가는 누나인 보비에게 의지하고 있는 듯했다.

"메이니! 상황을 통제하고 있어!"

"오토! 어디 가게!"

"룸6를 지원해야돼."

더블바인드가 간 룸7보다 룸6이 가장 문제였다. 퇴각에 가장 큰 어려움을 겪고 있기 때문이었다.

"위험해!"

"괜찮아. 걸출한 영웅이 함께할 거니까."

어느새 자신의 쌍검을 빼든 그녀가 고개를 끄덕인다. 나는 네리스의 어깨 위에 손을 얹은 채 그대로 룸6로 섬광 뛰기를 했다. 이미 룸6에는 가본 적이 있고, 좌표도 심어놨다. 한 명 정도 데리고 섬광 뛰기를 하긴 무리가 없었다.

번쩍!

내가 이동해 온 곳은 룸6의 가장 거대한 방. 안에는 수십 마리의 거미가 바글바글하고 있었는데, 방구석에 커다란 구멍이 아래쪽으로 나 있었다. 흔적을 보니 굴착해 오다가 마지막에 발파한 듯 방 안쪽으로 요란한 흔적이 보였다. 그리고 지금도 거미류의 적이 계속 기어 나오고 있었다.

와그작!

방에 오자마자 눈앞에 있던 거미 인간을 물어뜯어 죽였다. 이미 본 적이 있는 곱사등에 네 개의 거미 다리가 달린 녀석이다. 깨물린 녀석은 감전된 것처럼 움찔! 하더니 그대로 축 늘어진다. 그제야 내가 나타난 걸 알아챈 주위의 거미 떼가 일제히 달려들기 시작했다. 이를 피해 벽면으로 섬광 뛰기. 그 뒤에 그로스메서를 뽑아들었다. 갑자기 거구의 내가 사라지자 모두 어리둥절해했다. 이런 바람직한 표적들이 있나. 공격해 달라고 애원하는 꼴이다.

"쿠르릉!"

용이 되니 기합성도 달라졌다. 이전과는 비교도 할 수 없이 강해진 블러디 웨이브를 앞으로 쏘아낸다. 일시에 십여 마리의 거미가 껍질이 터지며 제자리에서 주저앉았다. 그야말로 녹아버린다고 할 정도의 공격이었다. 힘겹게 버티고 있던 룸6의 병력이 날 보더니 반색한다. 드디어 연습할 걸 발휘할 때다. 지하세계는 잔인하고 험악하지만 동시에 고풍스러운 곳이다.

지휘관이라면 옛 서사시의 영웅 같은 말투를 쓰며 거창하게 말할 필요가 있었다. 그걸 위해 미리 연습하기도 했고. 게다가 그런 말투는 드래곤킨의 육체와 매우 잘 어울렸다.

"그대들은 용기를 잃지 말고 응전하라!"

"와아아아!"

생각보다 아주 잘 먹혔다. 특히 네리스가 본격적으로 활약하자 병력들의 사기가 오르기 시작했다. 거미를 상대하는 전문직을 가진 그는 난생 처음 보는 솜씨를 선보였다.

화르륵!

그녀의 쌍검이 파란 불길로 타오르더니 사방에 쳐진 거미줄을 무서운 속도로 잘라내기 시작했다. 마치 아름다운 검무를 추는 것 같은 움직임이었다. 애를 먹이던 거미줄에서 벗어나자 룸6의 병력들도 반색을 했다. 그녀의 능력은 정말 거미줄을 무용지물로 만들고 있었다.

"가자! 이 재수 없는 거미 떼를 치우자고!"

"중앙으로 가면 살 수 있어! 던전 하트로 가서 이곳 입구를 막아 버리자!"

네리스의 능력은 그걸로 그치지 않았다. 거미 독에 당해 쓰러진 자들을 단번에 해독하기 시작한 것이다. 처음에 그녀가 파란 화염을 아군에게 쏘아내자 당황한 비명이 사방에서 터졌는데, 신기하게도 그녀의 파란 화염은 아군에 어떤 피해도 주지 않았다. 오히려 거미 독에 당해 마비된 자들을 일으켰다.

"모두 용기를 가지라! 그대들이 모두 퇴각할 때까지 본관이 함께 할 것이니!"

스파이더 델버인 네리스의 출현에 지휘관인 내가 마지막까지 함께하겠다고 하자, 아군의 힘을 내기 시작했다.

"와아아아아! 가자!"

그 사이 나는 피에 젖은 그로스메서에 마력을 불어넣기 시작했다. 그러자 피에 젖은 그로스메서가 평소와는 다른 은은한 빛으로 타오르기 시작한다.

우우우웅!

칼날이 진동한다. 피에 젖은 그로스메서는 내 피와 마력을 머금고 두 단계 위인 하미센 급으로 파워 업 한 것이다.

이제 거칠 것이 없었다.

"감히 거미가 용을 막는 수 있는가!"

오른손에는 그로스메서를 쥐고 왼손은 발톱을 이용해 사방을 공격했다. 체액과 부서진 외피가 사방을 터져나갔다. 통나무 같은 내 다리로 걷어차자, 커다란 거대 거미의 배가 풍선처럼 터져나갔다. 알을 배고 있었는지 하얀 덩어리들이 우르르- 쏟아져 내렸다.

얼굴에 튄 거미의 체액에는 독이 들어 있었으나 상관하지 않았다. 이 몸은 독성에 면역을 가지고 있다. 이런 하잘것없는 거미 독 따위야 내게 해를 주지 못한다. 오히려 혀를 내밀어 입가에 묻은 거미 체액을 핥아 보았다.

제법 쓴맛이 아닌가. 잘 던진 만평처럼.

"거미는 밟고 으깰 뿐이다!"

땅 밑 공용어로 외치는 내 폭언에 적이 몸을 떨며 두려움에 빠졌다. 이 거미들은 겉모습으로 판단하면 안 된다. 지능이 있고 의사소통이 가능한 부류다. 괜히 거미장군 밸리어트의 친위대 역할을 수행하는 게 아니다. 물론 쉭쉭- 대기만 해서 영 알아듣기 어려웠지만.

스윽! 슥! 슥! 서걱!

네리스가 무서울 정도로 적을 쓰러뜨리고 있었다. 그녀의 쌍검은 가히 달인의 경지였다. 거대 거미들은 도무지 버티질 못하고 조각나고 있었다.

이런, 머뭇거리다가는 네리스에게 지겠다. 이쪽도 힘을 내야지.

푸욱!

내 왼손이 거대 거미의 머리를 그대로 관통해 들어갔다.

"크르르릉!"

그대로 거미의 몸체를 들어 올려 앞에 있는 녀석들을 내리찍었다. 해머처럼 말이다. 다만 그 해머가 나보다 덩치가 크다는 게 엽기적이었지만.

픽! 퍼억! 쫘지직!

체액이 튀며 긴 다리가 수수깡처럼 부서져 나갔다. 바닥에 부서진 거미 다리들이 지저분하게 어질러져 있었다. 거미의 배가 터지고 사방에 거미줄이 흩어진다. 이 잔인하고, 조금의 인정도 없는 공격은 손에 꿰뚫어 들었던 생체 해머가 다 터져 사라질 때까지 계속되었다.

"크르르르릉! 쿠어어엉!"

더는 적을 찾을 수 없어 포효했고, 남은 거미들은 더욱 움츠러들었다. 그때 이쪽에서 활동하고 있는 적의 수괴가 나타났다. 던전 하트로 통하는 입구를 공략하다가 황급히 달려온 모양이다.

"크그그그그- 이 도마뱀 놈이!"

나타난 자는 매우 특이한 모습이었다. 근육질의 거한인데, 얼굴은 거미고, 털 난 사람 팔이 여섯 개 달려있었다. 그 손이 어찌나 억세 보이던지, 눈앞에 뭐든 찢어 죽일 것 같은 생김새였다. 실제로 녀석의 솥뚜껑 같은 손은 피투성이다.

나는 오른손에 쥔 피에 젖은 그로스메서를 고쳐 잡고 있는 힘껏 마력을 주입하기 시작했다.

우우우우웅!

그러자 드래곤 하트가 맹렬하게 요동치기 시작했다. 일반적인 드래곤에는 못 미치지만 드래곤킨의 가슴에도 마력을 머금은 드래곤 하트가 자리잡고 있다. 그래서 지금처럼 마력을 끌어다 쓸 때는 무척이나 도움이 됐다. 타르나이가 마법의 종사라면 용족은 마력의 폭발이라 할 수 있었다.

"오라!"

내 말에 여섯 개의 팔을 가진 덩치 큰 거미 인간이 들소처럼 뛰어 들어 왔다. 그놈의 키는 나보다도 컸다. 하지만 나는 일말의 두려움도 느끼지 않았다. 드래곤킨의 힘을 누구보다 잘 알고 있었기 때문이었다.

"용의 분노를 느끼라!"

적의 정수리를 향해 검을 힘껏 내리그었다.

부우우욱!

내 칼은 단번에 거인의 몸을 두 동강으로 가른 뒤 석재로 된 땅바닥을 때리며 불꽃을 튀겼다. 단 일격이었다. 녀석은 비명도 지르지 못하고 양분되어 땅에 쓰러졌다. 그런데 그 순간이었다.

파직- 카앙!

견딜 수 없을 정도로 마력을 받은 피에 젖은 그로스메서에 금이 가더니 결국 검신이 깨져나갔다. 이 덩치를 일격에 가르기 위해 무리하게 운용했던 탓이다. 조금 아깝긴 했으나 미련 없이 손잡이만 남은 그로스메서를 내던졌다. 이후 나는 주먹을 휘둘러, 구멍에서 기어 나오는 거미들을 때려 부쉈다. 덩치 큰 거미들이 비명을 지르며 밀려나더니 구덩이 아래로 우수수 떨어져 내렸다.

끼에에엑!

굴 아래쪽에서 애처롭기 짝이 없는 비명이 올라오고 있었다. 이걸로 룸의 인원을 후퇴시킬 여유가 생겼다.

"부상자를 수습한 뒤 후퇴한다! 던전 하트가 있는 방으로 신속히 이동하겠다!"

위기의 순간 극적으로 나타나 전세를 반전시킨 나와 네리스를 보고 병사들이 열렬한 환호를 보내온다. 그건 분명 기분 좋은 일이긴 했으나 서두르는 게 좋았다. 나는 남아있는 장교들에게 병력을 인솔하라고 명했다.

"오토 경. 이 지역은 위험하니 어서 가시지요."

"아닐세. 처음에 약속한 대로 가장 나중에 빠져나가야지. 모두의 안전을 확보하는 게 우선이다."

당연한 사안이라 그리 얘기했는데 내게 말을 걸었던 장교가 감동한 표정이 된다. 그는 갑자기 눈물을 글썽이더니 군례를 올려왔다.

"정말 오토 경께서는 군인의 표상이십니다!"

그렇게 군례를 올리고 장교가 떠나자 나는 좀 민망한 기분이 됐다. 그저 필요한 일이라 했을 뿐인데 저건 좀 오버하는 거 아닌가.

옆을 보니 네리스가 나를 물끄러미 쳐다보고 있다.

"왜 그러십니까? 네리스 양."

"아니, 뭐랄까. 좀 다시 봤다고 할까. 너도 의외로 괜찮은 구석이 있네."

"그 전엔 어떻게 보셨는데요?"

"글쎄, 욕을 하지 않겠다고 약속하면 들려주고."

"됐습니다."

이 여자 정말 사람 성질 긁는 데는 재주가 있구나. 그래도 뛰어난 활약을 해줬으니 넘어가자. 이번에 네리스를 고용한 건 정말 탁월했다. 만약 그녀가 거미줄을 효과적으로 제거해 주지 않았다면 거대 거미와의 싸움은 어려웠을 거다.

"거미를 상대하는데 다양한 재주가 있으시더군요, 네리스 양."

"거미를 쓰러뜨리는 데 바친 인생이니까."

"뭔가 이유라도 있으십니까? 거미를 그렇게 싫어하시는데?"

"사연이야 있을 수도 있겠지."

무언가를 떠올리는 듯한 말투였다. 그녀는 더 말하고 싶지 않은 것 같았으나, 들어봐야 한다. 네리스의 감정적인 문제가 이 싸움에 영향을 끼칠 수 있었기 때문이었다. 그런 점을 말하자 네리스는 한숨을 내쉰다.

"어쩔 수 없지."

그녀는 나와 함께 복도를 걸으며 담담하게 얘기를 시작했다.

"내 사연은 길고 재미도 없어서 음유시인들이 들으면 싫어할 텐데."

"저는 관심 있게 듣겠습니다. 네리스 양."

"지랄."

"그놈의 지랄이란 말버릇 좀 고치면 안 되겠습니까?"

"거절한다. 상대를 기분 나쁘게 하는데 탁월한 것을 그만둘 이유가 없다."

"그거 성격 나쁜 거 아닙니까?"

"내가 성격 나쁜 걸 이제 알았나?"

"와…."

내가 입을 살짝 벌리고 쳐다보자 네리스의 눈가가 호선을 그린다. 그녀는 철제 마스크를 써서 입이 안 보였지만 드물게 눈웃음 짓는 걸 볼 수 있었다.

"그래, 성격이 나빠서 쫓겨난 걸지도 모르지. 내가 원래 있던 구사 가문은 매우 크고 강한 가문이다."

그녀의 말에 따르면 다크엘프 번국에는 여러 명가가 있는데 그 중 구사 가문은 훌륭한 검객을 배출하는 걸로 유명하다고 했다. 네리스도 어린 시절부터 가문의 절예를 익혀왔다고. 그녀는 지금도 가문을 증오하지만 그때 배운 쌍검술만큼은 좋아한다고 했다.

"그런데 머리가 굵어지면서 보이지 않던 게 보이기 시작했지. 철없던 시절보다 눈에 보이는 세계가 넓어지자 나로서는 이해할 수 없는 일이 많았어. 예를 들면 이런 것. 다친 노예를 왜 치료해 주지 않고 죽여 버릴까? 어째서 일 거 같아?"

예전이라면 답을 몰랐겠지만 지하살이를 오래한 지금의 나는 답을 안다.

"노예의 값보다 치료비가 비싸서 그렇겠지요?"

내 말에 네리스는 대번에 인상을 찌푸린다. 그러면서도 고개를 끄덕였다.

"나는 그런 걸 이해하기 어려웠지. 노예의 생명도 소중하다고 말하면 너도 날 비웃을 텐가?"

"아닙니다. 그럴 리가요."

"……그렇다면 고맙군. 아무튼 그런 일은 작은 사례에 불과했어.

나는 소위 말하는 '선하다'란 성품을 갖고 있었거든. 일종의 불량품 같은 거지. 모두의 환멸을 받는…."

아픔이 가득 담긴 목소리였다. 아이러니다. 비정상인 세계에선 정상적인 그녀가 비정상이라니. 아니, 뭐가 비정상이고 뭐가 정상일까?

"나는 이해받지 못했고 점점 주변과 충돌하는 일이 잦아졌다. 그리고 동년배 그룹에서 따돌림을 당하기 시작했지. 그래도 어느 정도의 선은 지켰어. 그게 내 마음을 괴롭혀도 가문에서 살아가기 위해서 어찌해야 하는지는 알고 있었으니까."

그런데 문제가 생겼다고 했다.

"나랑 친하게 지내고 있는 작은 타르나이 소녀가 있었는데, 어떻게 친해졌는지는 잘 기억이 나지 않아. 나는 왜 가문에 타르나이 소녀가 있는지 알 수 없었지. 다만 그 귀여운 소녀가 큰 위안이 되어줬던 건 사실이다."

"그런데 어느날 진실을 알아버렸군요?"

그 아이가 왜 가문에 있었는지.

"그래. 그 어리고 순진한 소녀는 납치된 아이였다. 소아성애자인 다크엘프 귀족의 노리개였지. 그리고 나는 이 일이 가문의 대모 중 하나와 관련된 걸 알아냈다."

"그래서 참지 못했던 겁니까?"

"아니, 그때조차 나는 용기를 내지 못했다. 지금 내 인생에서 가장 후회하는 일이지. 그때 막았어야 했는데. 어떻게든. 나는 그날을 도저히 잊을 수 없어…."

네리스의 말에서 지독한 자기혐오가 느껴졌다.

"나날이 약해지고 수척해지는 그 아이가 어느 날 내게 꽃을 하나 건네더군. 이게 마지막일 것 같다면서. 무슨 얘기냐고 했지만 대답하지 않았어. 그리고 그날 밤 사고가 터졌지."

그 타르나이 소녀가 결국 자신을 능욕하던 다크엘프를 찔러 죽여버린 것이다.

"작은 나이프였다. 하지만 목을 제대로 찔렀지. 희생자는 왕실의 인물 중 하나였다고 해. 당연히 난리가 났다. 가문이 위기에 빠지게 된 거지. 성난 대모는 휘하의 무사들로 하여금 그 아이를 윤간해 죽이게 했다. 뒤늦게 소식을 듣고 도착했을 때는⋯ 아⋯⋯. 침대 위에 비참하게 죽어 있던 작은⋯⋯."

네리스는 더 말을 잇지 못했다. 나는 같이 격분하기 보다는 한숨이 먼저 나왔다.

"지저에선 흔한 일입니다. 보호 받지 못하는 소녀의 삶은 가혹하죠."

"하지만 난 그런 흔한 일을 견딜 수 없었다. 그래서 그날 밤 대모의 침실로 찾아갔다. 시녀복을 갖춰 입고서 말이야. 그리고 내가 차를 내온 줄 안 그녀의 입에 나이프를 박아줬다. 그 추잡한 입에서 나온 명령이 작은 아이를 끌고 오게 했겠지. 나는 아이가 당했던 끔찍함을 그녀에게도 가르쳐 주고 싶어서 몇 번이고 찔러 넣었다. 너도 견딜 수 없는 게 박혀 들어오는 고통을 당해 보라고."

"대모도 그 아이처럼 침대에서 피투성이가 되어 죽었겠군요?"

"그래. 그 뒤로 난 구사 가문에게 쫓기게 됐다. 그리고 그런 날 구해준 분이 스승님이야. 에룩이란 존함이셨지."

당시에 네리스는 또 한 가지 안 좋은 일을 겪었다고 했다. 그 때문에 몸에 이상이 나타나고 있었다고. 그게 뭐냐고 묻자 그 부분만은 대답하는 걸 완강히 거부했다.

　"아무튼 나는 극도로 몰려있었다. 가문의 척살대는 쫓아오지, 몸은 이상해져가고 있지, 당장 목을 메달아도 이상하지 않았다."

　"스승님이 구원이 되어준 거군요?"

　"맞다. 스승님이 아니었으면 난 진작 죽었겠지. 스파이더 델버의 기술도 그분께 배운 거고. 스승님만이 내 버팀목이었지. 내겐 부모 같은 분이라고 할 수 있다. 그 분 곁에서 나는 다시 태어났으니까. 지금의 내가 나로 있을 수 있는 건 순전히 스승님 덕분이다."

　"그런데 거미장군이 그분을 죽인 건가요?"

　네리스는 고개를 끄덕였다.

　"그렇다면 원한이 깊을 법도 하시군요."

　"단순히 그것만은 아냐."

　"또 뭔가 있습니까?"

　네리스는 대모를 죽이고 도망칠 때 그녀의 장부도 훔쳤다고 한다. 누구와 인신매매를 했는지 알아보기 위해서.

　"온갖 추잡한 인물들이 많았다. 나는 스승님이 돌아가신 뒤 방랑하는 동안 그런 자들을 처단해 왔지."

　"설마? 다크엘프 연쇄살인마가 당신입니까?"

　"뭐? 그게 무슨?"

　전에 죠니아 백작부인과 시장 바닥에 도는 이야기를 하면서 소아성애자만 처단하는 다크엘프 연쇄살인마에 관해 들은 적이 있었다. 내가 그 얘기를 해주자 네리스는 그런 건 아무래도 상관없다고 했다.

"연쇄살인마라고 불려도 신경 쓰지 않는다. 죽어 마땅한 놈을 베어버릴 수 있다면. 지하는 머리 위가 덮여 있어서 그런지 하늘도 나쁜 놈들을 벌하지 못하는 것 같다. 그러니 나라도 나서야겠지…."

그런데 네리스는 장부에서 뜻밖의 이름을 발견했다고 했다.

"거기에 거미장군 밸리어트의 이름이 적혀 있었다. 대모에게 그 어리고 가엾은 타르나이 소녀를 팔아버린 게 그 거미장군이었던 거지."

빠득.

분을 참지 못하고 이를 가는 소리가 났다.

"그 작은 소녀의 원한과 스승님의 원수를 갚기 위해서 나는 반드시 거미장군을 죽여야 한다. 내 삶에서 유일하게 위안이 되어줬던 존재가 그 소녀와 스승님이다. 그런데 거미장군은 그 소중한 것들을 모두 악몽으로 바꿔버렸다."

"…유감이군요."

"지금도 그들의 꿈을 꿔, 악몽이지. 그리고 이 꿈은 언제까지 계속되고 있다."

네리스는 멈춰서더니 날 보며 강하게 말한다.

"내게 기회를 줘. 억울하게 죽은 둘의 영혼을 위해 거미장군의 피를 바칠 테니까."

우리는 다시 던전 하트가 있는 곳으로 돌아왔다. 아군은 싸움에서 결정적인 활약을 한 우리를 보고 환호를 터뜨렸다.

　"와아아아아아아!"

　오늘 아주 개선장군이 여러 번 되는구나. 이제는 익숙해져서 그냥 기계적으로 손을 흔들어주고 있는데 옆에 있는 네리스는 떨떠름한, 아니, 뭔가 어색하고 표정 관리가 안 되는 느낌이었다. 철가면으로 얼굴 반을 가리고 있어서 정확히 알 수 없었지만.

　"네리스! 네리스! 네리스!"

　네리스의 도움으로 구원 받은 병력들이 그녀를 둘러싸고 소리를 질러대고 있었다.

　"아, 아니! 이럴 필요는!"

　반면 네리스는 당황해서 쩔쩔매는 모습이었다.

　"그냥 난 할 일을 한 것뿐이다. 이런 필요 없는…."

　결국 네리스는 날 보더니 도와달라는 눈빛을 보낸다. 흠, 이럴 때 순순히 들어주면 내가 아니지.

　나는 병력들에게 명했다.

　"우리의 영웅을 헹가래도 쳐드려라!"

　"뭐? 뭐!"

　당황한 네리스가 뭐라고 하려는 순간 병력들이 그녀를 붙잡아 머리 위로 던졌다.

　"무례한 놈들! 숙녀를 이렇게 마구 던지다니! 으앗!"

그러면서 네리스는 나를 원망의 시선으로 쳐다본다. 하지만 가볍게 무시해버리고는 메이니와 전황에 대해 얘기했다.

"어찌됐어?"

"내부 방어선의 인원은 대부분 철수에 성공했어. 현재 적의 주력은 룸7, 8을 점거하고 모여있어. 거미장군은 룸7에 자리를 잡고 있고."

메이니가 던전의 단면도를 보여주며 설명해 줬는데 상황이 재밌게 됐다. 갑자기 내부 방어선으로 나타난 적의 공격은 아군을 크게 흔들었으나, 이제는 그들이 아군의 품안에 포위된 형국이 된 것이다. 외부 방어선의 병력과 지금 던전 하트 주위로 집결한 병력을 모아 앞뒤로 룸7, 8의 적을 칠 수 있게 됐다.

"남은 적의 수는?"

"103명이야. 아군은 71명. 이제 별로 차이도 나지 않아."

이제 다음 싸움이 이 방어전의 마지막이겠구면. 드디어 거미장군 밸리어트와 직접 붙을 것 같군.

"더블바인드."

"네, 주군."

"최소한의 인원만 던전 하트를 지키게 하고 나머지 병력은 공격 준비를 시키게. 이번에는 우리가 쳐들어간다. 외부 방어선도 각 룸을 지킬 최소 인원만 남기고 룸7, 룸8을 공격할 준비를 하라고 해. 그리고 자네는 따로 해줄 일이 있네."

"알겠습니다, 주군."

그렇게 준비가 진행되던 때 다시 연락도구가 울린다. 안 그래도 곧 만날 텐데 성격이 급하구먼, 이 양반.

　-또 연락 주시니 황송합니다, 장군.

　-쓸데없는 소리는 됐다. 지금 내가 어디 있는지 알겠지? 만나서 결판을 짓도록 하자. 너와 나 단 둘이 싸워서 끝을 보자는 말이다. 만약 네놈이 이긴다면 우리 군은 모두 던전에서 물러날 것을 약속하겠다.

　-만약 장군이 이긴다면요?

　-네놈의 수하 모두가 명예로운 후퇴를 하는 걸 허락하지. 단, 네놈만은 절대 살아나갈 수 없다.

　-뭐, 그런 조건은 아무래도 좋습니다. 어차피 제가 이길 테니까요.

　-건방 떠는 버릇은 못 고치나 보군.

　-타고난 천성이 이런데 어쩌겠습니까? 그리고 장군, 3:0입니다. 3:0. 이미 역전골 넣기에는 늦은 거 아닙니까?

　-알 수 없는 소리를 하는군. 역전골?

　-뭐, 그런 게 있습니다. 아무튼 지금 가겠습니다. 제행무상諸行無常. 인생이 덧없음을 장군에게 알려드리도록 하죠.

　연락을 끊으면서 품에 갖고 있는 두루마리 하나를 쓰다듬었다. 정말 일이 재밌게 되려는 것 같군.

　나는 출발하기 전에 오르한을 불렀다.

　"어르신, 해주셔야 할 일이 있습니다. 무척 위험한 일인데 괜찮으시겠습니까?"

　"으하하핫! 긴 세월 동안 자네는 상상도 못 할 위험을 헤쳐 온 날

세. 늙은 나이에는 투기장의 시합에서도 살아남아왔지. 무엇을 시키든 나는 두려움 없이 임할 걸세."

"과연, 호탕하셔서 좋습니다. 이 일을 잘 해결해 주시면 따로 보너스를 지급하겠습니다. 혼자 할 수 없는 일이니 드워프 공병을 필요한 만큼 데려가십시오."

나는 비밀리에 그가 할 일을 알려줬다.

"일단 굴 안으로 들어가면 던전 코디네이터의 안내도 받아야 할 겁니다. 던전 코디네이터는 굴 안 어디에 적이 도사리고 있는지 확인해 줄 수 있습니다."

던전 코디네이터만이 아니다. 더블바인드가 그들의 안전을 지키기 위해 함께할 것이다.

"어찌 던전 로드가 직접."

"그 정도로 이 일이 중요합니다."

"알겠네, 내 반드시 성공시키지."

"감사합니다, 어르신."

그렇게 오르한에게 모종의 임무를 부탁한 나는 아군을 이끌고 위풍당당하게 룸7로 향했다.

복도에 숨어있던 적의 정찰병들이 몰려가는 우리를 보고는 부리나케 도망갔다. 그러거나 말거나 우리는 거침없이 나아갔다.

룸7로 가자 무대는 이미 마련되어 있었다. 가장 넓은 방 한 가운데 거미장군 밸리어트가 자리 잡고 있었던 것이다.

저게 거미장군 밸리어트인가.

거미의 하반신과 사람의 상반신을 가진 기괴한 모습이다.

"음?"

그런데 내 뒤쪽에서 무시무시한 살기가 느껴졌다. 놀라서 돌아보니 살기의 정체는 네리스였다. 그녀는 무시무시한 눈빛으로 거미장군 밸리어트를 쏘아보고 있었다. 눈빛만으로도 찢어 죽일 듯한 기세였다.

역시 원한이 깊구나.

"장군. 드디어 뵙는군요."

"귀관이 오토인가."

거미장군 밸리어트는 힘을 가늠해 보려는 듯 날 자세히 살핀다.

"어째 별로 말이 없으시군요? 절 보면 할 말이 많으실 줄 알았는데."

"시끄럽다. 모두의 앞에서 결판을 내면 될 일. 네놈의 목을 베고 이 던전을 점령하겠다. 그리하면 지금까지의 사소한 굴욕 따위는 아무 일도 아니게 될 것이다. 크크크."

"이런, 이런. 아직도 미련을 못 버리셨군요."

"시끄럽다! 더는 네놈과 대화하고 싶지 않다. 그러니 앞으로 나오라."

그리 거미장군 밸리어트와 대화하면서 주변을 살폈다. 정확히는 그의 뒤에 있는 장교들이다. 거미장군에겐 미안하지만 나는 이대로 정면충돌할 생각은 없다.

그와 나는 거의 동격이다. 쉽게 말하면 누가 이길지 모르겠다는 거다. 목숨은 하나뿐이니, 쉽게 전투를 시작할 수 없다. 다시 시작할 수 있는 게임도 아니고. 그런 면에서 게임 속 오토 경과 이 지하 세계 오토 경의 차이는 크다.

지하에서 살다보니 동경하던 그보다 더 위험하고 아슬아슬한 처지에 놓이는 일이 흔하다. 그래서 그런지 그에게 품었던 존경심이 엷어지는 느낌이다. 게임 속이니까 그렇게, 꺾이지 않는 신념을 보여줄 수 있겠지. 지하에서는 작은 용기를 내는 일도 큰 도전이었다.

죽으면 끝이니까.

그래서 나는 점점 더 동경하던 오토 경과 다른 지하의 오토 경이 되어가고 있는 건지도 모르겠다.

일단 적측 장교들과 협의해서 거미장군을 궁지에 몰아넣어야 한다. 거미장군은 강하고, 아직 기운이 가득 찬 무서운 사냥감이다. 섣불리 사냥하려 하면 이쪽이 당해버린다.

조금씩 궁지에 밀어 넣어야 한다. 결정적인 한 방을 위해. 흠… 그런데 장교들과 밀담을 나누려면 시간이 필요한데. 분위기가 당장 거미장군과 내가 붙어야 하는 상황이었다.

"이봐."

뒤에서 네리스가 내게 말을 건다.

그래. 생각해 보니 방법이 없는 것도 아니구나.

"네리스 양. 당신에게 복수의 기회를 드리겠습니다."

"그게 정말인가?"

복수의 기회가 없을까 걱정하던 그녀의 표정은 밝아졌다.

"그렇습니다. 일 대 일로 싸울 기회를 드리죠. 부디 스승님의 원한을 갚을 수 있기를."

"정말 고맙군. 후의에 감사한다."

고맙긴요, 저야말로 고맙죠. 저를 위해 시간을 열심히 끌어 주시길 바랍니다. 객관적으로는 거미장군 밸리어트가 그녀보다 더 강하긴 하나, 거미 전문가인 만큼 의외로 그의 힘을 빼놓을 수도 있다.

"대신 거미장군의 몸과 영혼석은 양보하지 못합니다."

네리스는 고개를 끄덕이고는 앞으로 나선다.

"밸리어트."

"그대는 누구인데 중한 싸움에 끼어드는 건가? 썩 물러나라. 미천한 다크엘프와 볼 일은 없다."

거미장군 밸리어트는 불쾌한 기색으로 인상을 찌푸린다.

"나를 잊어버린 건가! 하지만 그 상처는 나를 잊지 않았을 텐데?"

네리스는 손가락으로 거미장군 밸리어트의 가슴팍에 난 흉터를 가리켰다. 검상이구나. 설마 저거 네리스의 작품인가?

"너는 설마?"

거미장군 밸리어트는 놀란 목소리였다.

"그렇다. 에룩의 제자인 네리스다. 그날의 원수를 갚기 위해 오늘 같은 날만 기다려 왔다!"

거미장군 밸리어트는 정말 놀란 듯했는데 곧 고개를 들고 큰 웃음을 터뜨린다.

"크하하하하하! 정말 재밌군! 이런 일이 다 있나! 크큭, 죽은 자의 제자가 내게 복수를 하러 오다니! 크하하하하!"

한참 웃던 거미장군 밸리어트는 들고 있던 지팡이를 바닥에 쿵! 소리가 나게 내리찍었다.

"좋다! 네년의 칼을 받아주지. 그러나 확실히 알아 두거라! 에룩은 내 대적자로 오랜 세월 나를 방해해 왔다. 그런 그녀를 죽인 게 무슨 잘못이란 말인가? 오히려 나야말로 이 가슴팍의 상처에 대해 네년에게 책임을 물어야겠다!"

"닥쳐라! 스승님의 비석에 네놈의 목을 바치겠다!"

"내 오늘 스승에 이어 제자까지 죽이겠군! 좋다! 오토! 기다리고 있거라. 이년을 해치운 뒤에 네놈도 상대해 주지."

그 말에 나는 손바닥을 가슴에 대고 허리를 숙여 인사했다.

"부디 뜻대로."

둘은 곧 치열한 싸움을 벌이기 시작했다. 의외로 네리스는 잘 싸웠다. 역시 거미를 상대하는 것에 특화된 능력이 도움이 되는 건가.

"죽어랏!"

"이 빌어먹을 년이!"

무운을 빕니다. 네리스 양.

그렇게 난타전이 벌어지는 동안 나는 전음을 하게 해주는 마법 물품을 사용했다. 예전에 파니아가 했던 것과 같은 마법이다. 싸우느라 정신이 없는 거미장군 밸리어트는 내가 휘하의 장교 하나와 밀담을 나누는지 모르겠지.

-안녕하십니까.

내가 말을 건 이는 칼리오네라고 불리는 거미이다.

그는 일반적인 거대 거미와 달리 몸에 뿔이 돋아나고 그 생김새가 유별난 게 특징이다. 그 이유는, 그가 지옥에서 온 핀디시 스파이더이기 때문이다. 겉은 거미라도 실제로는 악마라는 얘기다. 칼리오네는 영혼석도 없다고 했다. 하지만 능력만큼은 확실해 거미장군 밑에서 승승장구해왔다고. 이런 정보들은 파니아를 통해 실키피노 길드에서 들은 것이다.

-내게 무슨 볼일이지?

칼리오네는 경계심을 보인다. 하지만 대화를 거절하지는 않았다. 좋은 징조였다.

-그저 우리가 서로에게 도움이 되는 유익한 대화를 나눌 수 있을 것 같아서입니다.

-그게 무슨 소리냐?

-황자가 당신께 사주했던 일을 알고 있습니다.

-뭐라!

칼리오네는 눈에 띄게 동요하는 모습을 보였다. 그가 나를 죽일 듯 쏘아본다. 하지만 나는 담담하게 눈을 맞췄다.

-저는 그날의 진실을 알고 있습니다. 황자의 사주를 받은 당신이 이 열쇠로 거미장군의 창고에서 했던 일을.

나는 품에서 거미장군 밸리어트의 창고 열쇠를 꺼내 슬쩍 보여줬다. 그의 창고에 황권을 모독하는 부정한 물건을 넣은 건 저 칼리오네다. 그는 황자를 위해 거미장군 밸리어트의 동향을 보고하던 첩자였던 것이다. 거미장군 밸리어트의 충성심이 어쨌든 황자는 그를 신뢰하지 않는 듯하다.

-그리고 당신과 함께하는 이들도 다 알고 있습니다.

이건 허풍이다. 하지만 잘 먹혔다.

-원하는 게 뭐냐! 아니, 네놈의 그런 말을 믿는 사람이 있을 것 같냐!

-증거라면 있습니다. 아까의 열쇠도 그렇고 이건 선제의 빈께서 직접 작성한 일종의 진술서입니다. 그 외에도 증명할 수단은 많죠.

이것 역시 허풍. 증거라고 해봐야 열쇠와 서찰뿐이다. 사실 이걸로는 부족하다. 하지만 승부수를 띄울 수 있는 건 칼리오네의 이해와 내 이해가 일치할 듯했기 때문이다.

-…….

-말수가 없어지셨군요. 제가 원하는 게 궁금하지 않으십니까?

나는 기합성을 내지르며 거미장군 밸리어트에게 맹공을 퍼붓는 네리스를 보며 물었다. 오래 버티진 못할 것 같았다. 스파이더 델버의 기술로 그를 무척 괴롭히고 있었지만 역시 황자군의 장군은 격이 달랐다.

-…원하는 게 뭔가?

-퇴각하십시오.

-뭐?

-이미 거미장군은 패배했습니다. 아직 모르시겠습니까? 지금은 저 가여운 엘프를 상대로 무용을 뽐내고 있습니다만, 이후에 제가 나서면 어찌될까요?

-우리들이 있다! 그리 쉽게는….

-그러니까 퇴각하라는 거 아닙니까.

내 지적에 칼리오네는 일순간 말문이 막히는 듯했다.

-이미 배신한 상관에게 미련이라도 있으십니까? 차라리 그가 여기서 쓰러지는 게 그쪽 신상에 좋지 않을까 싶습니다만. 아시겠지만 황자도 이미 거미장군을 버렸습니다. 그러니 돌아가십시오. 전력을

보존해서 돌아가 오늘의 싸움을 거미장군의 실책으로 보고하시길. 그렇게만 한다면 거미장군의 후임자는 누가 되겠습니까? 거미장군의 휘하에 있던 거미들을 누가 제일 잘 이끌겠습니까?

거미장군 밸리어트의 휘하에는 오늘 쳐들어온 병력보다 훨씬 많은 거미들이 있다. 오늘 공격은 적의 2선을 기습적으로 공격하기 위해 비교적 적은 수를 데려온 것일 뿐이다. 대부분은 아투마스트 근교의 군영에서 대기 중이었다.

누구라도 욕심이 날 전력이다.

나는 칼리오네가 귀환해도 그 병력을 손에 넣을 확률은 없다고 봤지만, 계속 그의 욕심을 자극했다.

-제가 하나만 묻겠습니다. 거미장군의 승전이 당신에게 이롭겠습니까? 패전이 이롭겠습니까? 상관을 찔러 죽이라고 하는 것도 아닙니다. 그냥 휘하의 병력을 이끌고 들어왔던 거미굴을 통해 물러나십시오. 오늘 일은 아무도 알지 못할 겁니다. 뒷일은 우리가 처리하겠습니다.

-… 다른 장교들과 의논해 보겠다.

-현명한 선택하시길. 우리가 군이 싸울 이유가 어디에 있습니까?

곧 칼리오네는 주변의 다른 거미 장교들과 밀담을 나누기 시작했다. 나는 그들이 결론을 내길 기다리며 네리스의 싸움에 시선을 돌렸다.

"후우! 후으!"

네리스는 숨을 헐떡이고 있었다. 그녀는 싸움이 가망 없음을 깨달았다. 거미장군의 벽은 과연 높았다. 그도 그럴 것이 거미장군은 네리스보다 훨씬 오래 산 존재이며 더 많은 전장을 넘어온 역전의 용사다. 그녀의 스승인 에룩조차 죽었는데 하물며 제자가 쉽게 당해낼 수 있을 리가 없다. 하지만 그럼에도 네리스는 좌절하거나 낙담하지 않았다. 원수의 힘이 강할수록 더욱 분노가 끓어오르는 것이다.

"히아아압!"

네리스는 남은 힘을 모두 쥐어짜서 쌍검을 휘둘러다. 하지만 거미장군은 이미 그녀의 공격 패턴을 전부 파악한 뒤였다. 처음보다 쉽게 막아낸 뒤 반격이 이어졌다.

퍼엉!

공중에서 파괴 마법이 터지자 네리스는 뒤로 날아가 벽에 격렬하게 부딪쳤다.

"끄윽!"

격통 때문에 정신이 나가려 하는지 네리스의 눈은 흰자위만 보였다. 그녀는 앞으로 쓰러져 지렁이처럼 꿈틀거리고 있었다.

"제법이긴 하지만 여기까지인가?"

거미장군은 이 싸움이 나쁘지 않다고 보는 것 같다. 네리스의 모습 때문에 적의 사기가 꺾이고 있었기 때문이었다. 그래서 일부러 더 네리스를 상대해 주고 있었다. 적장인 오토 역시 심각한 표정이란 사실에 거미장군은 만족했다.

"설마 정말 복수를 할 수 있다고 생각했나? 크하하! 하지만 실력이 없는 분노는 무의미하다."

"다, 닥쳐라…."

"호? 아직 일어나는 건가?"

거미장군은 재밌다는 듯 네리스를 내려다 봤다.

하지만 곧 그녀를 자신의 긴 거미 다리로 후려 팬 뒤 호통을 쳤다.

"네년 자신의 실력에 절망하라!"

그리고는 모두에게 들으라는 듯 외쳤다.

"자신의 기량을 깨달았을 때는 이미 늦는 법이다! 그때가 되면 모든 게 부서지고, 모든 게 불탄 후일 테니까!"

지켜보던 2-04던전의 병력들이 술렁인다. 거미장군은 아직도 상황을 지켜보고 있던 오토에게 호통을 쳤다.

"오토. 네놈은 언제까지 이 가여운 여자 뒤에 숨어 있을 건가? 이제 나와서 싸워보지 않을 텐가!"

거미장군은 자신이 효과적으로 적의 사기를 박살내고 있다고 생각했다. 하지만 이상하게도 갑자기 오토의 표정이 변했다. 심각한 표정은 온데간데없고 유들유들 웃고 있었다. 이 갑작스러운 변화에 거미장군의 마음속에 의혹이 일었다.

"저야 그러고 싶은 마음이 태산인데 그녀의 의지가 저리 강한 걸 어쩌겠습니까?"

오토는 손가락으로 거미장군의 옆을 가리켰다. 네리스는 어느새 다시 일어나고 있었다. 엉망진창이었지만 그녀의 복수심은 전혀 꺾이지 않았다.

"장군. 저런 그녀도 제대로 쓰러뜨리지 못하시다니 솔직히 저도 영 의욕이 안 나는군요. 제가 여자 뒤에 숨은 게 아닙니다. 여자도 제대로 못 쓰러뜨리는 장군을 지루하게 기다리는 거지요."

오토의 말에 2-04던전의 병력들이 웃음을 터뜨린다.

"와하하하핫!"

지휘관의 너스레의 그들의 심리는 금세 다시 회복됐다. 거미장군은 그걸 깨닫고 인상을 찌푸렸다.

'말로는 저놈을 도저히 못 당하겠군. 그렇다면 다른 수를 보여주지.'

네리스는 오뚜기처럼 다시 일어나고 있었다.

"나는 아직 쓰러질 수 없다. 네놈이 숨을 쉬는 동안에는!"

"쓸데없이 애를 먹여! 이 쓰레기가!"

거미장군의 공격이 이어지자 그녀의 검 하나가 결국 부러져 나갔다. 거미장군은 그 틈을 놓치지 않고 거미다리 하나로 네리스의 몸을 꿰어 들었다. 창 같이 뾰족한 거미발에 배가 관통당한 네리스는 고통스러운 듯 꿈틀거린다. 거미장군은 그런 네리스를 보며 소리친다.

"모두 보거라. 이참에 이 년의 정체를 보여주지!"

거미장군 밸리어트의 말에 네리스가 갑자기 발작하듯 저항한다.

"놔! 놓으라고!"

하지만 이미 제압된 상태라 부질없는 몸짓이었다. 거미장군은 강제로 네리스의 철제 마스크를 벗겨냈다. 그러자 생각지도 못한 모습이 드러났다.

"아니!"

"저럴 수가!"

지켜보던 자들도 다 놀라움을 감추지 못한다. 그도 그럴 것이, 철 가면이 벗겨진 네리스의 입이 상당히 추악했기 때문이다. 도저히 입 이라고 부를 수 없는 모습이었다.

크게 찢어진 입은 입술이 없었고 안에는 육식 동물 같은 이빨이 가득했다. 누가 봐도 살점을 찢기 위한 흉악한 치아였다.

"구울! 구울이야!"

"맙소사, 네리스 님이 구울이었어!"

여기저기서 혐오감 어린 탄식이 터진다. 이 지하 세계에서 따돌 림에 가까운 취급을 받는 종족이 둘 있으니 바로 뱀파이어와 구울이 다. 아무리 지하가 막장 세계라도 엄연히 하나의 사회다. 가혹한 법 과 질서가 당장이라도 혼돈으로 흩어져 버릴 것 같은 이곳을 힘겹게 붙잡고 있었지만 말이다. 하지만 그런 세계에서도 문제를 일으키는 게 바로 흡혈귀와 식인귀인 그들이다.

언데드조차 주민으로 인정받는 이곳이지만 사회 구성원을 잡아 먹는 무리는 용납할 수 없는 게 현실이다. 그래서 그들은 먼 곳에 그 들만의 도시를 건설하고 살아가거나, 아니면 특유의 능력을 이용해 이쪽 사회에 비밀리에 녹아들어가 있다.

늦은 시간 도시의 어둠을 걷다 실종되는 주민은 뱀파이어와 구울 이 먹어치웠다는 걸 모르는 자는 없었다. 그래서 지저인들은 그들을 혐오한다.

"크크큭! 어떤가? 이년의 정체가. 철썩 같이 믿고 있던 모양이 지만 결국 오토 네놈의 안목은 그 정도였던 거다. 자, 잘 보거라."

거미장군은 거미 다리를 털어서 네리스를 땅에 패대기친 후 그녀의 철가면을 들어올렸다.

"이건 이년이 자신의 식육 욕구를 억제하기 위한 장치다. 흉측한 얼굴을 가리는 것 이상의 능력을 가진 유용한 도구지. 그렇게 사회에 녹아들어서 살아왔던 거겠지. 그리고 이 년, 불사라고 불리지 않나? 크크크큭! 죽어 있으니 그리 불리는 거겠지. 내가 알기로 구사 가문의 척살대 때문에 이년은 무수하게 죽어왔다. 칼에 찔려 죽고, 낭떠러지에 떨어져 죽고, 수장되어 죽고, 심지어 땅에 파묻히기까지 했다. 하지만 그 모든 상황을 극복해냈지. 왜냐, 처음부터 살아있는 존재가 아니었으니까. 불사란 허명은 그렇게 얻어진 것이다!"

오토는 생각지도 못했다는 듯 놀란 얼굴이 됐다.

"봐라, 이 년의 정체를!"

거미장군은 날카로운 거미 다리로 네리스의 옷 일부를 찢어냈다. 그러자 수많은 상처들이 드러나는데 모두 제대로 아문 흉터가 아니었다. 전부 꿰맨 흔적이었다. 자체적인 치유력이 없는 언데드는 상처를 입으면 살점을 저렇게 꿰매거나, 천을 깁는 것처럼 다른 살점을 붙이는 수밖에 없었다.

네리스의 몸에는 그런 흔적이 가득했다.

마치 바느질을 해서 만든 몸 같았다.

이러고도 아직 살아있었구나.

그리 원한이 깊었던 건가.

모두 그녀가 느꼈을 감정에 동요하지 않을 수 없었다.

네리스는 땅바닥을 구르면서 이제는 더 방법이 없음을 깨달았다.

지난 세월 거미장군에게 복수하기 위해 노력해 왔지만 모두 부질없었다.

이제 그녀에게 남은 방법은 단 한가지뿐.

'스승님 죄송해요……'

그녀의 스승 에룩이 막아준 힘을 그녀는 이제 개방하려고 했다. 오로지 복수를 위해서. 그녀는 구울이다. 구울은 언데드이며 그들만의 특별한 힘을 갖고 있다. 네리스는 식육의 욕구를 억눌렀던 것처럼 그 힘도 봉인해온 상태였다. 자신의 인격을 유지하고 욕망에 미친 괴물이 되지 않기 위해서.

'하지만 이제는 상관없겠지.'

복수를 위해서라면 그깟 인격은 아무 것도 아니었다. 게다가 어차피 구울인 것도 들키지 않았나. 이제 모두가 자신을 혐오할 것이다.

"크으으으으읔!"

신음과 함께 그녀의 피부색이 진하게 변하기 시작한다. 그리고 혈관이 여기저기 도드라진다. 또한 죽은 자만이 낼 수 있는, 심장을 오그라들게 하는 안광이 비친다. 거미장군조차 놀라서 한 발짝 물러날 정도였다.

"이년! 기어코 구울이 되어버렸군!"

"크으으… 상관없다. 네놈에게… 복수를 할 수 있다면…"

이미 짐승처럼 변해버린 네리스는 그 순간 부러진 검을 들고 뛰어올랐다. 지금까지의 그녀와는 전혀 다른 움직임이었다. 쏘아진 포탄처럼 뛰어오른 네리스는 당황한 밸리어트의 가슴팍을 그어버렸다.

"크아아악!"

과거 네리스가 만든 사선의 흉터 위에 또 다른 사선이 교차해서 새겨졌다. 너무나 흉흉한 기세에 밸리어트도 일격을 허용하고 말았다. 하지만 거미장군은 거미장군. 곧장 마법으로 반격한다. 다시 한 번 뛰어올랐다가 마법에 당한 네리스는 검을 놓치고 뒤로 데굴데굴 굴러갔다.

"이 빌어먹을 년이! 오냐! 네년을 가루도 안 남게 없애주마!"

이제 네리스는 고통도 느끼지 않는다. 오로지 복수에 대한 일념뿐. 그녀는 이제 남아있는 인격의 조각까지도 모조리 없애버려야 함을 깨달았다. 완전한 식육의 짐승이 되어야 한다. 결심을 굳히자 그녀의 손톱이 날카롭고 길게 자라기 시작했다. 완전히 구울화 되기 시작한 것이다.

'이걸로 마지막이야.'

과거 지상인들이 지하로 내려올 때, 그들이 품었던 미덕은 지저의 그림자에 가리거나 파편으로 부서져 사방으로 흩어졌다. 그래서 이곳은 욕망의 땅이 되었다. 하지만 드물게도, 그런 파편을 가슴에 품고 태어난 자들이 있었다.

네리스도 그런 존재였다.

'나는 무엇을 위해 살아왔던 걸까?'

그녀에게 미덕이란, 마치 한 번도 본 적 없는 달빛과 같이 아련하고 아름다운 것이었다. 그녀의 삶은 그런 보이지 않는 달빛을 쫓아다닌 시간이었다. 찾을 수 없는 것을 찾아 공허한 어둠이 깔린 지저를 한없이 헤매는….

한 많은 세월이었다.

선한 성품을 타고난 이 가여운 엘프는, 자신의 삶과 맞서고자 발버둥 쳐 왔지만 결국 모든 걸 잃어버렸다.

그리고 이제 그 끝에서.

자신의 인격, 가냘프게 남아있던 마지막 고귀함까지 구울의 힘 앞에 팔아버리고 하고 있었다. 어둠 속에서 외롭게 타오르던 선의 불씨가 꺼지려는 안타까운 순간이었다.

'이걸로 됐어.'

미련이 없는 건 아니었다. 최근 그녀는 조금 들떠 있었다. 언제부터였던가. 생각해 보면 오토란 자가 자신의 삶에 들어오고 나서였다. 우습게도 그의 휘하에서 소속감, 안정감을 느끼고 있단 사실을 부정할 수 없었다. 그래서인지 네리스는 오토의 얼굴을 떠올렸다.

'게다가 그에겐 갚아야할 빚이 있는데.'

하지만 더는 선택의 여지가 없었다. 네리스는 모든 걸 포기했다.

'그래… 아쉽지만 이걸로 됐어……'

후회, 고통, 미련이 남은 의식과 함께 뒤섞여 깊고 어두운 심연으로 가라앉는다.

그런데 그 순간.

무언가 그녀를 방해했다.

덥썩.

큼직한 손이 그녀의 머리 위에 올려져 있었다.

'이게 무슨?'

낯설지만 따뜻하고 위로가 되는 손길이다. 네리스는 멍하니 머리를 들어 상대를 올려다보았다. 그곳에는 최근 그녀가 자주 보았던 미소가 있었다. 사내답지 못하다고 혹평했던 그 미소다. 그런데 어째서인지 지금은 의지가 되는 느낌이었다.

"네리스 양. 뭐 안 좋은 일이라도 있으시나요? 까칠하시군요."

그 남자는 처음 만났을 때의 대사를 천연덕스럽게 되풀이하고 있었다.

"……오토."

네리스는 자신을 위해 와준 그에게 손을 뻗으려고 했다.

하지만 그 순간.

구울의 본능이 그녀를 잠식해 버렸다.

더는 두고 볼 수 없었다. 이대로라면 네리스가 구울의 욕망에 먹혀 버린다. 그리고 나면 내가 아는 네리스란 존재는 소멸하는 거나 마찬가지였다.

"그으으으!"

네리스는 신경질적으로 내 손을 쳐낸다.

"네리스 양이 이렇게 된 것에 대해 대가를 치러야 할 거다. 밸리어트."

더는 장군이고 뭐고 존대해줄 여유 따위는 없어졌다.

"크하하하! 지금 이 추악한 꼴을 보고도 그런 말이 나오나? 구울은 우리 제국 신민의 대적이다. 비록 후계자 문제로 내란이 일어났다고는 하나 귀관도 제국의 군인. 제국 신민의 안위를 지켜야 할 자가 지금 구울을 두둔하는 건가?"

악당 주제에 정론을 내세우는군.

거미장군 밸리어트는 날 보며 차갑게 웃는다.

"자, 그러면 보여주지. 이 여자가 어떤 여자인지."

그는 곧 자신의 부하 하나를 부른다. 덩치가 좋은 박쥐오크였다. 군례를 올리는 그를 거미장군 밸리어트는 단숨에 죽여 버렸다.

"대체 무슨!"

"지켜보고 있거라."

거미장군 밸리어트는 죽인 부하의 시체를 바닥에 뒹굴고 있는 네리스에게 던져준다. 시체에서 흐른 피가 마치 그녀의 의지를 잠식하는 것처럼 바닥으로 번져간다.

"먹어라. 괴물의 본능대로. 너는 괴물이다!"

"크으으!"

네리스는 자신을 사로잡는 본능에 격렬한 고통을 느끼고 있었다. 나도 저 고통을 안다. 좀비였던 시절에 자제할 수 없는 식육의 욕구에 시달려 봤다. 저건 정신력으로 버틸 수 있는 문제가 아니었다.

당시 대한민국의 평범한 고등학생의 사고방식이 많이 남아있던 내가, 적의 살점을 뜯어 먹고 얼마나 정신적 충격을 받았는지는 말할 필요도 없다. 내 성격이 이렇게까지 된 것도 그때의 트라우마가 한몫하지 않을까.

당시에 나는 도저히 참지 못하고 죽인 적을 뜯어먹었다. 식육의 욕구는 자제할 수 없는 성질의 것이다. 더군다나 구울은 좀비보다 식육의 욕구가 더 강하다. 좀비는 살점을 뜯어먹지 않고도 살아갈 수 있다. 그러니 하층민이긴 하지만 지하 세계에서도 같이 살아가는 거고. 반면 구울은 살을 먹어야만 살아갈 수 있다. 그간 네리스가 어떻게 버텨온 지는 모르겠지만, 마스크도 부서지고 눈앞에 고기가 있는 이상 더는 무리였다.

이대로 두고 볼 수는 없다. 거미장군 밸리어트가 노리는 점은 명확하다. 네리스를 내버려둬도 문제고 끼어들어도 문제다. 그야말로 진퇴양난. 구울이란 존재를 용인할 수도 없는 꼴이고 그렇다고 아군인 네리스를 죽일 수도 없다. 어느 걸 선택하든 아군의 사기는 다시 떨어질 것이다. 거미장군 밸리어트는 자, 이제 어쩔 것이냐 라는 듯한 표정으로 지켜보고 있었다.

"어쩔 수 없군."

나는 결국 끼어드는 방법을 택했다. 네리스가 이대로 모두가 지켜보는 앞에서 적의 살점을 뜯어먹게 할 수는 없다. 그렇게 된다면, 이후 그녀가 인격을 되찾는다고 해도 내면이 망가져 버릴지도 모른다.

"말릴 건가! 크하하하하! 아주 재밌는 꼴이겠군. 나 같은 적을 앞두고 아군끼리 싸움질을 벌이다니! 그리고 쉽게 제압할 수는 없을 것이다! 그년은 영웅급인 데다가 구울로 각성해 더욱 강해진 상태니까. 아주 즐겁군! 어디 한 번 내 앞에서 재밌게 놀아 보거라!"

거미장군 밸리어트는 아주 기세가 올랐다. 이제 자신이 유리함을 알았기 때문이었다. 하지만 밸리어트 너는 모른다. 아니, 지저인들 대부분이 모른다. 일을 해결할 때는 손해를 봐서 해결하는 방법이 있음을.

"키에에엑!"

네리스는 이미 완전히 정신이 나간 상태였다. 시체를 뜯어먹으러 가는 것을 말리려 하자 광기 어린 눈빛으로 쏘아본다.

"네리스 양. 나는 당신이 좀 짜증나긴 하지만, 그런대로 마음에 듭니다."

나는 그녀를 향해 한 발 더 가까이 갔다.

"키에에에!"

이제 상황을 일촉즉발이다.

"그건 당신의 유능함과 관계없는 문제입니다. 내가 당신을 좋게 생각하는 건…."

말을 다 하기도 전에 구울이 된 네리스가 나를 덮쳐왔다. 그리고는 내게 매달린 뒤 어깨를 물어뜯기 시작했다. 처음에는 드래곤킨의 단단한 비늘에 막혀 그녀의 이빨이 소용없었으나, 어찌나 게걸스럽게 물어대던지 곧 어깨가 피투성이로 변해간다.

나는 그녀를 끌어안았다.

"당신이 지저에서 거의 볼 수 없는 성격을 가졌기 때문입니다. 네리스 양, 당신을 보고 있으면 제가 원래 살았던 세계가 생각납니다. 그래서 당신을 곁에 두고 싶습니다. 네리스 양이 곁에 있으면 이 미쳐버린 세계에 휩쓸리면서도 인간성을 조금은 유지할 수 있을 거 같거든요."

거미장군 밸리어트가 내 행동을 크게 비웃으며 사방에 뭐라고 소리치고 있다. 내 어리석은 행동을 비웃고 있겠지. 하지만 내게 안긴 네리스에게선 변화가 있었다. 조금씩이지만 그 태도가 수그러진다.

"그러니 시체 대신 제 살을 뜯어 먹으세요. 당신은 괴물이 아닙니다."

좀비였던 경험이 있기에 누구보다 그녀의 고통을 잘 안다. 아마도 스스로 괴물이라 여기겠지.

나는 그걸 부정해 줘야 했다.

"괴물 같은 게 아닙니다. 진심이에요. 당신은 그저 말투가 까칠하고, 꽉 막혀서 답답하게만 굴고, 제게 늘 툴툴대기만 하는 성격 나쁜 다크엘프입니다."

어깨가 타는 것 같은 고통이다. 식은땀이 흐른다. 얼마나 더 견딜 수 있을까? 잘못하면 팔 하나가 통째로 날아갈 것 같았다. 나는 통증에 얼굴을 찡그리면서 간신히 내뱉었다.

"지저에서 선한 자를 돕는 건, 기쁜 일이지요."

그때 나를 물어뜯던 네리스가 멈췄다. 그리고 곧 작은 목소리가 들려왔다.

"…지랄."

"하하."

언제나 듣던 그녀의 말투에 나도 모르게 살짝 웃음이 나왔다. 네리스는 내게 약간 불만이라는 투로 묻는다.

"너 말이야… 내 성격에 불만이 많았군?"

이제 네리스는 내 어깨를 물어뜯고 있지 않았다. 어느새 정상으로 돌아온 눈빛이 날 올려다보고 있었다.

"그걸 이제 아셨습니까?"

"그러면서 대체 날 왜 곁에 두려는 거야."

"짧게는 설명 못합니다. 네리스 양이 마음에 들어서 그렇다는 것만은 꼭 알아주십시오."

"혹시 구울 성애자야?"

"저기요…."

"쿡쿡쿡."

네리스는 나직하게 웃다가 귓가에 속삭인다. 남들의 눈엔 이젠 그녀가 내 목을 물어뜯으려는 정도로 보이겠지. 밸리어트는 어서! 라고 외치며 흥분하고 있었다.

"…네게 너무 빚을 지고 말았다. 어찌 갚을 수 있을까?"

거기에 대한 답은 명확했다.

"제 동료가 되어 주십시오."

"동료라고?"

나는 가볍게 고개를 끄덕이며 밸리어트에 대해 언급했다.

"네리스 양께선 동료가 없어서 모르겠지만, 같은 목표를 향해 협력하는 사이를 동료라고 부릅니다. 지금 우리의 목표는 명확하지 않습니까?"

"하지만 나는 이 일이 끝나면 떠나야…."

"무슨 목적이 있어서 떠나는 것도 아니잖아요? 구사 가문의 척살대에 쫓겨 다니는 거지. 군부의 비호를 받으세요. 그러면 구사 가문에서도 당신을 함부로 하지 못할 겁니다. 그리고 이후에 우리가 동료로서 함께할 목표를 찾아보자고요. 분명히 쫓겨 다니는 일보다 근사한 게 있을 겁니다."

"그런 이유로 나 같은 걸……."

"나는 당신이 마음에 듭니다, 네리스. 그것뿐입니다."

객관적으로 봐도 그녀는 걸출한 영웅이다. 반드시 곁에 둬야할 인재임은 틀림없다. 물론 그런 걸 떠나서 나는 그녀가 마음에 들었다.

"네리스 양, 오늘 당신의 복수는 제가 대신해 드리겠습니다. 그리고 제가 했던 제안에 대해선 생각해 보시길."

나는 그녀를 들고 아군에게 향해갔다. 지켜보던 밸리어트가 당황한 표정을 짓는다. 나는 공주님 안기로 네리스를 든 채 모두에게 소리쳤다.

"아군 하나가 구울인 게 뭐가 그리 대수인가! 그대들은 구울 정도에 겁먹고 꼬리를 말 것인가!"

병력들은 대답을 망설이고 있었다.

"본관이 그대들에게 약속하겠다. 네리스가 새로운 육체를 갖게 해 구울의 처지를 벗어나게 하겠다고! 그러면 여기 더 문제가 있는가!"

확실한 약속을 하자 다들 우렁차게 대답해 온다.

"없습니다――!"

"하면 이제 내가 거미장군을 쓰러뜨리는 모습을 생생히 지켜보고 오늘 우리에게 허락될 승리에 환호할 준비를 하라!"

"와아아아아아――!"

병사들의 사기는 금방 돌아왔다. 구울이란 게 혐오스럽긴 해도 지금은 분명한 아군 아닌가. 게다가 내가 그녀를 구울의 처지에서 벗어나게끔 해준다고 하자 더 따지는 인원은 없었다.

육체란 갈아타면 그만이다.

지저에서 중요한 본질이란, 영혼이었다.

"밸리어트! 이제는 정말 끝장을 보도록 하자!"

소리치며 나서자 그는 자신만만한 태도였다. 내가 부상을 입은 것에 반색하고 있다.

"왼쪽 팔이 엉망진창이군. 그래서야 싸울 수 있겠나? 크크크!"

"네놈도 네리스와 싸우느라 힘을 뺐을 테니 공평한 걸로 생각하겠다."

나는 힐링 포션 하나를 개봉해서 상처 부위에 뿌렸다. 출혈은 막았지만 팔이 정상으로 회복되려면 시간이 꽤 걸릴 것 같았다. 안타깝게도 이 전투에서는 팔이 제 기능을 하긴 어렵겠다.

"용기는 가상하다만 그 상태로 날 상대할 순 없다!"

멍청한 밸리어트 같으니라고. 내가 바보도 아니고 팔이 이지경인데 정상적인 싸움을 할 리가 있나. 아니, 애초에 계획이 있었으니 팔이 이렇게 되더라도 네리스를 품었던 거다.

"밸리어트. 지금부터 네게 보여주고 싶은 게 있다."

"무슨?"

"나는 의형제에게 배신당한 경험이 있지. 그 기분을 네게도 알려주고 싶군."

그 말을 하고는 손을 위로 올려 손가락을 튕겼다.

"무엇이냐?"

밸리어트는 의아하다는 얼굴로 주변을 둘러본다. 그리고 그때 그의 뒤에 도열해 있던 병력들이 움직인다.

"모두 물러난다!"

나와 비밀리에 협의를 했던 핀디시 스파이더 칼리오네가 병력을 빼기 시작한다. 그들 사이에선 이미 협의가 다 끝난 거 같다. 거미들은 차례차례 뚫고 들어왔던 거미굴을 향해 들어가고 있다. 몇몇은 명령을 거부했는데 주변 거미들에 의해 순식간에 살해됐다. 밸리어트는 그 모습을 보더니 격분해 소리친다.

"이게 무슨 짓이야! 칼리오네! 네놈!"

"장군께는 죄송한 마음뿐입니다. 하지만 이미 장군은 운이 다했습니다. 부디 가시는 길 평안하시길."

"이 빌어먹을 자식이! 감히 장군인 내 명을 거역하겠다는 것이냐!"

밸리어트의 분노에도 칼리오네는 전혀 주눅이 들지 않았다.

"저는 황자 전하의 군인입니다. 장군의 군인이 아니라."

"그게 무슨 망발이냐! 본관이 황자 전하의 대행자란 걸 잊은 것이야! 오늘의 싸움도 오로지 전하를 위해…."

"장군."

칼리오네는 차가운 말투로 밸리어트의 말을 끊었다.

"그날 장군의 창고에 그 물건을 넣었던 이가 누구겠습니까?"

"뭐?"

밸리어트는 불길함을 느낀 것 같았다. 그의 목소리에 불안감이 묻어난다.

"그건 바로 접니다."

"이 찢어죽일 놈!"

밸리어트가 분을 참지 못하고 파괴 마법을 쏘아냈다.

콰아아앙!

넓은 방 안을 화끈한 열기로 가득 채우는 대폭발이었다. 하지만 칼리오네는 멀쩡했다. 이미 주위 장교들과 함께 대비하고 있던 것이다. 그와 다른 장교들 역시 강자 중의 강자다. 밸리어트에게 못 미친다고 하나 여럿이 뭉치면 공격 정도는 막아낼 수 있다.

"이놈들이 정녕!"

"그런데 그 일을 누가 시켰겠습니까?"

칼리오네는 분노한 밸리어트를 앞에 두고도 여전히 침착한 모습이었다. 저 자 역시 범상치 않구나. 칼리오네 놈은 오늘 꼭 죽여야지. 나중에 만나면 큰 후환이 되겠어.

"뭐라!"

칼리오네는 밸리어트에게 사형 선고와 같은 말을 했다.

"바로 황자 전하십니다."

"감히 네깟 놈이 전하를 모욕해! 전하께서 내게 그러실 리……."

밸리어트는 칼리오네가 들어 올린 열쇠를 보고 말문이 막혔다. 칼리오네가 열쇠를 흔들고 있다. 저 열쇠는 밸리어트가 한창 네리스와 치고받을 때 칼리오네에게 몰래 건넨 것이다.

"믿기 어려우시겠죠. 하지만 전하께서는 장군을 이미 오래 전에 버리셨습니다."

"이이… 말도 안 되는……."

밸리어트가 더 말을 잇지 못하자 칼리오네는 비웃음을 머금는다. 그리고는 남은 자들을 이끌고 떠났다.

"그럼 안녕히. 어리석은 분."

사그닥. 사그닥.

거미 다리가 움직이는 소리만 나더니 밸리어트는 망연하게 홀로 남겨졌다. 적진 한 가운데. 그 황망한 모습은 아군에게도 동정심이 피어오르게 할 정도였다.

"비참한 최후로군…."

"황자가 버렸다니…."

여기저기서 한 마디씩 소곤거렸다. 밸리어트는 가만히 있을 뿐이었다. 그러다 곧 어깨를 들썩이며 웃기 시작한다. 마치 실성한 사람처럼.

"크하하하하… 크크하하… 크하하하하하하하!"

두 팔을 벌리고 고개를 든 채 계속 웃어댔다. 그러더니 분노에 찬 눈으로 날 쏘아본다.

"네놈이구나! 다 네놈의 흉계였어! 저 칼리오네 놈을 부화뇌동하게 만든 게 바로 너야! 오토!"

"뭐 아니라고는 하지 않겠다. 하지만 말이야."

"하지만?"

"황자가 널 버린 건 진실이다."

"그럴 리가 없다!"

이런, 아직도 현실을 인정하지 못하는 건가. 나는 품에서 두루마리를 하나 꺼내서 그에게 던졌다.

"읽어보도록. 선제께서 아끼던 빈이 보내온 정보니."

밸리어트는 떨리는 손으로 두루마리를 들어 읽기 시작한다. 그의 두 팔은 사정없이 떨리고 있었다. 그러다 곧 두루마리를 마구 찢어버린다.

"믿지 않겠다! 하하하! 누가 이런 간교에 속을 줄 알고? 여기서 네 놈을 죽이고 칼리오네 놈도 쫓아가 벌하겠다!"

"칼리오네 쪽은 걱정하지 말라고. 이쪽에서 처리해줄 테니까."

"뭐?"

나는 그에게 대답하지 않고 작은 마법 물품을 꺼냈다. 이건 신호를 보내는 간단한 물건이었다. 나는 주저하지 않고 그걸 사용했다. 그러자 잠시 뒤.

콰아아아아앙!

묵직한 폭음이 던전을 통째로 흔든다. 거미굴 쪽에서 폭발이 일어난 것이다. 칼리오네가 도망간 구멍에서 엄청난 먼지가 방 안으로 밀려들어 왔다. 눈앞이 보이지 않을 정도였다.

위이이이잉.

곧 던전의 환기 시스템이 돌아가고 시야가 확보됐다.

"거미굴을 폭파했으니 놈들은 도망가지 못할 거다. 이쪽에서 다 처리해 줄 테니 걱정 말라고, 밸리어트."

이곳에 오기 전에 오르한에게 부탁했던 게 이 일이다. 거미굴로 적이 도망갈 수 있으니 폭약을 설치해 달라고 했었다. 워낙 위험한 일이라 더블바인드를 따로 붙여줬던 거고. 아무래도 일이 잘 진행된 것 같다. 퇴로가 차단됐으니 놈들은 몰아서 잡으면 될 일이다.

"자, 이제 결착을 지어볼까?"

"지독한 놈! 좋다!"

밸리어트는 더 얘기하기도 싫다는 듯 덤벼온다. 눈앞에서 번쩍이는 파괴 마법이 날아온다. 위력적이긴 했지만 섬광뛰기를 가진 내겐 무용했다.

번쩍.

파괴 마법을 피하고 밸리어트의 뒤를 잡자 그가 깜짝 놀란다.

"아니!"

대답대신 곧장 밸리어트를 물어뜯어 버렸다.

와지직!

밸리어트는 어떻게든 피하려 했지만 어깨가 그대로 물리고 말았다.

"크아악!"

밸리어트의 비명과 함께 어깨의 외피가 깨져나가며, 진득한 체액이 입안에 흘러들어 왔다.

"거미는 이런 맛이군!"

"이 빌어먹을 놈이!"

분노한 밸리어트는 자신의 기다란 거미다리를 휘둘러 왔지만 그건 좋은 수가 아니었다. 드래곤킨을 육탄전으로 상대하려고 하다니. 나는 바짝 달라붙어 흉흉한 앞발을 휘둘러댔다. 상태가 좋지 못한 왼팔로는 밸리어트를 붙잡고 멀쩡한 오른팔은 있는 힘껏 내리쳤다. 삽시간에 밸리어트의 외피가 이곳저곳 깨져나갔다. 그는 흘러나온 자신의 체액으로 끈적거렸다.

"크으으윽! 이 녀석이!"

아마 섬광 뛰기에 대해서는 파악하지 못했을 것이다. 게다가 주문도 외우지 않고 의지만으로 발동하는 모습에 더더욱 놀란 것 같다. 바페가 가진 더블S 등급의 고유 능력이니 놀라지 않는 게 이상하겠지.

"두려운가? 이번에는 머리가 물릴 것 같아서?"

막상 붙어보니 그는 내게 상성상 좋지 않았다. 나는 수월하게 밸리어트를 밀어붙였다.

"여기를 보라! 적의 수괴가 두려움에 빠져 안절부절못하는 모습을!"

아군에게서 비웃음이 터져 나왔다. 지금 밸리어트는 여러 가지로 불리했다. 그는 마법이 주특기인데 광휘 드래곤킨은 기본적으로 탁월한 마법 내성을 가졌다. 이는 어머니인 광휘 드래곤의 마법 내성이 강한 것에 기인한다.

그리고 마법 내성으로 견디기 어려울 것 같은 공격은 내가 섬광 뛰기로 피해버리면 그만. 그는 더욱 난처해졌다. 육탄전이라면 애초에 내게 상대도 안 되고.

"좋다! 하지만 내가 모든 수를 썼다고 생각하면 오산이다!"

일시에 마력을 폭발시켜 날 밀어낸 그는 자신의 절기를 발동시켰다.

"아라크노 포비아!"

어찌 막을 틈도 없었다. 갑자기 수천만 마리의 거미 떼가 나타나 방을 가득 채우기 시작한 것이었다.

바글바

글바글바글바글바글바글바글바글바글바글바글바글바글바글바글
바글바글바글바글바글바글바글바글바글

　사방에 가득한 거미들은 아군에게 달라붙어 마구잡이로 물어대기 시작했다. 어떤 건 사람 머리통만큼 컸고 또 어떤 건 눈에 간신히 보이지 않을 정도로 작았다. 독의 성분도 저마다 달라 마비된 자도 있었고 어떤 자는 격렬한 통증에 뒹굴거나, 게거품을 문 자도 보였다.

　"모두 후퇴! 후퇴하라!"

　잘못하다가는 룸에 들어온 아군이 전멸하게 생겼다. 나 역시 위험한 상황이었다. 제자리에서 날아올라 피했는데 거미들이 서로서로 밟고 올라 탑을 만든 뒤 나를 노려온다. 순식간에 사람 두 배 크기의 거미 탑이 생기더니 날 덮치는 것처럼 쓰러져 온다.

　번쩍.

　섬광 뛰기로 그 공격은 피한 뒤 격렬하게 날갯짓을 해 풍압으로 거미를 밀어냈다. 하지만 효과는 잠시뿐이었다.

　"크하하핫! 내 궁극기가 어떤가!"

　밸리어트는 득의양양해 한다. 아군 측은 패닉에 빠졌고 그의 몸은 작은 거미들이 달라붙어 상처를 회복시켜주고 있었다. 전세역전이군. 그런데 뒤쪽에서 내 이름을 부르는 목소리가 들렸다.

　"오토!"

　"뭡니까! 맙소사! 네리스! 아직 안 도망가고 뭐했습니까!"

　이미 전 병력은 철퇴한 상황이었다. 미처 도망가지 못한 불운한 희생자들만 거미 떼에 파묻혀 있다. 다행이 이 거미 떼는 룸 안에서 다른 곳으로 기어나가지 않았다. 아무래도 밸리어트 주위에만 있어야 하는 것 같다. 그래서 내가 도망가지 않고 버티고 있는 거고.

"동료라며! 동료를 버리고 갈 수는 없다!"

"목숨이 왔다갔다 하는데 동료가 어딨습니까! 어서 가세요, 네리스 양."

"네가 말한 동료가 겨우 그 정도였나! 이 거미 떼 때문에 네가 여기서 버티고 있는 걸 모를 줄 아나! 이런 일방적인 관계가 네가 말한 동료인 건가!"

꽉 막혔는데 쓸데없이 눈치까지 좋네. 정말 곤란한 점이 한두가지가 아니다. 네리스는 자신의 부러진 쌍검에 특유의 파란 화염을 일으킨다. 그리고 크게 휘두르자 파도처럼 파란 화염이 앞으로 쏘아져 나갔다.

화르르륵!

파란 화염에 휩싸인 거미 떼가 불타오르며 사라진다. 덕분에 나는 네리스가 있는 쪽에 내려앉을 수 있었다.

"오토, 내가 시간을 벌어줄 테니까 뭐라도 해봐."

"아니 뭐 저라고 별다른 수가…."

"생각이 있어 남은 거 아닌가. 내가 어떻게든 시간을 벌어줄 테니까 실망시키지 말라고."

"진짜 쓸데없이 눈치가 좋으십니다, 네리스 양. 귀엽지 않다고요."

내 말에 네리스는 좀 울컥한 표정으로 입을 벌려 보인다. 그러자 쭉 찢어진 입이 뱀처럼 벌어진다.

"한 번만 더 그딴 소리하면 물어버리겠다."

네리스는 내 살을 먹고 일시적으로 구울의 욕구를 벗어나 자제심을 발휘하고 있었다. 하지만 흉흉한 기세는 여전해서 난 움찔하지 않을 수 없었다.

"아무리 제 살이 맛있었어도 그런 소리는 사절입니다."

시간이 없었다. 거미 떼는 우리에게 다시 몰려들고 있었고 회복에 전념하던 밸리어트도 몸을 일으켰다.

"크하하하. 꽤 곤란한 것 같군! 오토!"

밸리어트는 매우 기분 좋아 보인다. 그도 그럴 게 완전히 상황이 역전되긴 했으니까. 아니, 기껏 힘들게 딜을 해놨더니 궁극기로 다 회복해 버리는 게 어디에 있어.

진짜 너무하네.

콰아앙! 콰앙!

밸리어트는 파괴 마법을 쏴냈고 네리스는 파란화염이 깃든 자신의 쌍검으로 그걸 재주 좋게 쳐내고 있었다. 그러면서도 발치로 몰려오는 거미 떼도 견제해야 하니. 몸도 성치 않은 그녀에겐 이중고였다. 얼마 버티지 못할 건 자명했다.

"오토!"

"알겠습니다."

더 시간 끌지 말고 나도 해내야만 했다.

궁극기는 밸리어트만 가지고 있는 게 아니다. 그와 동격인 나 역시 지금까지 쓰지 않은 궁극기가 있다. 다만 아직까지 제대로 써본

적도 없고 개발 된지 얼마 안 된 능력이라 쉽게 쓰지 못했을 뿐이다. 하지만 상황이 이렇게 된 이상 반드시 성공시켜야 한다. 나뿐 아니라 많은 이들의 명운이 걸린 일이었으니까. 나는 일단 빛살 모으기의 능력을 이용해 마력을 있는 대로 끌어당겼다. 그러자 드래곤킨 특유의 소형화된 드래곤 하트가 진동하기 시작한다.

우우웅.

나는 내 육체가 견딜 수 있는 최대 수준의 마력을 운용할 필요가 있었다. 그리고 일시에 뿜어낸다.

바로 드래곤킨의 궁극기.

드래곤 브레쓰를 말이다.

"오토! 네놈이 뭘 하려는지 모르겠지만 두고 보지만은 않겠다!"

밸리어트는 위험을 감지하기라도 한 듯 갑자기 공세를 더욱 강화한다. 그러자 결국 네리스가 버티지 못하고 쓰러진다.

"까앙!"

뭐야, 네리스 양!

평소에는 딱딱하게 말하다가 갑자기 그리 귀여운 비명을 지르면 반칙이야!

하지만 상황은 녹록치 않다. 네리스를 쓰러뜨린 밸리어트가 이번에는 나를 노려왔기 때문이었다. 더는 저 파괴 마법을 막아줄 존재가 없었다.

견디는 수밖에. 궁극기를 위해 아직 시간이 필요했다.

"오토! 죽어라!"

다시 한 번 날아온 파괴 마법을 보며 나는 팔을 얼굴 앞에서 엑

스 자로 교차해 방어했다. 이제는 드래곤킨의 강력한 비늘을 믿어야
한다.

"크아악!"

파괴 마법을 받아내자 전신이 격통에 휩싸였다. 게다가 등 뒤에
날개 뼈까지 부러져 덜렁거렸다. 전신의 비늘에선 연기가 났고, 일
부에는 작은 불까지 붙어서 타닥타닥 타오른다.

"몇 번이나 그리 견딜 수 있을까!"

다시 한 번 날아온 파괴 마법.

"크아아악!"

이번에는 피해가 아주 컸다. 내 한쪽 눈알이 터져나갔기 때문이었
다. 상상할 수 없는 통증이었다. 안구의 체액이 줄줄 흘러내린다. 누
군가 달군 인두로 눈을 후벼 파는 것 같은 고통이었다.

"크아아아악!"

하지만 나는 비명을 지르면서도 결코 무릎을 꿇지 않았다.

"근성이 제법이구나! 하지만 다음이 마지막이다!"

정말로 마지막이겠지. 한 번 더 정면으로 저 파괴 마법을 받았다
가는 견디질 못하겠다. 아마 쓰러지지 않고는 못 배길 것 이다.

하지만 괜찮아.

"밸리어트! 다음에 쓰러지는 건 네놈이다!"

"웃기는군! 네 몰골이나 보고 나서 그런 말을 하라! 자, 마지막
이다!"

밸리어트는 모든 걸 끝내겠다고 파괴 마법을 쏘아온다. 하지만 그
순간 내 입 주위에는 빛의 입자가 모이고 있었다. 마법을 쏘아낸 밸

리어트가 놀란 눈을 치켜뜨는 순간 드래곤 브레쓰가 쏘아졌다. 광휘 드래곤킨에게 어울리는 광선 브레쓰였다. 넓게 퍼져 많은 적을 섬멸할 수 있는 힘은 아니었지만 집중도가 대단하다.

지이이이잉!

지름이 20센티미터 정도 되는 광선형 브레쓰는 밸리어트의 마법을 파괴한 뒤 걸리는 모든 걸 관통해 버렸다.

그걸로 끝이었다.

"허억!"

짧게 숨을 몰아쉬는 밸리어트. 그는 믿을 수 없다는 표정으로 자신의 흉부를 내려다보고 있었다. 그의 가슴은 전에 없던 커다란 구멍이 뚫려있다.

얄궂게도 네리스가 두 번 베어 남긴 엑스자 모양의 상처 한 가운데로 말이다. 마치 여기다 쏘세요, 같은 표식이었다고 할까.

광선 브레쓰는 그걸로 그치지 않고 뒤쪽 던전의 벽까지 구멍을 낸 상태였다. 대체 어디까지 뚫고 간 걸까?

"이런, 말도… 안 되는……."

그가 빈사에 빠지자 사방을 가득 채웠던 거미 떼도 거짓말처럼 하나 둘 사라진다.

"밸리어트, 네놈만 궁극기가 있다고 생각한 건 아니겠지?"

"안 돼. 이대로 죽을 순 없다. 황자 전하를 두고… 그런 간신배들에게 둘러싸인…."

배신당한 걸 알고도 아직도 자기 주인을 찾고 있는 건가.

"네가 맘에 안 들긴 하지만 보기 드문 충신이란 건 알겠다. 하지만 보답 받지 못한 충정에 의미가 있는가?"

"비천한 놈이 어찌 충의를 알겠느냐! 주인께서 나를 소홀히 대하셔도 이 마음은 금강석같이 변함없는 것. 그게 바로 충의란 것이다."

"배신당했어도 말인가?"

내 지적에 밸리어트가 주춤한다.

"…그럴 리가 없다."

"정말 그렇게 생각하는 거야? 그렇다면 거미장군의 지력이 실망스러운데?"

"…그럴 리가 없다고 하지 않았나! 전하께서는… 전하께서는 그저… 간신들에게…."

"간신이 아니지. 다 황자가 필요해서 곁에 두고 쓰는 무리인 거다. 황자는 밸리어트 네가 아니라 그들을 골랐다. 왜냐? 바른 말을 해줄 신하보다 자신을 위해 군말 없이 돈을 대줄 신하를 더 원했으니까."

내 말에 밸리어트는 미동도 하지 않는다. 그의 손은 사정없이 떨리고 있었다. 그러다 갑자기 발작하듯 달려든다.

"크아아아아악! 네놈만 아니면! 네놈만 아니었다면!"

나를 붙잡고 악을 쓰던 그는 곧 비통한 목소리로 외친다.

"알고 있었다! 처음부터 알고 있었단 말이다! 황자가 쓰레기란 걸! 구제불능이란 걸! 다 알고 있었단 말이다!"

회한에 가득 찬 눈물이 밸리어트의 눈에서 흘러내렸다.

"나를 모함한 이도 사실 황자인 걸 짐작하고 있었단 말이다!"

"대체 왜?"

왜 그렇게 충성을 다 한 건가. 많은 게 담긴 내 물음에 밸리어트는 외친다.

"그러면서도 섬기는 게 충성이다. 마지막까지 주인을 포기하지 말아야 하는 게 충성이란 말이다! 크억!"

급기야 밸리어트는 입에서 피를 토해냈다. 어쩌면 이리 미련할 정도로 그런 망나니를 섬겼단 말인가.

"밸리어트 지금 네 꼴을 봐라. 몸이 곧은 데도 그림자가 기울고, 윗사람이 훌륭히 다스리려고 하는데도 아랫사람이 혼란스러운 일은 없다고 했다. 주인이 바른 자였다면 네가 여기서 한스럽게 죽어갈 일이 있겠는가? 충성도 좋지만 그만큼 가치 있는 자에게 행해야 하는 법이다. 주인이 너를 귀하게 대하면 너도 귀하게 대하고, 주인이 너를 평범하게 대하면 너도 평범하게 대하고, 주인이 너를 멸시하면 너도 멸시하는 게 옳다. 이게 대체 무슨 꼴인가. 위태로운 나라엔 들어가지 말고 어지러운 군주 밑에서 일하는 게 아님을 모르나!"

"시끄럽다! 누가 약삭빠르게 사는 법을 모르는 줄 아나! 하지만 그래서야 누가 끝까지 황자 전하를 지킬 수 있다는 말인가! 그분이 강보에 쌓인 아이였을 때부터 나는 충성을 맹세했다. 길고 긴 세월 그분을 위해 봉사해 왔단 말이다! 뭐? 어지러운 군주 밑에서는 일하는 게 아니라고? 누가 그걸 모를 줄 아나! 그래서 모두 황자 전하를 떠나면 대체 그분 곁에 누가 남겠는가! 그러니 나라도 변치 않고 끝까지 남아 있어야 한다! 세상 모든 게 변해도 하나 정도는 그분을 위해 변하지 않아야 하는 게 있어야 하는 게 아닌가! 그런 내가 잘못됐단 말이냐!"

무엇이 그에게 이런 마음을 갖게 했는지는 모르겠다. 아마 밸리어트와 황자 사이에는 내가 알지 못하는 많은 이야기가 있었던 거 같다. 하지만 그런 그도 이제는 죽어가고 있었다. 아무리 거미장군이 대단해도 가슴팍에 커다란 구멍이 생겨서야 더는 못 견딘다.

"크억!"

다시 한 바가지의 피를 토하는 밸리어트. 그의 기다란 거미 다리들이 추욱 늘어지기 시작한다. 나는 그 모습을 보며 한숨이 절로 나왔다.

"예로부터 대업을 이루려면 충신을 아껴야 하는데, 어진 신하가 이렇게 떠나니 황자의 곁이 이제는 텅 빈 꼴이 될 것이다."

"……전하."

밸리어트는 이미 내 목소리도 들리지 않는 듯했다. 그는 멍해진 얼굴로 황자를 찾는다. 죽음이 그의 바로 옆에 와 있었다.

"전하, 제가 약속했지요. 반드시 지켜드리겠……."

그게 그의 마지막 말이었다. 훌륭한 장군의 허망한 최후였다. 그가 죽기 전에 보여준 충의가 마음을 울리는 것이라 그를 진심으로 애도할 수밖에 없었다. 나는 장탄식을 내뱉었다.

"공신록에 이름 한 줄 올리지 못했으면서, 던전 한 구석에 이름 모를 무덤만 무수하구나!"

고개가 절로 흔들어진다. 전쟁이 뭔지, 충성이 뭔지. 그런 생각에 사로잡혀 있을 때 주변이 곧 소란스러워진다. 뒤돌아보니 아라크노포비아에 쫓겨 갔던 아군이 거의 다 돌아와 있었다. 그들은 쓰러진 밸리어트를 보더니 환호성을 울린다.

"승리다! 승리!"

"거미장군이 죽었다!"

룸 안은 열광의 도가니가 되어 갔다. 그리고 모든 환호가 내게 쏟아져 내렸다. 이쪽은 완전 축제 분위기다. 나는 그런 그들에게 마지막 싸움이 남았다고 했다. 거미굴로 도망간 잔당의 소탕이었다.

"남은 적을 모조리 죽여라!"

3-6. 키스하지 않고서는 도저히 참지 못할 것 같아

던전을 뒤집어 놨던 사건 이후 일 처리는 쉽지 않았다. 오히려 싸움보다 더 힘들었다는 말이 나올 정도. 던전의 정비뿐 아니라, 상급 부대에서 내려온 감찰 장교를 응대하는 것도 일이었다. 갑자기 거미장군이 쳐들어왔다는 말에 많은 장교들이 상황을 파악하고자 몰려왔던 것이다. 이들이 도착하기 전에 면밀한 조작이 있었음은 말할 필요도 없다. 애초에 알고 대비한 게 아니라 갑작스러운 침공에 잘 대처했다는 걸 어필하는 게 중요했다.

"밸리어트가 참으로 과감한 작전을 사용했군."

감찰을 위해 나온 오르스트* 계급의 장교가 전장을 둘러보며 감탄을 거듭했다.

"하지만 이 공격을 막아낸 그대들의 위업이 더 대단하게 생각되는 것이네."

그의 찬사에 더블바인드는 겸양을 보였다.

"과찬이십니다."

---

* 대령급.

"그런데 말일세, 너무나 방어가 훌륭해 마치 알고 대비한 듯한 느낌이 드는군?"

속으로 흠칫했다. 그러나 더블바인드가 유연하게 잘 넘겨줬다.

"그럴 리가 있겠습니까? 거미장군 같은 거물이 쳐들어온다는 걸 알면 어찌 상급부대에 도움을 청하지 않겠습니까? 그저 평소 철통 같은 대비를 해왔기에 가능한 일이었습니다."

"허허허, 정말 참 군인의 귀감이로군요."

"그 외에도 여기 이 친구의 활약이 결정적이었습니다. 거미장군을 쓰러뜨린 것도 그입니다."

"과연. 합하께서도 주목하고 있는 사내답군."

감찰 장교는 날 보더니 고개를 끄덕인다. 그리고는 악수를 청한다. 나는 즉각 관등 성명을 댔다.

"루테르 에머른 오토입니다!"

"나는 이런 패기 넘치는 군인을 좋아하지. 내 이름은 르카두일세. 내 도움이 필요한 일이 있으면 연락하게나."

"말씀 감사드립니다!"

대체 메르텔레스가 나에 대해 뭐라고 떠들고 다니기에 이런 감찰 장교까지 내 이름을 알고 있는 건지.

"군부에서 자네에게 거는 기대가 크네. 앞으로도 노력해 주게."

"최선을 다하겠습니다!"

"이번 일은 내 최대한 좋게 보고해 줌세. 상황을 파악해 보니 자네의 말에 거짓은 없어. 던전 코디네이터가 기록한 자료를 참고해 봐도 그렇고. 이번 일의 공으로 이 던전의 많은 장교들이 승진하게 될 거야. 던전 로드, 자네의 공도 참 크네. 잘 해주었어."

"감사합니다."

감찰 장교들에게 감찰을 받기 전에 밸리어트의 육체는 미리 감춰 놨다. 그 같은 거물이라면 군부에서 반드시 뇌를 열어 정보를 확인할 거고, 그리되면 내 입장에선 달갑지 않은 정보를 상부가 알게 될 수 있었기 때문이었다. 전공을 입증하기 위해 밸리어트의 영혼석만을 남겨두고 그의 육체는 전투 중 소실되었다고 둘러댔다. 물론 그걸 위해 불에 탄 시체의 일부를 준비하는 것도 잊지 않았다. 영혼석의 경우는 깨져 사라졌다고 둘러댔다.

"때가 되면 승진 명령서가 내려올 걸세. 미리 축하하지."

"감사드립니다. 르카두 님."

"그럼, 돌아가 보겠네. 오토, 아르탈란에 오면 술이나 한 잔하지. 연락하게나."

"호의에 감사드립니다."

물론 수고한 감찰 장교들에게 노잣돈을 챙겨주는 걸 잊지 않았다. 원래 오고가는 금붙이 속에 정이 싹트는 것 아닌가. 그렇게 감찰이 끝나고 나자 노획한 적의 육체와 영혼석을 정리하는 일이 남았다. 사실 가장 중요한 일이다. 이번에 대박이 터졌기에 다들 기대를 많이 하고 있었다. 잘 매각해서 보너스를 적절하게 지급해야 다들 불만이 없을 터. 나는 당연히 이 문제를 넬라와 상의했다.

"넬라. 이번 건은 큰 거래니까 잘 부탁할게."

"맡겨주세요."

넬라는 열심히 노획품을 정리했다. 그렇게 파악된 영혼석은 219

개. 반면 육체는 겨우 97체였다. 전투가 얼마나 치열했는지 알 수 있는 방증이었다. 적의 육체가 거의 조각조각 났다는 것이다. 깨진 영혼석도 많았다.

"오토 경. 아군의 영혼석과 육체는 어떻게 하죠?"

"그건 군부에서 처리할 테니까 신경 안 써도 돼."

넬라가 이 모든 일을 처리하는 데는 일주일 정도 걸렸다. 이번에 적의 영혼석과 육체를 팔아 얻은 수익이 총 317만 밀이다. 뗄 거 다 떼고 난 순이익이 말이다.

"세상에… 317만 밀이라니. 이게 다 내 돈이야?"

"물론이에요. 회사의 중개 수수료, 정부에 내는 세금, 군부에 뿌린 로비, 던전의 병사들에게 지급한 보너스 등을 다 제한 금액이에요."

"나도 이제 부자인 거네?"

"물론이에요. 제가 보기에도 어제보다 훨씬 근사해 보이시는데요?"

넬라의 농담에 나는 웃음을 터뜨렸다.

엄청난 거금이다. 이 정도면 드래곤도 살 수 있을 정도다. 사실 원래 이 돈은, 2-04던전의 사장이나 다름없는 더블바인드의 차지였다. 하지만 그가 수하였기에 결국 모든 돈이 내게 오게 되었다.

"더블바인드에게 10만 밀을 떼어줘."

"알겠습니다."

10만 밀이 큰돈이긴 하나 더블바인드 덕을 본 것에 비하면 약소하다. 그래도 나는 307만 밀의 순이익을 얻게 되었으니까. 게다가 앞으로 57년간 나를 위해 이런 봉사를 계속해줄 더블바인드인데, 이 정도를 해주는 건 괜찮았다. 사실 이번에 더블바인드가 잘 싸우긴 했지만 가장 큰 전공은 이 많은 돈을 내가 갖도록 해준 점에 있다. 그러니 10만 밀이라는 포상을 하기로 한 것이다.

2-04던전은 복구공사가 한창이었다.

하긴 그 난리를 쳤으니….

내부에 공기 정화 장치가 쉴 새 없이 돌아가고 있었다. 밸리어트와의 싸움 이후 많은 게 변했다. 승진을 한 이가 여럿인데 나 역시 소령급인 태온 계급이 되었다. 소위급인 베님부터 시작했으니 고속 승진의 연속이라 할 수 있었다.

"오토 경께 경의를 표합니다."

던전을 살피고 있는데 주변에서 병력이 모두 인사를 해 온다.

"고맙네."

날 따르는 룸장이 다가와 연방 악수를 청했다. 이번 싸움으로 다들 한 몫 챙겼기에 분위기가 아주 좋았다.

요새 내 명성이 군 내부에서 자자하다. 처음에는 그저 튀는 듯한 느낌의 초급 장교였겠지. 하지만 그런 자가 거미장군 밸리어트를 쓰러뜨렸으니 화제가 안 될 리가 없다.

"그럼 일이 있어서 이만."

"네, 오토 경!"

병사들과 환담을 하고는 거미굴의 입구를 다시 살펴봤다. 이번에 던전 코디네이터도 알아차릴 수 없게 굴착해 와 한때 큰 위기에 빠졌었다. 조사를 해보니, 거미줄과 마법을 이용해 소리 없이 굴착하는 방법이 있다고 한다. 자세한 원리야 모르지만 밸리어트의 뇌가 내게 있으니 언젠가는 알아낼 수 있을 거다. 그렇게 한참 생각에 잠겨 있는데 익숙한 목소리가 말을 걸어온다.

"오토."

"메이니."

나는 평소처럼 그녀에게 웃어보였는데 어째 메이니는 슬픈 표정이었다.

"왜 그래? 무슨 일 있어?"

"그게 말이야…."

"뭔데? 편하게 말해봐. 우리 사이에."

계약 연애 관계라고 하지만 같이 지내면서 정이 많이 쌓였다.

"우리 사이에?"

메이니는 되물으면서 살짝 미소 짓는다. 얼굴을 붉히면서도 기뻐하는 듯한 모습이 귀엽다.

"그래."

"사실 그게 말이야…. 나 승진했어."

"정말? 축하해. 어디로 가는 건데?"

"3선에 있는 더 큰 던전으로 가게 됐어."

"그렇구나… 축하해…."

메이니가 안전한 3선으로 빠지게 됐다니 다행스러운 일이었다. 그런데 나는 왠지 기운이 쭉 빠지는 기분이었다.

그 이유는 명확했다.

"축하할 일이긴 한데, 메이니 너랑 헤어진다는 소리구나."

"응…. 승진을 거부하고 여기 남을까?"

"안 돼, 그건. 그리고 나도 테온 계급이 되서 2-04던전을 떠나게 될 것 같아. 이제는 최전선인 1선으로 나가게 될 거야."

나는 검증된 유능한 인재다. 군부에서는 가장 치열한 지역에 투입하고 싶어 할 거다. 그리고 그곳에서 살아남고 공을 세워야만 더 높은 곳으로 나아갈 수 있다.

"…그렇구나."

메이니의 목소리는 울적했다. 나는 그녀의 손을 잡아주려 했지만 홀로그램 상태라 허공만 갈랐다. 안타까웠다. 전에 같이 혼욕했던 때의 일을 떠올려 보면, 메이니는 원해서 군부에 온 게 아니다. 그리고 군부에서의 삶에 회의를 느끼고 있었다. 어떻게든 그녀를 구해주고 싶었다.

"메이니."

"응?"

"얼마 전에 군사령관이랑 약속을 하나 했어. 내가 적의 장군급을 쳐내고 나면 내 소망을 진지하게 들어주겠다고."

"그게 무슨 소리야? 오토."

"메이니."

"응?"

"너를 구해줄게. 가서 너를 받아오겠어."

이제 그날 목욕탕에서 한 약속을 지킬 작정이다.

지하 세계는 신비한 곳이다. 가만히 머리 위를 올려다보면 더 그렇다. 이제는 암반으로 된 저 거대한 천장이 있는 광경이 익숙했다. 처음 본다면 누구나 압도당하리라. 천장이 높은 거대 돔처럼 보이는데, 지구에 있는 어느 돔구장과도 비교할 수 없이 크다. 그래서 지저의 천장 아래 있으면 상상을 초월하는 거대 건물 안에 들어와 있는 기분이 들었다.

아르탈란이란 거대 도시를 안에 수용하고 있는 엄청난 크기의 건축물 말이다. 이런 느낌은 오직 지하 세계의 높고 넓은 천장을 직접 본 자만이 느낄 수 있을 것이다. 아르탈란에서 가장 높은 천장은 수백 미터에 이른다고 한다. 하지만 군사령부가 있는 곳은 상대적으로 천장이 낮다. 대략 60미터 정도. 20층짜리 아파트 높이와 비슷하다. 그렇기에 특색있는 광경을 볼 수 있는데 바로 군사령부 건물 주위 네 개의 거대한 기둥이 천장을 떠받치고 있는 모습이었다. 마치 이슬람 모스크의 미나레트Minaret라고 불리는 네 개의 거대한 첨탑을 연상케 했다. 다른 점이 있다면 그 첨탑 끝이 지하 세계의 천장과 닿아 있다는 점이다. 그리고 원래 미나레트가 예배 시간을 알리는 용도였다면 여긴 군부의 마법사들이 사용하는 마탑이라는 점이 차이다. 그 외에 관측소 역할도 한다고 한다.

"후우…."

나는 착잡한 심정으로 군부의 첨탑을 보고 있었다. 저기 가장 위에는 관측소가 있기에 군사령부를 찾는 자들을 미리 파악한다. 이미 메르텔레스는 내 방문을 알아차렸겠지.

"좋아, 가자."

기합을 넣고 군사령부로 들어갔다. 나는 오늘 최초로 군부의 던전 코디네이터를 내게 달라는 말을 하려고 왔다. 이미 그 정도의 공을 세우기도 했고. 다행히 메르텔레스를 바로 만날 수 있었다. 이미 그에게 장군급을 하나 잡아낸 뒤 오겠다고 하기도 했었고.

"합하."

집무실에서 만난 그의 모습은 여전했다. 그는 인사대신 시작부터 악담을 날려 온다.

"터무니없는 짓을 하는 건 여전하구먼."

메르텔레스의 손에 들린 걸 슬쩍 보니 감찰 장교의 보고서였다. 겉면에 르카두란 이름이 보인다.

"오르스트 르카두를 잘 구워삶았더군. 거미장군을 잡을 준비를 하면서 사전에 알리바이까지 만든 건가? 기가 막히는군. 정말 기막혀! 이 썩을 놈!"

메르텔레스는 르카두의 보고서를 읽을 가치도 없다는 듯 내던진다. 그도 그럴 게 메르텔레스는 이번 전투가 처음부터 내 계획에 의해 이뤄진 걸 알고 있다. 보고서에는 갑작스러운 기습을 당한 후 물리친 걸로 되어 있지만.

"거미장군이라, 2-04던전처럼 별 볼일 없는 던전은 평소에 아무리 대비가 철저해도 막아낼 수 없는 자다."

"맞습니다."

"장군급을 하나 잡겠다고 할 때 반신반의했는데 설마 상대가 그

거미장군일 줄이야."

"칭찬 받을 생각으로 왔습니다만, 어째 합하께선 좀 탐탁치…."

내 말에 메르텔레스는 곧장 역정을 낸다.

"귀관 같이 제멋대로인 자는 군에 필요 없다! 만약 실패라도 했으면 어쩔 뻔했어."

그가 화내는 건 지당하다. 정상이라면 상급부대에 먼저 보고하는 게 옳았겠지. 그래도 네놈에서 귀관으로 호칭이 변경된 걸 보니 아주 밉상은 아닌 것 같다.

"하지만 승리하지 않았습니까? 준비는 완벽했고 패배할 확률은 낮았습니다."

"이런 건방진 놈 같으니라고…."

말은 그렇게 하면서도 메르텔레스는 나를 더 탓하지 않았다. 타르나이 제국은 결과 위주의 사회다. 결과만 좋으면 과정은 덮이는 일이 흔했다.

누구보다 그런 점을 잘 아는 메르텔레스는 내게 원하는 게 뭐냐고 물어왔다.

"귀관이 일전에 공을 세운 후 원하는 걸 말하겠다고 했지. 내 귀관의 공로를 인정해 진지하게 듣겠네. 말하도록."

여기선 더 뺄 것이 없었다. 강하게 주장할 때였다. 그래서 단도직입적으로 말했다. 마치 장인어른에게 딸을 달라는 듯한 태도로.

"2-04던전의 던전 코디네이터, 메이니 체리트리를 제게 주십시오. 합하."

"뭐라?"

황당한 소리를 들었다는 듯 메르텔레스는 입을 벌린다. 뭐랄까, 나는 이 위엄있는 군사령관을 놀라게 하는 건 탁월한 재주가 있는 것 같다.

"말 그대로입니다. 2-04던전의 메이니 체리트리를 갖고 싶습니다. 제게 주십시오."

어릴 때 납치되어 군부에서 키운 던전 코디네이터는 물건이나 다름없다. 아니, 물건이다. 생각할 능력이 있는 물건으로 취급되고 있었다. 그래서 갖고 싶다고 정확히 말한 것이다. 여기서 애정이니 우정이니 했다가는 비웃음만 당할 게 뻔하다. 그리고 메르텔레스의 마음속에서 나에 대한 평가가 한 없이 추락하겠지. 아니나 다를까 메르텔레스가 그 점에 관해서 물어온다.

"잠자리를 데워줄 미녀가 필요한 건가? 물론 던전 코디네이터들이 아름다운 외형을 갖게 만들어지긴 하네만… 잠시만 기다리게."

메르텔레스는 마법을 부리더니 뭔가를 찾기 시작했다. 허공에 곧 메이니 체리트리의 얼굴이 떠오른다. 아마 마법으로 만든 사진 비슷한 것이겠지.

"흠… 이 정도면 던전 코디네이터 중에서도 발군의 미인이군. 하지만 군부의 재산을 달라고 하는 게 말이 되는가? 이런 여자는 돈만 있으면 얼마든지 구할 수 있지 않은가. 경매장에 가면 자네는 상상도 못하는 온갖 아름다운 노예로 가득하네. 특히 내전으로 혼란스러운 지금, 자비로운 주인을 기다리는 미희들이 넘쳐나지. 이번에 제법 돈도 챙겼을 텐데 가서 가련한 꽃들을 몇 거두면 되지 않겠나. 잘 꺾어서 자네의 침실에 장식해 두게. 본관은 귀관이 그 정도 풍류를 즐긴다고 뭐라할 사람이 아니야."

메르텔레스는 황당한 소리 하지 말라고 살살 날 달랜다. 동시에 내가 애정 때문에 던전 코디네이터를 달라고 하는 멍청이인지 알아보고자 하는 거겠지. 저런 인정 어린 태도를 가장하면 솔직히 말하기 십상이니까. 그래서 나는 메이니에게 친애의 정을 갖고 있음에도 겉으로는 태도를 달리했다.

"분명히 말씀드리는데 그런 이유가 아닙니다. 메이니 체리트리는 뛰어난 능력의 던전 코디네이터입니다. 이후 제가 어딜 가던지 그녀의 능력을 활용하고 싶을 정도로 말입니다."

"흐음… 그렇다고 해도 군부의 재산을 사유로 달라고 하다니."

그는 내 요구에 고민스러운 기색이었다. 하지만 이번에 내가 세운 공이 워낙 큰 탓에 들어주지 않는 것도 애매할 테지.

"뭐, 작위라도 달라는 것도 아니고 좀 이상한 걸 요구하는군. 다른 걸로 바꿀 생각이 없나?"

말을 돌리려 하기에 단호하게 못을 박았다.

"없습니다. 저는 그녀를 원합니다."

메르텔레스는 곤란해 하면서도 내가 강하게 나가자 어쩔질 못하고 쩔쩔맸다. 분명하게 확약을 한 건 아니지만 내가 군공을 세워오면 진지하게 소망을 들어주겠다고 했다. 군사령관급이 되면 그런 구두 약속조차 무게감을 갖는다. 그렇기에 메르텔레스가 지금처럼 난처해하는 것이다.

"끄응… 설마 진짜 장군급 하나를 쳐낼 줄이야."

지금 중얼거리는 그 말이 그의 심경을 대변해 주고 있었다.

"그래도 군부의 던전 코디네이터에가 개인에게 주어진 경우는…."

"합하!"

"원, 알겠네. 알겠어. 어느 안전이라고 소리를 질러! 무엄한 놈이."

"합하께서 들어주시면 제 목소리가 높아지겠습니까."

"아주 군사령관이랑 친구하자고 하지 그러냐. 못되먹은 놈 같으니라고."

호칭이 귀관에서 놈으로 왔다갔다 하는구나. 결국 메르텔레스는 내 압박에 두 손을 들고 말았다.

"귀관은 아주 괴상한 부탁을 하는군. 포상으로 던전 코디네이터를 달라고 하는 자가 나올 줄은 생각도 못했네. 뭔가 애매하면서도 주기 어려운 선물이 아닌가."

"그렇다고 하심은?"

"좋네, 가지고 가게. 군사령관의 권한으로 던전 코디네이터 하나 빼돌리지 못하겠나. 군부에 부른 걸로 하고 적당한 때에 제적하면 돼."

"감사드립니다."

"단, 조건이 있어."

메이니를 군적에서 제적하는 건 할 수 있어도, 군부에서 직접 던전 하트에 묶여 있는 마법을 풀어줄 수는 없다고 했다.

"그런 일을 하면 소문을 감출 수 없게 돼. 요컨대 직접 나서진 못하겠지만 귀관이 알아서 처리하면 눈감아 주겠다는 소리야. 그 정도 능력은 있겠지?"

"좋습니다. 제 선에서 처리하지요."

아직 어떻게 할지 감이 안 잡혔지만 아무래도 내 선에서 해결해야 할 것 같았다.

"합하, 그러면 가보겠습니다."

"좋네, 어지간하면 이제 다시는 찾아오지 말게. 어쩐지 자네는 늘 내게 두통거리만 가져오는 기분이야."

메르텔레스의 내가 골칫덩이인 모양이었다. 아마 그럴 테지. 전에는 자해하질 않나 이번에는 던전 코디네이터를 달라고 하지 않나.

상관 입장에서는 여간 곤란한 녀석이 아닐 거다. 하지만 나는 메르텔레스를 자주 만나는 게 좋겠다는 생각이 들었다. 앞으로 군사령관인 그에게서 더 많은 걸 얻을 수 있을 것 같다는 직감 때문이었다.

"또 뵙겠습니다. 합하."

"불길한 소리 말고 얼른 귀관의 던전으로 가버리라고."

어떻게 메이니의 영혼을 던전하트에서 해방시킬까?

그런데 그에 대한 답은 간단했다.

바로 바페에게 받은 더블S등급의 능력인 영혼 다루기. 일전에 나는 그 기술로 불법 시술소에서 큰 위기를 넘겼다. 그때 이미 능력을 각성했으니 이번에 메이니를 충분히 구할 수 있으리라.

그래도 나는 철저히 하기 위해 도시 외곽에서 몬스터를 잡아서 영혼 다루기의 기술을 일주일간 수련했다. 그리고 충분히 능력을 익혔다고 생각되자 메이니의 영혼을 던전 하트에서 뽑아내기로 결정했다. 메이니가 새로 안착할 깨끗하고 새하얀 영혼석도 구해 놨다.

"오토, 정말 내가 자유로워져도 괜찮은 걸까?"

메이니는 군부를 벗어난다는 게 믿기지 않는 모양이었다.

"걱정 마. 군사령관이랑 담판을 짓고 왔으니까."

내 말에 메이니는 놀라움을 감추지 못했다.

"군사령관이라면 최고 지휘관이잖아. 그런 사람이랑 일 대 일로 만나서 담판을 지은 거야?"

"그래."

"오토, 너는 정말 대단해. 나 같으면 무서워서 얘기도 못 할 텐데."

보통은 메이니 같은 마음이 들겠지. 메르텔레스는 황녀 진영의 서열 2위다. 일인지상 만인지하의 위치라 할 수 있었으니까.

"메이니. 걱정할 건 하나도 없어. 내가 분명히 가서 널 달라고 했으니까."

"날 달라고 했어?"

내 말에 메이니는 묘한 얼굴이 되더니 얼굴을 붉힌다. 그리고는 살짝 몸을 꼬기 시작한다.

"또 뭐라고 했는데?"

나는 잠시 그때 일을 떠올렸다.

"음… 저는 메이니를 원합니다, 라고 못을 박았었지."

"후아아아!"

메이니는 깜짝 놀란다. 얘가 왜 이래.

"군사령관이 자꾸 말을 돌리려고 하기에 확실히 말할 필요가 있었어. 그런데 너 괜찮아? 얼굴이 너무 붉은데. 혹시 동굴 감기라도 든 거야? 아니, 던전 코디네이터는 그런 거 안 걸릴 텐데."

"감기가 아니야. 아무튼, 오토… 그러면 이제 나는 네 소유인 거야?"

"물론이지. 너는 이제 내 것이야."

"흐잇!"

갑자기 메이니가 몸을 움찔하며 떤다. 그러더니 두 팔로 자신의 몸을 감싼 후 고개를 숙인 채 중얼거렸다.

"나는 이제 오토의 것이구나…."

"저기, 괜찮아?"

"…응. 오히려 무척 기분 좋은 느낌."

"역시 군부에서 해방되어서 기분이 좋은 거지?"

"아니. 그것 때문만은 아니야. 역시 나는 정복자 스타일이 좋을지 도…."

메이니는 혼자 고개를 흔든다.

"응? 뭐라고?"

"아, 아니야. 아무튼 앞으로도 우리 계속 연애가 뭔지 함께 공부해 보자. 그러면 다음에도 헛다리짚는 일은 없을 거야."

배시시 웃는 메이니의 미소가 너무 예뻐서 나는 일순간 멍하니 바라볼 수밖에 없었다.

"오토, 앞으로나 나와 함께 해줄 거지? 나는 너의 던전 코디… 아니, 그런 직위에 상관없이 네 것이니까. 이제."

"물론이지. 나중에 내가 작위가 높아지고 큰 던전을 만들면 메이니 네가 도와줘야 한다?"

"물론, 기꺼이. 그런 던전 코디네이터 일이라면 행복하게 할 수 있을 거 같아."

메이니는 던전 코디네이터 일을 싫어하는 건 아니다. 군부에 묶인 희망 없는 삶에 괴로워했던 거지.

"그런데 오토."

"응?"

"전에 한 약속 기억나? 내 소원을 하나 들어주겠다고 그랬지."

"아….."

생각난다. 더블바인드 건을 처리할 때 메이니의 주의를 돌리려 그녀를 속인 일이 있었다. 그때 일로 빚이 생겨서 원하는 걸 하나 들어주겠다고 했다.

"뭔가 원하는 게 있어?"

"응."

그렇게 대답한 메이니는 한참 머뭇거린다.

그러다 겨우 토해내 듯 말해온다.

"우리가 비록 계약 연애에 불과하지만… 지금 만큼은 내게 소원이 있어."

"말해 봐."

대답 대신 메이니는 마법 지퍼에서 목도리를 꺼낸다. 저 정성 가득한 물건은 직접 짠 거다. 그녀는 그걸 자신과 내 목을 감싸듯 두른다. 어쩐지 이거 드라마에서 본 장면인데. 메이니와 나는 덕분에 바짝 붙게 됐다. 슬림하고도 예쁜 몸이 내게 찰싹 달라붙어 온다. 나는 도저히 참지 못하고 그녀를 꽉 껴안았다.

"아!"

가볍게 소리를 내는 그녀. 붉어진 얼굴로 어쩔 바를 모르고 있었다. 하지만 오늘 그녀는 그 어느 때보다도 용감했다.

"소원을 빌게. 키스하게 해줘 오토."

생각지도 못한 요구를 해왔기 때문이다.

"뭐?"

놀라서 바로 대답하지 못했다. 그러자 메이니는 그게 수락이라고 여긴 듯 내게 가까이 다가온다. 정말 조금만 움직여도 입술이 닿을 거리다. 달뜬 그녀의 숨결이 내 얼굴을 간질였다.

"군사령부에 직접 가서 나를 구해준 거. 정말 너무 고마워."

"메이니… 읍!"

뭐라 제대로 말하기도 전에 메이니의 부드러운 입술이 나를 덮쳤다. 촉촉하게 젖은 그녀의 입술이 오랫동안 떨어지지 않고 붙어 있었다.

"나는 이제 네 것이야, 오토."

메이니는 더욱 날 강하게 끌어안으며 속삭였다.

"영원히."

현재 나는 장기 휴가 중이다. 태온 계급이 된 후 새로운 던전으로 발령받기 전까지 시간이 꽤 났다. 현재 전선이 교착 상태인 것도 한몫했고.

"오토! 뇌물이 또 도착했어."

내 옆에는 지하 세계에 어울리지 않는 햇살 같은 여자가 있었다. 바로 메이니 체리트리. 이제는 군부의 던전 코디네이터란 속박에서 벗어난 그녀가 말이다.

메이니는 마력을 민감하게 느끼기 위해 노출이 심했던 던전 코디네이터의 의상 대신, 예쁜 여성용 원피스를 입고 있었다.

그녀는 그냥 평범한 옷을 입을 수 있다는 사실에 매우 감격했다. 그리고 좁은 방에 갇힌 생활이 아닌 원하는 장소로 걸어갈 수 있다는 것도 기뻐했다.

현재 그녀는 내 안전 가옥에서 집사 비슷한 일을 맡고 있다. 원래부터 던전 하나의 살림을 책임지던 그녀라 이런 일은 적성이 잘 맞았다.

"누가 보냈는데?"

"파르루의 남작 헤른이 보낸 금괴와 술, 사치품. 무무의 방백이자 궁정 관료 중 하나인 핀투아나가 보낸 보석과 비단, 대리석이야. 오늘은 이 둘이네."

"돌려보내."

"에에? 아깝게?"

"내가 언제 다 돌려보내라고 했냐."

"그렇지? 호호호."

메이니는 웃으면서 상자를 열더니 특별히 값진 것들을 따로 챙겼다. 그리고는 줄줄이 들어온 뇌물 상자들을 돌려보냈다. 현재 아르탈란에서 내 입지는 비약적으로 뛰어올랐다. 거미장군 밸리어트를 잡은 건, 내전의 괴로움 속에서 별다른 화재가 없어 신음하는 모두에게 귀가 좋긋할 만한 얘기였다. 군부는 날 영웅으로 선전했고 아르탈란 시민들도 열광했다.

　지금 아르탈란에는 내가 가장 유명한 루키라고 할 수 있었다. 그러다 보니 각계각층에서 격려란 이름의 뇌물이 왔다. 뇌물 상자들이 대로를 따라 줄줄이 이어질 정도였는데, 보통은 지저라고 해도 이 정도로 노골적인 건 부담스럽다. 다만 지하 세계 특유의 풍습이 있기에 당분간은 가능한 부분이었다. 자하에선 누군가 큰 공을 세우면 이렇게 격려금을 전달하는 기풍이 있었다. 그래서 뇌물은 이런 흐름을 타고 매일매일 내 집의 문지방을 넘어온다. 그러면 나는 마치 하나도 받지 않은 것처럼 그대로 돌려보냈다. 실제로는 귀한 건 모조리 챙기고 감사 인사까지 따로 전하고 있었지만, 사정을 모르는 시민들은 나를 청렴결백하다고 칭송해 마지않았다. 게다가 나는 과거 뇌물을 공여하려한 카르헨 상단의 상인을 감옥으로 보낸 경험도 있었으니까.

　"이미지 메이킹도 하고 돈도 챙기고 일석이조라 그거지."

　"오토, 너무 사악한 거 아냐?"

　"수완이 좋다고 해줬으면 해. 메이니."

　"호호호, 나는 사실 그런 오토가 좋지만."

　"그럼, 들어온 뇌물… 아니, 정情을 잘 정리해줘."

"어디 가게?"

"응, 네리스 양의 일 때문에 나가봐야 할 것 같아서."

"알았어, 다녀와!"

메이니와 헤어진 나는 인적이 드문 모처로 향했다. 네리스의 일 때문이라고 했지만 그 전에 들릴 곳이 있었던 것이다.

"흠… 여긴가."

내가 찾은 곳은 발라드 구르라고 불리는 개인 창고. 안으로 들어가자 곰팡이의 칙칙한 냄새가 났지만 건물 자체는 매우 튼튼하게 지어졌다는 걸 알 수 있었다. 마법 방어진도 충실했고 힘깨나 쓰는 어깨들도 여럿 어슬렁 거렸다.

나는 나이프와 같이 생긴 열쇠에 써진 번호를 찾아갔다.

"여기군."

번호가 맞는 곳에 가니 나이프를 꽂을 구멍이 보였다. 일단 꽂은 뒤 돌리자 곧 문이 열린다.

"좋아."

안으로 들어가 보니까 금괴가 차곡차곡 쌓여 있었다. 이게 웬 횡재야. 적어도 50만 밀은 돼 보이는구나. 나는 희희낙락해서는 금괴를 마법 지퍼 안에 챙겨 넣다가 멋들어진 상자 하나가 같이 있음을 발견했다.

이게 뭘까?

열어 보니 안에는 가죽으로 만들어진 지도가 들어있었다.

"뭐야? 보물지도 같은데?"

그건 어떤 건물의 정교한 단면도였다. 그 외에도 건물로 들어가는 비밀 통로 역시 표시되어 있었다. 그리고 최심처로 보이는 그곳에 써져 있는 보물의 이름은 '순결純潔'이었다.

"순결?"

이게 대체 뭘 말하는 걸까? 짐작도 안 되네. 순결이라 함은 티 없이 맑고 깨끗함을 말하는 단어다. 그렇다면 영롱하고 거대한 다이아몬드 같은 걸까? 한참 생각해 보았지만 알 길이 없다. 마침 잘 됐다. 안 그래도 장기 휴가 때문에 몸이 슬슬 근질거리고 있는데 이 참에 보물 탐사나 좀 해보는 것도 나쁘지 않을 것 같다. 나는 지도를 품에 잘 챙겨서는 개인 창고를 빠져나왔다.

에필로그

메이니와 헤어진 나는 네리스와 동행해 외출을 했다. 그녀에겐 중요한 일이었다.

"괜찮습니까?"

"그렇다. 이제야 좀 살 것 같군."

새로 만든 철가면을 쓴 네리스는 안도의 한숨을 내쉰다. 다행히 그녀를 위한 철가면을 어렵사리 하나 구할 수 있었다. 이건 단순히 얼굴을 가리는 철가면이 아니다. 구울이 가진 식육의 욕구를 억눌러주는 귀중한 마법 물품이었다. 다행히 아르탈란의 마법사 중 이 귀한 물건을 만들 줄 아는 자가 있었다. 돈이 꽤 들었지만 선택의 여지가 없었다.

"지난 번 일에 이어 이번에 또 빚을 졌군. 꼭 갚도록 하지."

"저는 네리스 양이 제 곁에서 있어주시면 그걸로 족합니다."

현재 그녀는 2-04던전을 떠나 내 안전 가옥에 머물고 있었다. 테온으로 승진한 나는 전선에 새로 발령받을 때까지 장기 휴가를 냈다. 네리스 역시 나를 따라 2-04던전을 떠났다. 그녀는 내게 고용된 존재지 2-04던전에 고용된 존재가 아니었기 때문이다.

네리스만이 아니다. 걸출한 영웅 브라흐 라자트와 2-04던전의 던전 로드였던 더블바인드도 내 안전 가옥에 머물고 있다. 더블바인드의 경우는 아예 군인 신분을 버렸다. 내 휘하에서 제대로 봉사하기 위해서였다. 군인 신분을 유지하면 2-04던전이나 새로운 던전으로 가야하는데 그러면 나랑 헤어질 수밖에 없다. 하니 일을 때려 칠 수밖에. 그래서 내 안전 가옥은 영웅급 인재들로 바글바글하다. 그런데 처리해야 할 중요한 문제가 있었다.

"네리스 양."

"음?"

"스승님이 죽은 건에 대한 진실을 알고 싶다고 하셨죠? 대체 왜 밸리어트가 스승님을 공격했는지."

"오? 밸리어트의 뇌를 읽어낸 건가?"

"아닙니다. 그런 장비는 군부만 가지고 있으니 제겐 무리죠. 그리고 뇌를 읽는 기계가 있다고 해도 불가능한 이유가 있습니다. 지금부터 네리스 양에게 그걸 보여주려고 합니다."

살짝 인상을 찌푸리는 네리스. 나는 그녀를 데리고 안전 가옥의 지하로 향했다.

"여긴 뭔가? 마치 감옥 같군. 이상한 설비도 많고. 냄새도…."

"아무래도 좀 깔끔하지 못합니다. 이해하시죠."

나는 갑자기 튀어나와 달려드는 쥐 같은 생물을 발로 차낸 뒤 대답했다.

"이쪽입니다."

내가 그녀를 안내한 곳은 거대한 철문 앞.

"이곳은… 뭔가를 봉인한 건가?"

"맞습니다."

특별히 만들어진 마법의 열쇠를 이용해 이중 잠금을 열었다. 그러자 문이 자동으로 열렸다. 그리고 내부의 모습이 드러났다. 무표정하던 네리스는 곧 눈에서 불꽃이 튄다.

"이게 대체!"

그녀는 곧 허리춤의 검을 곧장 빼들고 달려든다. 이럴 줄 알았다니까.

"밸리어트!"

앞뒤 안 보고 밸리어트를 죽이려 하는 네리스. 즉각 드래곤킨의 모습으로 화해서 끼어들었다.

"진정하십시오, 네리스 양."

"비켜! 지금 이게 뭐하는 짓이지! 날 속인 건가!"

네리스의 분노는 엄청났다. 그날 싸움에서 나는 그녀를 대신해 복수했다. 네리스는 직접 원수를 갚진 못했지만 그것에 만족하고 내게 깊은 감사를 표했다. 그런데 눈앞에 원수가 버젓이 살아있다? 눈깔이 뒤집히지 않는 게 이상하지. 그녀는 나 역시 죽일 듯 쏘아본다.

"오토! 감히 날 속인 것이냐!"

"네리스 양도 참. 알겠습니다. 다 설명할 테니 일단 좀 진정하시지요."

"납득할 만한 설명이길 바란다."

"물론입니다. 일단 죽어가던 밸리어트를 되살린 점에 대해 사과드리겠습니다. 하지만 어쩔 수 없었습니다. 이대로 그가 죽으면 네리스 양이 원하던 정보 자체가 사라져 버릴 테니까요. 진정한 적을 알고 싶다고 하지 않으셨습니까?"

"그렇지…."

그제야 네리스의 태도가 좀 수그러들었다.

"밸리어트를 죽이는 건 언제든 할 수 있습니다. 그의 얘기를 다 듣고도 죽이길 원하신다면 저는 막지 않겠습니다."

"흐음…."

"일단 좀 진정해 주세요, 네리스 양. 저는 절대로 네리스 양의 의사에 반해서 행동하지 않겠습니다. 이 점은 약속드릴게요. 아셨죠?"

"알았다. 그렇게까지 말한다면… 화를 내서 미안하군."

이해한다. 원수가 앞에 있으니 눈이 뒤집어지는 것도 당연하지. 나는 네리스가 끝까지 반대하면 밸리어트를 죽일 작정이었다. 그리고 그의 육체와 영혼석으로 더블바인드 때와 같이 믿을 만한 자에게 넘겨 계약을 맺게 할 생각이다. 다만 그러면 밸리어트의 지식과 기술이 상당 부분이 소실된다는 단점이 있긴 했다. 내 밑에 있는 신 더블바인드는 구 더블바인드보다 못한 존재였다. 구 더블바인드를 따라가려면 앞으로 상당한 세월을 노력해야 한다.

"크크크. 정리를 한 건가?"

재생 장치 안에 있는 밸리어트가 물어온다. 네리스는 목소리만 들어도 인상을 찌푸린다.

"본관의 모든 게 싫은 모양이군. 거미 탐구자란 직업에 안 어울리는 거 아닌가?"

"내가 거미를 탐구하려는 건 죽이려고 탐구하는 것이다. 쓸데없는 말은 자제하시지."

벌써부터 말싸움을 하는 둘의 모습에 내가 중간에서 말려야 했다.

"자자, 그만들 하시죠. 네리스 양. 거미장군에게 질문하시죠."

"알았다."

고개를 끄덕인 그녀는 곧 당당하게 나아가더니… 곧 다시 돌아와 내 귀에 속삭이기 시작했다.

"…에, 저? 네리스 양? 저한테 물어보지 말고 거미장군에게… 뭐? 싫다고요? 허…"

곤란하게도 네리스는 면전에 거미장군을 두고 대화도 하기 싫어했다. 그래서 나는 중간에 통역처럼 끼게 됐다.

"흠… 그럼 제가 듣고 대신 질문하겠습니다."

"뭐 나는 아무래도 상관없다."

"좋습니다. 일단 네리스 양께선 당신이 왜 그녀의 스승을 죽였는지 알고 싶다고 하네요."

"원래부터 척을 진 사이였다. 새삼스러운 일은 아니지 않나."

얘기를 들은 네리스는 다시 소곤거린다. 심각한 상황인데, 의외로 가까이서 듣는 그녀의 목소리가 미성이라 좀 두근거렸다.

"물론 그렇긴 했지만 너무 뜬금없는 공격이었다고 하네요. 둘의 다툼은 소강상태로 오랜 시간이 지났는데 갑자기 전력을 다해 공격해 왔다고 하는군요. 누가 그 일을 사주한 게 아닌가, 네리스 양은 의심하고 있습니다."

"총명하군."

그 한 마디를 던진 밸리어트는 잠시 고민한다. 하지만 곧 입을 열 것이다. 그는 이미 사전에 나와 여러 가지 협의를 한 상태다. 네리스의 질문에 관해서도 성실히 대답하기로 약속했다.

"아르시에 백작영애다."

그의 말에 네리스와 나는 동시에 묻는다.

"아르시에 백작 영애?"

"아르시에 백작 영애?"

내가 결국 입을 여셨네요? 란 표정으로 쳐다보자 네리스는 헛기침을 하더니 고개는 돌린다. 하지만 다크엘프 특유의 뾰족한 귀가 쫑긋거린다. 이쪽의 대화를 들을 생각이 만만이다.

"그렇다. 아르시에 백작 영애는 유서 깊은 뱀파이어 가문인 섀도블레이드 가家의 일원. '보라색 죽음'이라고 불리는 존재. 진조眞祖*의 피를 진하게 이어받아 가문에서 큰 기대를 걸고 있는 후계자지."

뱀파이어는 후계자를 결정할 때, 남녀 구분을 고려하지 않는다. 애초에 생식 활동으로 후손을 보는 존재가 아니니 남녀란 차이는 무의미하다. 그저 진조의 피가 진한 자가 가문의 후계자가 된다.

"네 스승은 그 보라색 죽음과 깊은 원한 관계였다."

"이럴 수가. 들은 바가 전혀 없었는데."

나는 스승이 왜 네리스에게 알리지 않았는지 알 것 같았다.

"스승께서 자기 원한에 제자가 끼어들까 염려했던 거겠죠. 그 덕에 네리스 양께서 오늘날까지 아르시에 백작 영애와 충돌이 없는 것 아니겠습니까? 만약 알았다면 네리스 양 성격에 가만 있었겠습니까?"

---

* 물려서 뱀파이어가 된 게 아니라 태생 자체가 뱀파이어인 존재. 여러 뱀파이어 가문은 각 진조들을 시작으로 이어져 내려왔다.

자기도 그럴 것 같았는지 네리스는 입을 다물어 버렸다. 잠시 생각에 잠겨 있던 그녀는 나를 통해 밸리어트를 채근한다.

"왜 아르시에가 그녀의 스승을 죽이려 한 겁니까?"

"유감스럽게도 본관은 거기까진 모른다. 다만 확실한 건 그녀의 요구가 아니었다면 무리해서 에룩을 공격하지 않았을 거란 점이다. 본관도 에룩을 상대하는 게 쉬운 일은 아니었다. 목숨을 걸어야 했지. 그녀는 지하에서 거미를 상대로 특화된 가장 강력한 영웅 중 하나였다. 본관에겐 쥐약과도 같은 존재라고 할 수 있었다."

밸리어트는 함정을 파서 겨우 에룩을 쓰러뜨렸다고 했다.

"그 과정에서 본관이 죽을 위기를 넘긴 건 말할 필요도 없다. 그러니 아무리 사이가 안 좋다고 해도 본관이 자발적으로 에룩을 죽이고자 했을 리가 없겠지."

듣고 있던 네리스는 화를 참지 못하고 소리쳤다.

"그딴 이유로 면피하겠다는 건가! 네놈이 스승님을 죽인 건 변함없는 사실이다!"

"딱히 면피하겠다는 게 아니다."

"선량하신 분이셨다! 너 같은 놈에게 돌아가실 분이 아니셨어!"

"선량? 하하하! 하하하핫!"

네리스의 말에 밸리어트는 크게 웃어재낀다.

"지금 선량라고 했나? 그렇다면 내 부모는 죽이지 말았어야지! 거미라는 이유만으로!"

"뭐?"

네리스는 밸리어트의 말에 말문이 막혀버렸다. 그나저나 네리스의 스승이 밸리어트의 부모님 죽였다니, 그건 또 무슨 소리야.

"선량함과 정의가 항상 부합하는 건 아니다. 반대의 경우도 마찬가지지. 네 스승은 아무 이유도 없이 내 부모를 살해했다. 단지 위험한 거미라는 이유만으로."

"그럴 리가…."

"그녀는 너희 기준으로 선한 존재였을지도 모르지. 하지만 단지 약자들에게 위협이 된다는 이유로 내 부모를 죽였다. 이게 과연 올바른 행동이라고 생각할 수 있겠나? 여기에 정의가 있는 건가?"

밸리어트의 말이 사실이라면 그의 입장에선 자다가 날벼락 맞은 셈인데.

"그렇기에 본관은 네 스승과 적대했다. 하지만 원통하게도 네 스승은 거미에게 천적과도 같은 존재. 아무리 힘을 키워도 쉽게 넘볼 수 있는 상대가 아니었지. 그래서 길고 긴 소강상태만이 이어졌다. 너희 입장에선 이상해 보일 수도 있겠지. 부모를 죽인 존재와 그런 휴전에 가까운 상태를 용납하는 게. 하지만 거미는 냉정한 생물이다. 너희처럼 언제나 뜨거운 피를 가진 놈들보다 훨씬 현실적이란 말이다. 이미 죽고 없는 부모를 위해 본관이 죽을 위험을 무릅쓸 필요는 없었으니까."

밸리어트는 자신이 집착하는 유일한 대의인 충의 빼고는 늘 냉정한 시각을 갖고 있는 것 같았다.

"……."

네리스는 밸리어트의 말을 묵묵히 들을 뿐이었다.

"아마 아르시에 백작 영애가 요구하지 않았다면 평생 나서지 않앗겠지. 그때 네 스승을 쓰러뜨린 것도 기적에 가까웠으니까."

여기서 나는 궁금함을 참을 수 없었다.

"아르시에 백작 영애에게 큰 빚이 있었던 겁니까? 그런 위험한 요청을 수락할 정도면."

"그렇다. 내 부모를 죽인 에룩이 나마저 죽이려 할 때 도와줬던 이가 아르시에 백작 영애니까."

"뭐? 그게 정말입니까?"

밸리어트는 고개를 끄덕인다.

"그렇다. 우연히 도와준 셈이었지만. 아르시에 백작 영애는 에룩과 상상을 초월하는 적대 관계였던 듯하다. 그 날도 에룩을 방해하려고 나타났었다. 그러다 나를 죽이려던 에룩을 막아섰던 거지. 그래도 내겐 구명의 은혜였다. 그 후 내가 장성하고 힘을 쌓자, 아르시에 백작 영애는 기다렸다는 듯 요구해 왔다. 가서 에룩의 목을 가져다 달라고. 이미 한 번 구원 받은 목숨이다. 거절할 수 있겠는가?"

이제야 사태가 이해가 됐다. 이 거미장군이라면 그런 요구를 절대 거절하지 않았겠지. 자신을 버린 황자를 위해 목숨까지 내던지는 위인이다. 네리스와 밸리어트는 서로 닮은 게 없었지만 지하에 지독히 어울리지 않는 점이란 것만은 공통점이었다.

밸리어트는 말을 잃은 네리스에게 결정타를 날렸다.

"결국 그녀의 탓이 아닌가. 에룩, 그녀만 아니었다면 일어나지 않았을 일들이다. 이래도 네 스승이 가진 선함이 정의롭다고 할 수 있겠는가? 네리스여. 그녀가 내 부모님 둥지 근처에 있던 마을 주민의 운명을 구한 건 사실이겠지. 하지만 그건 지저의 흔한 포식 관계였다. 내 부모는 언제나 먹을 만큼만 사냥했을 뿐이다. 한 번도 과한 적이 없으셨지."

"……."

"네 앞에서 너의 스승을 탓하고 싶지는 않다. 그녀도 그녀의 입장이 있었겠지. 하지만 묻고 싶다. 본관이 악인가? 군주에게 충성하고 구명의 은혜에 보답하며 살아온 본관이 악이냐는 말이다."

이건 서로 입장이 다른 거였다. 네리스는 꽉 막힌 여자가 아니다. 이 정도 얘기를 들었으니 고집을 피울 리가 없다. 하나 아직 그녀에겐 맺힌 게 남아 있었다.

"하지만! 하지만 너는 그 작은 타르나이 아이를 구사 가문의 대모에게 팔지 않았나!"

그렇지. 그녀의 삶을 지탱해준 두 개의 기둥 가운데 하나가 바로 그 가엾게 죽은 타르나이 유녀幼女다.

"그 아이 말인가."

그 부분은 내가 먼저 밸리어트에게 물었었다. 그는 제대로 기억도 못하고 있었었다. 한참 뒤에나 그런 일이 있었지, 라고 떠올리더라. 그날의 진상은 생각보다 간단했다. 그 타르나이 유녀는 황자의 노리개였다고 한다. 황자에게 반했던 몰락 귀족의 영애로, 황자는 분풀이로 그 작은 아이에게 잔인한 짓을 했다. 하지만 곧 질려버렸고 밸리어트에게 벽돌 굼벵이로 만들어 버리라는 명이 떨어졌다. 밸리어트는 명대로 하려다가 동정심이 일었다고 했다.

"…작은 아이였다. 그대로 지옥에 내던질 수는 없었지. 그런데 마침 구사 가문의 대모 하나가 그녀를 시녀로 쓰고 싶다고 했다. 그래서 그녀에게 넘겼다. 벽돌 굼벵이가 되느니 차라리 다크엘프 명문가의 시녀로 살게 하는 게 낫겠다 싶었지. 네리스여, 너도 알다시피 다크엘프들은 타르나이에게 자격지심이나 열등감이 있다. 재능으로 넘치는 그들이 지저의 패자가 되지 못한 건 순전히 타르나이 탓이니까. 그래서 그런 타르나이 중 몰락한 존재를 하인으로 삼는 걸 그들은 좋아한다. 나는 그런 이유인 줄로만 알았다. 이후의 일은 여기 오토에게 들었다."

여기서 밸리어트는 놀라운 모습을 보였다. 네리스에게 솔직히 사과를 하는 것이다.

"그 일은 진정으로 유감이다. 나의 판단 착오였다. 좀 더 신경 써야 했는데 황자에게 누가 될 존재라 곁에 둘 수도 없었다."

이리 말하자 네리스는 길게 한숨을 내쉰다. 그렇게까지 분노하고 미워해온 적의 실상이 사실 자신이 알던 것과 다르단 점 때문이겠지. 이런 이야기를 미리 들은 나는 밸리어트를 죽여서는 안 되겠단 생각이 들어 이런 자리를 마련한 것이다. 네리스의 결정은 존중하겠다는 전제하에.

"에룩의 제자 네리스여."

"……."

"지금 여러 가지로 혼란스럽겠지. 본관의 고백을 듣고도 나를 죽이겠다면 그것 또한 어쩔 수 없는 일. 운명이라 생각하겠다. 하지만 본관에겐 아직 할 일이 남았다. 자비를 베풀어 다오. 대신 네게 약속하다."

"무얼?"

"네 진정한 복수의 대상을 죽이는 걸 돕겠다고 말이다. 네리스여, 에룩의 숙적은 아르시에 백작 영애였다. 응당 복수해야겠다면 칼날을 그녀에게 향해야하지 않겠나?"

"하지만 그 여자는 구명의 은인이라며?"

"이미 그 은혜는 갚았다."

"그런가…."

"그리고 한 가지 더 말해주자면 네가 구울이 된 건 아르시에 백작 영애의 저주 때문이다."

"뭐라?"

"에룩이 왜 너를 거뒀다고 생각하나? 우연이었을까? 구울이 되어 고통 받고 있는 한 다크엘프란 골칫덩이를 우연히 떠안았을까?"

"그게 무슨!"

"당시 아르시에 백작 영애는 에룩을 곤경에 빠뜨리기 위해 그녀가 수호하던 마을의 주민을 구울화 하는 일을 진행 중이었지. 네리스, 그대가 우연히 방문했던, 그리고 스승인 에룩과 만났던 그 마을 말이다."

요컨대 그런 거다. 네리스와 에룩의 인연은 얄궂게도 아르시에 백작 영애가 만들어줬다. 그리고 따지고 보면 네리스가 구울이 된 건 선량했던 스승이 원인이기도 했다. 참 더럽게도 꼬인 이야기였다. 하지만 밸리어트는 굳이 그 부분을 파고들지 않았다.

"네리스여. 네가 겪은 많은 고통에 대해 나 자신을 변호했지만 책임이 없다고는 할 수 없다. 그래서 진정한 적인 아르시에를 쓰러뜨리는 걸 돕고자 한다."

그 제안을 네리스는 일단 거절했다.

"…네놈의 도움 따위는 필요 없다."

아무래도 감정의 골이 깊을 테니 선뜻 수락할 수는 없겠지. 하지만 네리스는 밸리어트의 도움이 절실하다는 걸 잘 알 거다. 그래도 입에선 다른 소리가 나오고 있었다.

"나 혼자 그 여자를 처리하겠다."

그 말에 나는 쏘아붙이듯 물었다.

"진심으로 그러실 작정입니까? 네리스 양. 만약 그렇다면 당신에 대한 제 평가를 낮출 수밖에 없겠군요. 무모한 죽음을 택하려 하다니요."

"…으으."

네리스는 내 말에 제대로 대꾸하지 못했다.

"그 대단했다는 스승님의 숙적이었다는 점만 봐도 아르시에 백작 영애가 얼마나 강한지 짐작하기 어렵지 않습니다. 그런데 혼자 가서 처리하겠다고요?"

진짜 복수를 하고 싶다면 밸리어트의 도움을 거절할 수 없다. 하지만 역시 쉽게 내릴 수 있는 결정은 아니겠지. 그녀에겐 시간이 필요했다.

"당장 결정할 수 없으시겠죠. 일단 시간을 갖고 생각해 보시죠."

끄덕.

결국 네리스는 방을 나서려고 했다. 그러다 돌아서서는 묻는다.

"거미장군. 너는 어째서 이런 수치를 견디며 살아남으려고 하는 거지? 분명 아직 할 일이 남았다고 들었다. 황자가 널 버린 게 확실한 지금도 할 게 남은 건가?"

"분명 그분은 날 버리셨지…."

밸리어트의 목소리에는 회한이 느껴졌다. 그럼에도 그는 담담히 끄덕이며 말을 이어갔다.

"솔직히 이제는 그분이 황제의 재목이 아니란 점을 인정한다. 졸렬하고, 충독적이며, 잔인한 성품. 그런 분에게 제국의 미래를 책임 지게 할 수는 없는 일이지."

"결국 황자에 대한 충성심을 버린 건가? 밸리어트."

네리스의 물음에 대해 밸리어트는 조건부라고 답했다.

"그분께서 황제가 아니라 그저 황족의 지위에 만족하신다면 끝까지 충성하지 못할 이유는 없지."

밸리어트의 결심을 눈치챈 네리스가 놀란 듯 눈동자가 커진다.

"너 말이야… 설마, 이제는 황자의 진영을 때려 부술 작정인 건가?"

"좋은 통찰력이군, 네리스여. 그렇다. 이미 말로 황자 전하를 설득하여 간신배를 떼어내기에는 무리다. 그러니 철저한 힘으로 그분 주위에 있는 간신을 모조리 제거할 작정이다. 그렇게만 하면 황자 전하도 예전의 총기를 되찾으시겠지."

매우 놀랍게도. 밸리어트는 황자와 대척하는 이쪽 진영에 합류하기로 결정했다. 그것도 바로 내 밑에서. 현재 밸리어트와 나는 황자군을 궤멸시킬 때까지 협력하기로 합의했다. 그는 황자에게 황위를 포기하게 한 후 지방으로 떠나보낼 셈이었다. 그리고 그곳에서 황자를 다시 보필하고 싶다고 했다. 나는 이후 때가 되면 그의 소원을 이

뤄주기 위해 군부에서 충분히 성장할 필요가 있었다. 현재 밸리어트가 메르텔레스나 다른 거물과 협상하지 않고 내 밑에 있기로 한 건, 그와 내 이해가 서로 맞기 때문이다. 나는 밸리어트란 걸출한 영웅을 내 휘하에 두고자 했다. 만약 메르텔레스에게 빼앗길 것 같다면 바로 죽여서 육체를 재활용할지도 모른다.

밸리어트가 내 속셈을 모를 리가 없다. 이런 지하실에 그를 가두고 상부에 보고하지 않고 있으니. 게다가 그 역시 당분간은 정체를 감추고 싶어 했다. 밸리어트가 이런 점을 설명하자 네리스는 왜 죽음을 가장하고자 하는지 물었다.

"적을 방심시키기 위해서다. 황자 전하를 둘러싼 간신들도 내 죽음을 듣고는 긴장을 풀겠지. 만약 본관이 메르텔레스의 곁에 붙어 각종 선전에 사용된다면, 오히려 적이 단결하는 결과를 낳을 수도 있어."

현명한 의견이다. 와신상담하며 간신을 일거에 쳐낼 때를 기약하겠다는 거니. 현재 그와 내 이해 관계는 맞아 들어간 상태다. 밸리어트는 그 절망 속에서도 아직 포기하지 않은 셈이었다. 나 같으면 군주와 자신의 부하들에게 버림받는다면 이렇게 못할 거다. 정말 대단한 인물이란 생각이 들었다. 이제 그는 황자의 명을 따르기보다 황자의 진영을 부숴서 자신의 충의를 증명해 보이려 한다.

"네리스 양. 그가 미운 건 저도 이해합니다. 밸리어트에게 어떤 사정이 있던 간에 그가 당신에게 했던 짓은 변하지 않으니까요. 하지만 시간을 갖고 현명하게 생각해 주십시오."

"…알았다."

결국 네리스는 고개를 끄덕이고는 방문을 나섰다.

네리스가 밸리어트와 만난 지 일주일이 흘렀다. 나는 그녀를 일단 내버려 뒀다. 때가 되면 날 찾아올 것이라고 생각했기 때문이다.

똑똑똑.

생각하기가 무섭군. 노크와 함께 네리스가 방으로 들어왔다.

"오랜만이군요. 네리스 양."

"미안하다. 바로 찾아오지 못했다."

"괜찮습니다. 충분히 숙고할 시간을 드리고 싶었습니다."

"……."

잠시 우리 사이에는 아무 말도 없었다. 나는 조급해하지 않고 차분하게 그녀의 말을 기다렸다. 관상용으로 쓰는 야광 고사리에 물을 주면서 말이다. 이건 어두운 곳에서 영롱한 빛을 뿌리기에 관상용으로 꽤 인기가 있….

"네게 부탁이 있다, 오토."

"말씀하십시오. 우리는 동료 아닙니까?"

"윽."

동료란 말이 좀 민망한 듯 네리스는 멈칫 거린다. 그녀는 한참 주저하다가 입을 연다.

"당장이라도 아르시에에게 죄의 대가를 묻고 싶다. 하지만 한 가문의 후계자인 그녀는 나 혼자서 쓰러뜨리기란 불가능하다. 그렇기에 도와줄 자들이 필요하지. 오토, 네겐 여러 영웅이 있다. 만약 네가 도와준다면 스승님의 복수를 할 수 있을 거야."

"밸리어트에게 도움을 청하기로 결정하셨군요?"

"그렇다. 하지만 그의 도움만이라면 이번 일은 불가능하다."

하긴 밸리어트와 네리스가 영웅이라고 해도 적은 하나의 가문이었다. 오랜 세월 지저의 풍파를 견뎌온 뱀파이어 명가의 힘이 어떨지 짐작키는 어렵지 않았다.

"오토."

그녀는 내게 다가오더니 갑자기 한쪽 무릎을 꿇는다.

"네리스 양?"

못 보던 태도에 나는 얼른 그녀를 일으켜 세우려 했다. 그러자 그녀는 고개를 저으며 완강히 버틴다. 그리고는 지금까지와는 다른 말투로 말한다.

"오토 경. 제 소원을 들어주시면 신종하겠습니다. 성심을 다해 주군으로 모실 테니 부디 이 천녀의 소원을 들어주시길 간청합니다!"

"하하하, 이러지 마시죠. 네리스 양. 우리는 이제 동료가 아닙니까? 전에 동료로서 함께할 목표를 찾아보자고 했던 것 기억하십니까? 그러니 제게 무릎을 꿇을 필요는 없습니다."

네리스를 동료로 계속 두기 위해서 그녀의 니즈를 만족시켜줄 필요가 있었다. 만약 내가 아르시에를 죽이는 일에 동참하지 않겠다면 그녀는 머지않아 떠날 거다. 지금이야 빚이 있다고 생각하니 머물겠지만 충분히 공을 세운 뒤에는 얘기가 다르다.

나는 그것을 원치 않는다.

그녀처럼 뛰어난 인재는 언제나 곁에 두고 싶었다. 네리스는 아직 완전히 마음을 준 게 아니다. 하지만 아르시에를 처리하면 달라지겠지.

"그럴 순 없습니다. 너무 위험한 일이라, 오토 경께 신종해야 제 마음이 편할 것 같습니다."

흠, 내 입장에선 동료 정도로도 괜찮았는데 하여간 성격하고는. 굳이 수하가 되겠다는데 말릴 필요는 없겠지. 사실 동료보다 수하가 더 부리기 편하기도 하고.

"알겠습니다."

"말씀도 낮추십시오."

나는 고개를 끄덕였다.

"좋다. 네 소원을 받아들이도록 하지. 아르시에 백작 영애를 처단하는데 힘을 빌려주겠다. 대신 앞으로 내게 신종하여 황녀 전하를 위해 일해주길 바란다."

"기꺼이 그러겠습니다, 주군."

"그건 그렇고… 심정은 이제 정리된 것이냐?"

"…솔직히 말씀드리면 아직도 밸리어트가 괘씸해서 쉬이 용서하기 어렵습니다."

"역시 그럴 테지."

"하지만 주군의 말씀대로 그의 도움을 받아들일 생각입니다. 그리고…."

"그리고?"

내 물음에 네리스는 잠시 뜸을 들이다 대답한다.

"만약 아르시에를 죽일 수 있다면 그때는 조금 생각이 바뀔지도 모르겠습니다."

"그 정도면 됐어. 네리스, 꼭 밸리어트를 용서할 필요는 없어. 무리한다고 납득할 수 있는 게 아니니까."

"알겠습니다."

뭐, 이 건은 이렇게 마무리 되는구나. 앞으로 네리스와 밸리어트란 두 영웅이 내 밑에서 일하게 됐다. 거기에 더블바인드와 브라흐도 있으니 이제 제법 인선에 구색을 갖추게 됐다.

아주 만족스러웠다. 그건 그렇고, 계속 반말을 하던 네리스가 고개를 숙이고 존대해 오니 묘한 성취감이 느껴진다. 정복감이라고 해야 하나? 아직은 이 도도한 인재를 완전히 얻은 건 아니지만 말이다. 그래도 뿌듯한 것은 뿌듯한 것이다.

나는 그녀를 일으키면서 장난기가 발동했다.

"네리스."

"네, 주군."

"대신 조건이 하나 있다."

"말씀하십시오. 성심을 다해 수용하겠습니다."

일단 나는 운을 좀 뗐다.

"이제 우리는 더욱 가까운 관계가 되지 않았나?"

"흠… 그렇습니다…."

말을 흐린다. 묘한 불안감을 느끼는 거겠지. 지금 내 얼굴은 악동 같은 표정일 테니.

"그러니 너를 애칭으로 부르고 싶다."

"네?"

네리스가 황당한 듯 눈을 동그랗게 뜬다. 하지만 나는 그녀가 거부할 기회를 주지 않고 몰아쳤다.

"네리스니까 딱 좋은 게 있다. 네리가 어떤가? 네리."

"네에?"

네리스는 더욱 황당한 표정을 감추지 못한다. 왜냐면 지하 세계에선 네리는 고양이 이름이기 때문이다. 대한민국에서 고양이를 야옹이나 나비라고 부르는 것과 같은 뉘앙스다. 다 큰 성인 여성에게 야옹이란 애칭을 붙이니 민망할 수밖에.

"그건 어렵습니다! 거절합니다!"

정말로 드물게 네리스가 얼굴을 붉히며 거절해 온다. 하지만 나는 포기할 생각이 없었다.

"네 주군이 하는 첫 부탁을 거절하겠다는 거야? 앞으로 참 걱정이네. 이래서 진심어린 충성을 기대할 수 있을까? 분명 성심을 다해 수용하겠다고 하지 않았나?"

"궤변이십니다!"

"자꾸 까불면 '네리네리'라고 부른다?"

이제는 야옹야옹이라고 부르겠다는 거다. 정신적인 데미지가 두 배로 들어가겠지.

"흐이이익!"

네리스는 깜짝 놀라서 어쩔 바를 몰라 한다. 그녀는 여성이긴 하지만 사랑스러운 것과는 거리가 한참 멀다. 딱딱하고 절도 있으며 진지하고 심각한 성격이다. 그런데 네리네리라는 지저 기준으로 초

귀여운 애칭을 붙이자 정신을 못 차리고 있었다.

"네리네리. 앞으로 잘 부탁해?"

"으아아앗! 주군이라도 그건 용서 못합니다!"

보비보비에 이어 네리네리가 히트 예감이다.

나는 된다 안 된다를 가지고 네리스… 아니, 네리와 투닥투닥했다. 그런데 생각지도 못한 인물이 저택을 방문했다. 더블바인드가 급하게 들어오더니 내게 보고한다.

"주군."

"무슨 일이야?"

"죠니아 백작부인께서 오셨습니다."

"뭐? 그 여자가 왜!"

깜짝 놀라서 묻자 더블바인드가 대답한다.

"빚을 받으러 왔다고 하십니다."

갑자기 심장이 쿵쿵 뛰기 시작했다.

지저의 격언 중에 이런 말도 있다.

타르나이는 위험을 몰고 온다.

보통 일이 아닐 것 같다는 예감이 들었다.

(다음 권에서 계속)

던전의 주인님 3

초판 1쇄 발행 2017년 4월 28일

저자 박제후
그림 GAMBE

발행인 원종우
발행처 (주)이미지프레임

주소 (427–060) 경기도 과천시 뒷골1로 6, 3층
영업부 02–3667–2653 **편집부** 02–3679–2617 **팩스** 02–3667–2655
메일 vnovel@imageframe.kr **웹** vnovel.co.kr

ISBN 979-11-6085-089-5 02810 **(세트)** 978-89-6052482-8

DUNGEON MAJESTY
© 2016 Park, Jehu
Published in Korea

이 책은 작가와 (주)이미지프레임의 독점 계약으로 출간되었습니다.
저작권법에 의해 보호받는 저작물로서 허락없는 사용을 금합니다.

신작 안내

이 세계 요리를 위한 레시피 ②

글 이시하 / 그림 ODIBIL
46판 / 230p / 7,000원

늘 새로워. 짜릿해. 신메뉴가 최고야!

사기계약을 당하고 이세계에 떨어진 지도 어느새 몇 달째.
평소처럼 투덜거리며 일하던 오후,
엔야의 표정이 심상치 않다.
다음날, 방문을 열어보니 엔야는 사라져버렸고, 방학이
끝나고 학원이 개학했다는데….
요리가 질려버린 걸까?
과연 엔야의 속마음은!?

가출천사 육성계약 ③

글 박제후 / 그림 ICE
46판 / 356p / 7,000원

몬스터의 침략을 일소한 유제아와 메타트론은
드디어 강북을 치고자 한다.
전군을 동원하기 위해 대북방전쟁 결의안을
통과시키려 하나, 분열된 당론은 수습하기가 쉽지 않다.
결국 유제아는 전초제근의 숙청을 결심한다.

이상적인 기둥서방 생활 ⑧

글 와타나베 츠네히코 / 그림 아야쿠라 쥬 / 번역 문기업
46판 / 296p / 7,000원

"이제 기둥서방이란 말도 안녕이다!"
…라지만 기둥서방이란 책 제목은 변하지 않습니다.

가질 변경백령에서 무사히 수도로 귀환한 젠지로는 아내 아우라가
'임신했을 가능성이 크다'라는 희소식을 듣는다. 아내 아우라의
둘째 출산 때에 치유술사를 데려오기 위해, 젠지로는 지금까지보다
더 열심히 '순간이동' 연습에 열을 올리고,
드디어 발동에 성공하는데….

내 요리가 이세계를 구한다!

글 오치 후미히코 / 그림 무츠타케 / 번역 문기업
46판 / 284p / 7,000원

「이 요리의 포로가 될 것 같아!! 아훙」

뛰어난 실력을 지닌 요리사인 고교생 키타로는 어느 날,
무엇보다도 음식이 존중받는 이세계 〈가스토르셰르〉로
소환된다. 자신을 소환한 류미엘 일행에게 '영웅의 재림'으로
기대를 받던 쿄타로는 '현대의 음식'을 통해 요리 배틀에서
승리해 간다. 하지만 그 앞에서 기다리고 있던 것은
맛있는 요리를 먹지 않으면 세계를 멸망시킨다는 사신룡의
부활이었다!? 본격 이세계 먹방 판타지 최고봉의 등장!

마법소녀 육성계획 ~restart~

글 엔도 아사리 / 그림 마루이노
46판 / 268p / 7,000원

'마법나라'로부터 힘을 부여받고 매일 사람들을 돕는 일에
힘쓰는 마법소녀들. 그런 그녀들에게 낯선 이가 보낸
「마법소녀 육성계획」이라는 제목의 게임 초대장이 도착했다.
죽을 위험을 내포하는 불합리한 게임에 사로잡힌
마법소녀 16명은 흑막의 의도에 농락당하면서도
살아남기 위한 대책을 짜기 시작한다….